ठगमानुष शृंखला

– प्रथम खण्ड –

जंगोश

एक अजनबी सौदागर

उपन्यास

सुभाष वर्मा

रेडग्रैब बुक्स प्राइवेट लिमिटेड

942, मुट्ठीगंज, प्रयागराज-3 उत्तर प्रदेश, भारत

वेबसाइट - www.redgrabbooks.com

मेल - contact@redgrabbooks.com

प्रथम संस्करण रेडग्रैब बुक्स प्राइवेट लिमिटेड द्वारा 2021 में प्रकाशित

सर्वाधिकार टेक्सट : सुभाष वर्मा 2021

सर्वाधिकार सुरक्षित : रेडग्रैब बुक्स प्राइवेट लिमिटेड 2021

कवर व टाइप सेटिंग : रेडग्रैब बुक्स आर्ट्स

भारत में मुद्रित

ISBN : 978-81-95123-40-7

उन सभी को समर्पित जो आश्चर्य करते हैं कि
क्या मैं उनके बारे में लिख रहा हूँ ।

लेखक परिचय

लेखक सुभाष वर्मा द्वारा, "अधूरापन" के बाद "ठगमानुष" उनका दूसरा साहित्यिक उपन्यास है। पेशे से कैंसर विभाग में मेडिकल फिजिसिस्ट हैं। बनारस हिंदू विश्वविद्यालय में कैंसर शोधार्थी होने के साथ साथ विज्ञान गल्प और क्राइम फिक्शन लिखना पसंद करते हैं। आधुनिक लेखन शैली के कारण, "आधुनिक साहित्यकार" के नाम से भी जाने जाते हैं।

@author.subhash

/authorsubhashverma

skvif.youngindia@gmail.com

/author.subhash

@Author_Subhash

/authorsubhash

www.authorsubhash.com

लेखकीय

जैसा कि जगीरा ने कहा- ''क्योंकि मैं बनावटी नहीं हूँ, जब दुखी होता हूँ रोता हूँ, ख़ुश होता हूँ तो हँसता भी हूँ॥ मैं इस दुनिया की बनावटी अच्छाइयों से दूर वास्तविक बुराइयों में जीना पसंद करता हूँ। क्या तुम वास्तविकता को नकार सकते हो? नहीं... कभी नहीं।''

मैं, मेरे सबसे काल्पनिक मित्र 'जगीरा' की इस बात से पूर्णत: सहमत हूँ, क्यूँकि यह कल्पना न होकर कहीं न कहीं सम्पूर्ण सत्य भी है। यह सत्य है कि मैंने इस कल्पनातीत नायक को बेहद क़रीब से जानने और काग़ज़ पर शब्दों से उकेरने की कोशिश की। यह कोशिश कितनी कामयाब रही यह सिर्फ़ आप निर्धारित कर सकते हैं; आपके प्यार और आशीर्वाद के लिए आभार।

सर्वप्रथम उस ईश्वर को नमन करता हूँ जिसके आशीर्वाद से मैं यह शब्द कौशल रचने में कामयाब रहा। माता-पिता और गुरुजनों के आशीर्वाद से इस योग्य हुआ कि यह संवाद आपके सामने रख सकूँ। मित्र मंडली में बहुतेरे मित्र हैं जिन्होंने प्रत्यक्ष या अप्रत्यक्ष रूप से मुझे लिखने के लिए प्रेरित किया। धन्यवाद, आधुनिक लेखिका प्रियंका तिवारी जी का जिन्होंने इस उपन्यास के हर शब्द को सबसे पहले पढ़ा और आपके सामने प्रस्तुत करने में बेहतरीन सुझाव व योगदान दिया।

मैं धन्यवाद करना चाहूँगा हाथ से बल्ला छीनकर क़लम पकड़ाने वाली 'भाभा परमाणु अनुसंधान केन्द्र' में निर्मित आण्विक मित्र-मंडली, स्नातकोत्तर में डूबती नैया को सँभालने वाली मित्र-मंडली, साथ ही साथ स्कूल और स्नातक की वह मित्र-मंडली जिन्होंने कभी कभार मेरे अधूरे शब्दों को पढ़कर वाह-वाही की, सभी को दिली-शुक्रिया।

धन्यवाद करता हूँ प्रकाशन प्रमुख वीनस कुमार केसरी जी का जिन्होंने नये सपनों को पँख दिये और अवसर दिया।

कर्मभूमि काशी में, काशी विश्वनाथ के अनेकों आशीर्वाद से यह रचना आप तक पहुँचकर अपने आप में संपूर्ण हुई।

अनुक्रम

बुढ़ऊ के दो दाँत

सूर्य अपने सप्त अश्वमेघ रथ पर विराजमान होकर केसरिया ध्वज लहराते हुए निकल चुका था, जिसकी आहट पाते ही चंद्रमा ने अपनी चाँदनी को समेटना शुरू कर दिया था। समय के इसी अंतराल में पक्षियों की चहचाहट के साथ प्रकृति की आनंदमई सुबह का आरंभ हुआ, सुगन्धित रंग-बिरंगे फूल सूर्य की पहली किरणों की आहट पाते ही अँगड़ाई लेने लगे। पत्तों पर अपना अधिकार समझने वाली ओस की नन्ही बूँदें, सूर्य की प्रथम किरणों की आहट पाते ही अपना अस्तित्व बचाने के लिए मोतियों में बदलकर सूर्य को आईना दिखाने लगीं। पथ पर बिखरे उजाले को समेटते हुए किसान अपने कँधों पर हल रखकर खेतों को जा रहे थे, बैलों के गले में पड़ी घंटियाँ एक मधुर स्वर-लहरी की तरह आसमान में गूँज रही थीं।

गाँव के ठीक बीचोबीच एक भव्य मंदिर था। मंदिर की बड़ी-बड़ी घंटियाँ गाँव के हर कोने में सुनाई पड़ती थीं। गाँव की स्त्रियाँ घूँघट की आढ़ में पशुओं को चारा देने में व्यस्त थीं, बड़े-बूढ़े हुक्के की गुड़गुड़ाहट के साथ आसमान ताक रहे थे। वहीं बच्चे चाँद को अपनी चाँदनी समेटते हुए देखकर मीठी नींद में मुस्कुरा रहे थे।

गाँव के पूर्व की ओर बड़ा-सा तालाब था, उसके एक तरफ़ कुआँ था तो दूसरी तरफ़ ख़ाली मैदान था, जहाँ बच्चे अक्सर खेला करते थे। मैदान पार करते ही गाँव की शमशान-भूमि थी, जहाँ लोग जाना पसंद नहीं करते थे। गाँव के ख़ाली मैदान में रात को ही कई तंबू गाड़े गये थे, कई बैलगाड़ियाँ वहाँ थीं। बैलों और घोड़ों की आवाज़ें सुनाई पड़ रही थीं, ठगों का एक गिरोह यहाँ ठहरा हुआ था।

सूर्योदय से ठीक पहले सभी ठग अपने-अपने कार्य में व्यस्त थे, कोई खाना बनाने की तैयारी में था तो कोई पशुओं को चारा खिला रहा था। गिरोह का सरदार 'जगीरा' माँ भवानी की पूजा की तैयारी कर रहा था। उसका एक साथी, माँ भवानी की मूर्ति को चाँदी के आसन पर सजाकर, जगीरा का इंतज़ार कर रहा था। एक अन्य ठग 'शंकर' बैलगाड़ी के जुए पर बैठकर मुंह में नीम

की दातुन घुमाते हुए कान लगाकर प्रकृति के शोर में एक शुभ आवाज़ को सुनने की कोशिश कर रहा था। एक पत्थर की मूर्ति के सामने एक थाली में पूजा का सामान रखा हुआ था, साथ ही एक चाँदी का सिक्का और एक सफ़ेद रुमाल। सरदार ने आरती की, पवित्र सिक्के को माथे से छुवाकर सावधानी से रुमाल के बीच में रखा और समेटकर गाँठ लगा दी, फिर उसे मूर्ति को छुवाकर अपनी जेब में रखा और हाथ जोड़कर प्रार्थना करते हुए कहा, "हे! माँ भवानी, अपने भक्तों को आशीर्वाद दे, उनकी ग़लतियों को माफ़ी दे।"

सभी ने एक स्वर में कहा- "जय माँ भवानी", इतना कहकर वे सभी किसी शुभ संकेत का इंतज़ार करने लगे।

कुछ ख़ास प्राकृतिक संकेत ठगों के लिए शुभ माने जाते थे, जिसे वे माँ भवानी का आशीर्वाद समझते थे। ठग जाति में ऐसे किसी संकेत के बिना कोई भी शिकार करना नियमों के विरुद्ध माना जाता था। कई देर तक सभी ठग इधर-उधर कान लगाये घूमते रहे। सूर्य भी धरा को झाँकने लगा था, परन्तु सूर्य के पूर्ण रूप में उदय होते- होते कहीं से उल्लू के घुघुआने की आवाज सुनाई देने लगी और यह सुनकर सबके चेहरे खिल उठे।

"सरदार! सरदार! सुना!" शंकर ने कान लगाकर आवाज़ सुनते हुए खिलखिलाकर कहा।

"उत्तम! अति उत्तम! जल्दी ही हमें कोई शिकार अवश्य मिलेगा।" जगीरा ने ख़ुश होकर हाथ फैलाते हुए कहा, "जय माँ भवानी।"

वे चार दिन तक यात्रा करते हुए आम के बग़ीचे से बहुत दूर निकल आये थे, मगर अभी तक कोई शिकार नहीं किया था। बिना कोई पहला शिकार किये ठग जाति के नियमों के अनुसार कोई भी ठग पान नहीं खा सकता, न ही वे अपने बाल कटवा सकते थे; वे नियमों से बँधे हुए एक सुदृढ़ व्यवस्था का हिस्सा थे।

ठगों के गिरोह में लगभग 20 लोग थे, शुभ संकेत से सब ख़ुश थे। जगीरा और शंकर एक कक्ष में गये, जगीरा ने अपने लकड़ी के संदूक़ से एक बड़ा-सा पुस्तैनी मानचित्र निकाला, जिसमें ठगी के महत्वपूर्ण रास्तों की जानकारियाँ थीं। यह एक काले और मटमैले पीले रंग से मिलकर बना बेहद जटिल मानचित्र था, जिसपर असंख्य नाम और चिन्ह अंकित थे। देखने में यह ठीक ऐसा था जैसे किसी चित्रकार ने आसमान में पीला रंग भर दिया हो और एक सितारे से

दूसरे सितारे को जोड़कर नये मार्ग बना दिये हों। जगीरा का मानना था कि इसमें अदृश्य मार्ग भी हैं जो समयानुसार ही दिखाई देते हैं।

मानचित्र पर एक पथ का उँगली से पीछा करते हुए जगीरा ने कहा, "शंकर... हमें सोथा (बहला- फुसलाकर शिकार फँसाने में निपुण) को शहर भेजना चाहिए, कोई ना कोई शिकार अवश्य मिल जायेगा।"

"हाँ सरदार, हमें रुमाल की पकड़ अब मज़बूत करनी चाहिए। मैं सोचता हूँ कि हमें मंगल और आज़म ख़ान को भेजना चाहिए। अभिनय करने और बहलाने-फुसलाने में उनका कोई जोड़ीदार नहीं है।" शंकर ने कहा।

"हाँ, हम बग़ीचे से बहुत दूर आ चुके है, हम अब ऐसा कर सकते हैं।"

तभी बाहर से एक साथी ने आवाज़ दी- "सरदार! गाँव के कुछ लोग हमारी तरफ़ आ रहे हैं।"

"गाँव के लोग! ....आने दो-आने दो, गाँव के लोग शांतिप्रिय होते हैं। वह हमारे काम अवश्य आयेंगे।" सरदार ने कहा।

गाँव के दस- बारह लोग तंबुओं के निकट पहुँच चुके थे, सभी सफ़ेद धोती-कुर्ता और पगड़ी पहने हुए थे। कुछ फटी-पुरानी थी, तो कुछ मटमैली-सी। सबसे आगे जो लगभग नये वस्त्र धारण किये था, हाथ में छड़ी का सहारा लिये बोला, "मैं फुलवा, देवघर गाँव का मुखिया, आप लोग देर रात हमारे गाँव पधारे, आपका स्वागत ना कर पाने का अफ़सोस रहेगा"

"आपका गाँव अत्यंत सुंदर है। गाँव के लोग अवश्य ही धार्मिक और सुशील होंगे।" सरदार ने कहा।

"आपके घोड़े और बैलगाड़ियों को देखकर लगता है कि आप अवश्य ही किसी धनाढ्य परिवार से हैं। अगर हम आपके किसी काम आ सकें तो हमें बहुत ख़ुशी होगी।"

"धन्यवाद, ज़रूरत पड़ने पर हम अवश्य याद करेंगे।"

"हमारा गाँव दूध-दही से संपन्न है आप कहें तो..."

"हमारे आदमी बड़े ख़ुश होंगे." सरदार ने हाथ जोड़ते हुए कहा।

मुखिया छोटी-सी सहायता करके बड़ा ख़ुश हुआ।

***

जगीरा अपने टैंट में लेटा हुआ भविष्य के सपने ले रहा था, सोच रहा था कि अगर इस बार बड़ी लूट हाथ लगी तो एक-दो साल आराम से कट जायेंगे। किसानी में क्या ही बचा है, एक तो लगान और फिर ये अंग्रेज़, ये सिर्फ़ पैसे वालों के दामाद हैं। वह भविष्य में विचरता हुआ, समय चक्र में फँसकर भूतकाल में जा पहुँचा। मन ही मन सोच रहा था कि मैं यहाँ पर क्यों हूँ। क्या यह मेरे किये की सज़ा है? या माँ भवानी का आशीर्वाद? क्या यह मेरे गुरु का श्राप है? या उस स्त्री का श्राप जिसकी ममता को मैंने वैश्या समझकर कुचल दिया था; हो न हो यह मेरे कर्मों का परिणाम ही है।

मंगल और आज़म ख़ान कुछ अन्य ठगों के साथ घोड़े पर सवार होकर मुख्य रास्ते से होते हुए 'तोरण' शहर पहुँचे जो देवघर से कुछ ही कोस की दूरी पर था। बैसाख का महीना था, गेहूँ की फ़सल ज़ोरों पर थी। किसान गेहूँ से भरी गाड़ियाँ शहर लेकर आ रहे थे, पीले सोने की चमक देखकर उनके चेहरे खिले हुए थे।

शहर के मुख्य मार्ग से एक अलग रास्ता मुख्य बाज़ार को जाता था। शहर मुख्यत: कपड़ों और ज़री की शॉल के लिए मशहूर था। मंगल और ख़ान यूँ ही किसी से बात करते, मोलभाव करते हुए आगे बढ़ जाते थे। शहर में ख़ूब भीड़-भाड़ थी, ताँगे और हाथगाड़ी के अलावा कहीं-कहीं मोटर भी दिखाई पड़ती थीं जिसमें कोई अंग्रेज़, व्यापारी या कोई नौजवान रईसज़ादा अपनी रईसी का दंभ भरते हुए तेज़ी से निकल जाता था; लोग उत्सुकतावश बड़े सम्मान के साथ देखते थे। भविष्य के सपने देखने वाले किसी भी आम आदमी के लिए हर वो चीज उत्सुकता और सम्मान की अधिकारी है जो अमीरी का एहसास करवाती है।

किसी नये शहर में शिकार की तलाश में वे लगभग आधा शहर पार कर चुके थे तभी एक कोने में धोती-कुर्ता पहने, बग़ल में एक थैला लिये एक मुच्छल दिखाई दिया जो गोल-गोल आँखों से इधर-उधर ताक रहा था। मंगल ऐसी उलझन को भली-भाँति पहचानता था-

''ख़ाँ साहब, लगता है नया आया है शहर में; मालदार व्यापारी लगता है। उसकी धोती की ज़री को तो देखो .....'' मंगल ने उसकी तरफ़ पारखी नज़रों से देखते हुए कहा।

''हाँ, बायें हाथ में दो सोने की अंगूठियाँ हैं और जिस तरह से पेट निकला

हुआ है, लगता है बहुत माल गबन किया है।'' ख़ाँ ने अपना पेट सिकोड़ते हुए कहा।

''उसकी नोकदार फूलों वाली जूतियाँ.. और ये रेशमी गमछा ....हो न हो, यह अवश्य ही कोई बनारसी होगा; मैं इसके मुँह खोलते ही पहचान लूँगा।'' मंगल ने कहा।

''बनारसी बड़े तेज़ होते हैं।''

''तो, मैं भी तो बनारसी ठग हूँ'' मंगल ने अपनी मूँछों पर ताव देते हुए कहा। ''मैं आढ़तिया/एजेंट बनकर जाता हूँ, इशारा करते ही तुम ग्राहक बनकर आना।'' मंगल ने कहा और आगे बढ़ गया।

मंगल उस व्यापारी के पास पहुँचा....

''राम-राम सेठ जी, इस नाचीज़ को मंगल बुलाते हैं, नाम के अनुरूप काम करता हूँ साहब।'' मंगल ने हाथ जोड़कर कहा।

व्यापारी ने अपने थैले को थोड़ा कसकर पकड़ते हुए तिरछी नजरों से देखा।

''साहब! मेरे मालिक, आपको कैसा माल चाहिए पूरे शहर में सबसे सस्ता ने दिलवा दूँ तो कहना। क़सम गंगा मैया की!''

''बनारसी लगते हो?'' व्यापारी ने कहा।

''हाँ साहब, तभी तो, गंगा मैया ज़बान पर रहती है .....जौनपुर से हूँ मालिक।''

''मगर ..मैं ख़रीद चुका हूँ''

''सस्ते माल को ठुकरा दे, वह कैसा व्यापारी।''

''मैं यहाँ बनारसी धोती और सियारामी बेचने आया था। यहाँ ज़री बहुत महँगी होती है और ले जाने का ख़र्च अलग से .....''

''क्या मालिक, बनारसी होकर, बनारसी से मना करते हो। चलिए कोई बात नहीं, मगर तुम मेरे शहर से हो तो सावधान किये देता हूँ।

''क्या? सावधान! किस से?''

''यहाँ ठग हैं, भीड़भाड़ से बचकर रहना।'' मंगल ने धीरे से उसके कान भरे।

“ठग!”

“हाँ, ठग!”

ठगों का ख़ौफ़ ऐसा था कि लोग उनके नाम से भी डरते थे, उनके बारे में कई दन्त-कथाएँ प्रचलित थीं। कोई कहता था कि उनके पास दिव्य शक्तियाँ हैं, कोई कहता कि वे लोगों को ग़ायब कर देते हैं। लोगों का यह तक मानना था कि ठग सरेआम वारदात को अंजाम देते हैं मगर यह पता नहीं चलेगा की ठग कौन था। कोई कहता कि एक ही होता है तो कोई कहता उनकी संख्या अधिक होती है।

व्यापारी ने कुछ सोचते हुए जवाब दिया ....

“मुझे ज़री के शॉल चाहिए, कपड़ा मैंने ख़रीद लिया है, अगर सस्ता मिला तो और भी ले सकता हूँ।”

“साहब आप कहें तो ..... चोरी का माल दिलवा दें, आधे से भी कम दाम में।” मंगल ने क़रीब आकर धीरे से कहा।

“मुझे बेईमानी का माल पसंद नहीं है फिर भी सस्ते से सस्ता माल दिखाओ, तकलीफ़ के लिए तुझे इनाम दूँगा।”

“माल देखने के लिए आपको थोड़ा कष्ट करना होगा, मैं बरसों से ही शहर में रहता हूँ परन्तु.....”

“परन्तु क्या?”

“वो क्या है न की .... आप तो जानते ही हैं, कि चोरी का माल बेचने वाले पकड़े जाने के डर से शहर नहीं आते। हमें शहर से बाहर ही देखना पड़ता है।”

“ठीक है, मैं पहले माल देखूँगा उसके बाद पैसे देकर माल मँगवा लूँगा”

“मालिक, माल चोरी का है हाथों-हाथ ख़रीदें तो बेहतर होगा।”

“पैसे मैं सराय में ही दूँगा मैं यहाँ पैसे-वैसे साथ लेकर नहीं घूमता और यहाँ ठग भी ...”

इतने में ख़ान वहाँ पहुँचता है और कहता है-

“वाह! भाई साहब, कब से ढूँढ़ रहा हूँ आपको, चलिए पैसे ले आया हूँ, मुझे आज ही वापस जाना है, मुझे जल्दी से माल चाहिए।”

मंगल ने व्यापारी की तरफ़ देखते हुए कहा, ''देखिए मालिक मैंने आपसे कहा था न, पर अभी यह साहब भी माल ख़रीदना चाहते हैं, आपको सारा माल नहीं मिल सकेगा।''

''मुझे तुम्हारा माल पसंद आया इसलिए मैं तुम्हें 50 रुपये ज़्यादा दूँगा, जल्दी चलो।'' ख़ाँ ने विश्वासजनक भाव व्यक्त करते हुए कहा।

व्यापारी ने ख़ाँ से धीरे से पूछा, ''क्या सच में माल अच्छा है?''

''कौड़ियों के भाव मिल रहा है भाई साहब! एक बैलगाड़ी होती तो ख़ूब सारा ख़रीद लेता।''

''सस्ता माल! व्यापारी ने एक ही पल में अपना नफ़ा-नुक्सान, गुणा-भाग करके मंगल से कहा, ''देखिए अगर इनको माल अच्छा लगा है तो अच्छा ही होगा, मैं भी ख़रीद लेता हूँ। मुझे पैसे लेने होंगे, सराय में रोकड़िया को दे आया हूँ किसी छीना झपटी के डर से।''

''हाँ! आप जल्दी कीजिए हम सामने पान की दुकान पर तुम्हारा इंतज़ार करेंगे।'' मंगल ने व्यापारी से कहा।

वह व्यापारी ख़ुश होता हुआ सराय की तरफ़ चला जो तंग गली से निकलकर सामने ही सड़क पार करके था।

दोनों पान की दुकान पर पहुँचे, लकड़ी के तख़्त रखे हुए थे, एक तख़्त पर कोई 60-65 साल का आदमी बैठा हुआ था। गाल पिचके हुए, एक तरफ़ से दो दाँत लगभग पूर्णत: बाहर थे। दोनों को पास आते देख उसने अपना संदूक़ अपने पास किया। दोनों तख़्त पर बैठे, तम्बाकू की महक उन्हें लुभा रही थी। लकड़ी का संदूक़, जिस पर बेहतरीन कलाकारी की गई थी, को देखते हुए मंगल ने कहा, ''हुज़ूर आप कोई ख़ानदानी तंबाकू के व्यापारी लगते हैं, कितनी आकर्षक महक आ रही है।''

''हाँ, मगर मैं अपना सारा माल बेच चुका हूँ, बस थोड़ा अपने ख़ास लोगों के लिए रखा है।'' उसने कहा।

''यह महक हमें दूर से खींच लायी है, हम भी ख़ुशनसीब होंगे अगर हम भी इसका ज़ायक़ा ले पायें। आप जैसे ख़ुदा के नेक बंदे को आशीर्वाद मिला है कि आप इतनी मादक व लहरा देने वाली चीज़ों के पारखी हो। हमारे नवाब

बहुत ख़ुश होंगे अगर उन्हें यह पसंद आया तो, क्यूँ ख़ाँ साहब?’’ मंगल ने कहा।

‘‘हाँ, नवाब साहब तो शौक़ीन हैं तम्बाकू के।’’ ख़ाँ ने कहा।

‘नवाब’ सुनते ही उसने एक थैली से मिट्टी की छोटी-सी चिलम निकाली, मंगल सामने भट्टी से कुछ कोयला उठा लाया, बूढ़े ने तंबाकू तैयार किया और एक ज़ोर का कश लगाकर कहा, ‘‘लो, तैयार है।’’

मंगल ने आसमान की ओर देखते हुए मुट्ठी बंद की, उसमें चिलम फँसाकर ज़ोर से खींचा और फिर आसमान में धुएँ की तरफ़ देखते हुए कहा, ‘‘साहब, आपके इस मदहोश कर देने वाले धुएँ की असली क़ीमत तो हमारे नवाब साहब ही चुका सकते हैं, हम तो उनके ग़ुलाम हैं। क़सम से हमारे नवाब बड़े शौक़ीन हैं पान और तंबाकू के।’’

दो दाँत ने शंका व्यक्त करते हुए पूछा, ‘‘आपके नवाब साहब कौन हैं?’’

‘‘अकबरपुर के नवाब जलालुद्दीन का नाम तो सुना ही होगा आपने? उनके जैसा वीर पूरे हिंदुस्तान में नहीं है।’’ मंगल ने अपने राजा की शान में सीना चौड़ा करते हुए कहा।

‘‘क्या वह यहीं आसपास ही हैं?’’, दो दाँत ने पूछा।

‘‘हाँ! पास के ही गाँव में।’’

‘‘मगर, नवाब यहाँ कैसे?’’

‘‘अगर-मगर कुछ नहीं, हमारे नवाब बड़े दिलदार इंसान हैं। यहाँ आने के पीछे भी एक क़िस्सा है, आप तो जानते हैं कोई नवाब अपने महल के ठाठ-बाठ छोड़कर एक छोटे-से गाँव क्यों आयेगा।’’

‘‘हाँ ये बात तो है. ... मगर.. ...’’

‘‘मगर-अगर क्या? आप चलते हैं तो क़िस्सा सुनते हुए चलिए।’’

उसकी आँखों में चमक आ गयी थी, धन की चाहत, उसकी मंद-मंद मुस्कान में झलक रही थी। व्यापारी अभी तक लौटा न था, कुछ देर इंतज़ार के बाद ख़ान उसे ढूँढ़ने चला गया।

‘‘हमारे नवाब अपने तम्बाकू के शौक़ के लिए अलग से खेती करवाते हैं, मगर ऐसा सुगंधित तम्बाकू मैंने आज तक नहीं पिया।’’ मंगल ने कहा।

"तो क्या, नवाब साहब की सेवा में मैं अपना सर्वश्रेष्ठ पेश कर सकता हूँ?"

दो दाँत अब साथ चलकर नवाब के सामने अपना बेहतरीन तंबाकू पेश करने को तैयार था। मंगल के मन में दुविधा चल रही थी कि व्यापारी को माल देखना है तो वह इतनी दूर गाँव तक नहीं जायेगा और इस जनाब को नवाब तक जाना है दोनों काम एक साथ हम दो लोग कैसे कर पायेंगे। दोनों को एक साथ ले जाना असम्भव है, हमें अन्य साथियों की ज़रूरत होगी। मंगल बैठे-बैठे अपने साथियों को ढूँढ़ने लगा तभी ख़ान मुँह लटकाये हुए आया। मंगल समझ गया कि 'शहर में ठग' वाली बात उलटी पड़ गयी, व्यापारी नहीं आयेगा। ख़ान कुछ बोलता इससे पहले ही मंगल ने कहा, "यह साहब हमारे नवाब की ख़िदमत में अपना सर्वश्रेष्ठ पेश करना चाहते हैं।"

खान ख़ुश हुआ, मन ही मन सोच रहा था कि "चलो वह नहीं तो यह सही।" ख़ाँ ने दो दाँत से सुसज्जित बुढ़ऊ को देखकर कहा, "हमारे नवाब बहुत बड़ा इनाम देंगे, अगर उसका एक हिस्सा हमें मिले तो हम आपको भी ले चलेंगे।"

उसने मंगल की तरफ़ देखा और कहा, "तुमने तो ऐसी कोई शर्त नहीं रखी थी!"

"हाँ! मैं एक सिपाही हूँ, ये नवाब के ख़ास सैनिक हैं, हमें उनकी बात माननी ही पड़ेगी।" मंगल ने कहा।

इतना कहकर मंगल ने दो दाँत की रही-सही शंका भी समाप्त कर दी। उसे पूर्ण विश्वास हो गया कि यह नवाब के आदमी हैं और उन्हें कुछ रिश्वत चाहिए।

"ठीक है।" बुढ़ऊ ने कहा।

"इनाम का एक चौथाई से कम नहीं लूँगा।" ख़ान ने अपनी शर्त रखते हुए कहा।

"एक चौथाई? यह बहुत ज़्यादा है।"

"छोटी सोच से बड़े कारनामे सिर्फ़ सपनों में ही होते। नवाब से मिलने जा रहे हो, किसी कोठे की तवायफ़ से नहीं।"

"ठीक है, मगर उससे पहले मैं एक फूटी कौड़ी न दूँगा।"

* * *

मंगल ने अपने बाक़ी साथियों को इशारा किया कि वे घोड़े ले आयें। ख़ान

ने एक ताँगा सही किया और तीनों अपने मार्ग पर चल पड़े।

लकड़ी के संदूक़ को गोद में दबाये, बुढ़ऊ की खोपड़ी में चल रहा था कि एक बार यह सब नवाब को पसंद आ जाये तो मोटा माल मिलेगा, इतना तो सारा माल बेचकर भी नहीं कमाया होगा। उसके कान सोने के सिक्कों की खनक सुन पा रहे थे, उसकी आँखें चमकते सिक्कों की रौशनी में चुंधिया रही थीं।

कच्चे रास्ते से होते हुए तीनों गाँव की तरफ़ लौट रहे थे, गाड़ी सरपट दौड़ती हुई जा रही थी। गेहूँ की कटाई के बाद कुछ खेत ख़ाली थे तो कुछ सोने की तरह चमक थे। चिलचिलाती धूप में रास्ता लगभग ख़ाली था, कभी कोई बैलगाड़ी धूल उड़ाती हुई सामने से निकल जाती थी तो कभी कोई घुड़सवार उछलता हुआ देखते ही देखते आँखों से ओझल हो जाता था।

मंगल मन ही मन सोच रहा था कि शिकार तो मिल गया परंतु इसे डेरे में ले जाना मुश्किल होगा। रास्ते में कहीं कुएँ या नदी-नाले में फेंक दिया जाये तो अच्छा रहेगा। रास्ता भी साफ़ सुथरा है, दिनदहाड़े और कोई बेहतर उपाय नहीं हो सकता, सिवाय किसी कुएँ या किसी नदी-नाले के।

मंगलमय ने रमसी (ठगों के गुप्त भाषा) में ख़ान से कहा, ''किसी कुएँ झेरे में फेंक देते हैं।''

ख़ान का ध्यान कहीं और था, सोच रहा था कि बुढ़ऊ इस संदूक़ को नहीं छोड़ रहा है, अवश्य इसमें काफ़ी माल होगा। सुनते ही ख़ान ने कहा, ''प्यास बहुत लगी है और इंतज़ार नहीं होता।''

बुढ़ऊ, दो दाँत मन ही मन भविष्य के सपने संजो रहा था। ज़िन्दगी में पहली बार किसी नवाब से सीधे मिलने की ख़ुशी थी। मन ही मन सोच रहा था कि नवाब के सामने कैसे बात करूँगा। उसने मंगल से कहा,''हाँ तो आप नवाब साहब का क़िस्सा सुना रहे थे।''

''हाँ, ज़रूर।''

लकड़ी की संदूक़ को मज़बूती से पकड़कर वह कान लगाकर सुनने लगा।

''नवाब साहब बड़े की दिलदार इंसान हैं। एक महीने पहले अकबरपुर में महाराज ने नृत्य प्रतियोगिता रखी थी। पूरे हिन्दुस्तान से मशहूर नर्तकियाँ वहाँ पहुँचीं। एक महीने तक यह आयोजन चला, हमारे नवाब ने ख़ूब धन लुटाया।''

''अच्छा तो फिर।''

''फिर क्या? महाराज को एक नर्तकी पसंद आ गयी।''

''फिर....''

''फिर, महाराज ने उसे विवाह का प्रस्ताव भेजा। वे चाहते तो ज़बरदस्ती निकाह कर सकते थे, मगर नहीं ..वे दिल हार बैठे''

''बड़े ही दिलेर इंसान हैं!'' बुढ़ऊ ने उत्साह से कहा।

''फिर क्या हुआ?''

''फिर नर्तकी ने एक शर्त रखी कि अगर महाराज मेरे घर आकर ले जायें तो ही वह निकाह करेंगी। और महाराज ने उनकी शर्त मान भी ली।'' मंगल ने हँसते हुए कहा। ''अब देखो, पिछले चार दिन से महाराज उसके ग़रीबख़ाने में उसका नृत्य देख रहे हैं। कहते हैं कि यहाँ जीवन सुख मिल गया है, महल लौटने का मन नहीं करता। पिछले चार दिन से दिन-रात महफ़िल सजी रहती है।''

''नवाबी शौक़ के बारे में ख़ूब सुना था, कभी देखा नहीं।''

शहर से काफ़ी दूर निकल आने पर भी नवाब साहब की भनक नहीं लग रही थी। दो दाँत को शंका होने लगी कहीं यह मुझे बहला-फुसलाकर कहीं लूटने के लिए तो नहीं ले जा रहे। उसने अपनी धोती में छिपे ख़ंजर पर हाथ रखा, उसे सही सलामत वहीं पाकर उसने कहा, ''कितना और चलना होगा?''

मंगल ने कहा, ''सामने ही गाँव है, नहर पार करते ही दिखाई देगा।''

थोड़ा आगे चलते ही एक नहर थी, सूखी हुई, एकदम उजाड़। कुछ पानी था कहीं गड्ढे में, जिसे बकरियाँ पी रहीं थीं; चरवाहा खड़ा देख रहा था। दोनों किनारों पर बड़े-बड़े वृक्ष, तपस के कारण, जलधारा के इंतज़ार में मुँह लटकाये खड़े थे। नहर पार करके तीनों किसी कुएँ की तलाश में थे। मंगल को लगने लगा कि अगर कहीं उचित स्थान नहीं मिला तो आज फिर से शिकार से हाथ धोना पड़ेगा; इसे गाँव में ठिकाने लगाना कठिन होगा। अगर आज भी शिकार निकल गया तो आज भी पान नहीं खा सकेंगे। कितनी कठिन रस्में होती हैं हमारी, जब तक पहला शिकार नहीं करो, तब तक कोई पान नहीं खायेगा, कोई दाढ़ी नहीं बनायेगा। आज 4 दिन हो गये पान खाये, पान की मिठास को याद करके गला सूख जाता है। क्या माँ भवानी सिर्फ़ इतनी-सी बात के लिए नाराज़ हो जायेगी?

ख़ान के दिमाग़ में भी कुछ ऐसा ही चल रहा था। ख़ान ने कहा, ''आज मैं पान खाकर ही रहूँगा चाहे कुछ भी हो जाये।''

''मैं तंबाकू का व्यापारी हूँ, पर चूना ऐसा लगाता हूँ खाते रह जाओगे, पान का पत्ता चाहिए बस।'' दो दाँत ने ख़ुश होते हुए कहा।

पसीने से तर तीनों ने पानी की तलाश में किसी यात्री को रोका जो एक मज़बूत टट्टू सवार था। मंगल ने कहा ''श्रीमान मेरे साथी प्यासे हैं क्या यहाँ आसपास कोई कुआँ है? जहाँ अपनी प्यास बुझा सकें।''

''हाँ है ना, थोड़ा आगे चलकर एक वटवृक्ष दिखाई देगा, वहाँ से थोड़ा आगे चलते ही एक कुआँ है, वहाँ आप विश्राम भी कर सकेंगे।'' कहकर वह आगे निकल गया।

''अगर वहाँ यात्री मिले तो इसे ठिकाने लगाना कठिन हो जायेगा।'' ख़ाँ ने रमसी में कहा।

मंगल ने उसकी तरफ़ देखते हुए कहा, ''पर इसे मरना ही होगा, यही माँ भवानी का आदेश है। मेरा गला पान के बिना सूखता जा रहा है।''

दोनों को किसी अनजान भाषा में बात करते देख बुड्ढे का दिल ज़ोर-ज़ोर से धड़कने लगा। वह उन दोनों की चाल-ढाल, शरीर देखकर मन को आश्वस्त कर रहा था ये कि नवाब साहब के सैनिक ही हैं, इतना गठीला शरीर किसी सैनिक का ही हो सकता है। वह धन के लालच में कुछ इस क़दर डूबा था कि किसी अनहोनी की शंका उस पर हावी न हो पाती थी। उसे किसी नवाब के द्वारा दिया जाने वाला गले का हार दिखाई दे रहा था। ज़िन्दगी भर तंबाकू बेचते-बेचते कभी ऐसा मौक़ा न मिला था, अब ऐसे मौक़े पर वह इसे शंकावश व्यर्थ न करना चाहता था।

ताँगा रुका, चलते-चलते तीनों एक कुएँ पर पहुँचे। गाड़ीवान भी पीछे-पीछे पानी की तलाश में आ पहुँचा। यह फलों के बग़ीचे में एक कोने पर था, जहाँ से पौधों को पानी दिया जाता था। एक बड़ी-सी रस्सी व एक चमड़े का खोल किनारे रखा हुआ था। एक तरफ़ घास-फूस की एक कुटिया बनी हुई थी, जो यात्रियों के आराम करने के लिए थी। चारों ने पानी पिया, हाथ-मुँह धोया। गाड़ीवान घोड़े के लिए पानी लेकर गया, ख़ान ने कुटिया में जाकर देखा कोई नहीं था। चारों तरफ़ दूर-दूर तक कोई दिखाई नहीं दे रहा था, सिवाय पानी की परछाई के जो इस

भीषण गर्मी में क्षितिज में तैरती नज़र आती थी। कुएँ के पास ही मंगल दो दाँत से बात करने लगा-

"क्या आपको लगता है कि हमारे नवाब साहब आपकी सुगंधित तंबाकू लेकर ख़ुश होंगे?"

"हाँ, क्यों नहीं, बड़े-बड़े लोग इसकी सुगंध से ख़ुद को जन्नत में महसूस करते हैं और आपके नवाब तो तंबाकू के शौक़ीन हैं।"

तभी मंगल ने कहा, "तंबाकू लाओ", यही इशारा था। ख़ान, झिरनी (संकेत) के इंतज़ार में दो दाँत के ठीक पीछे खड़ा था।

"मैं अभी दे सकता हूँ पर यहाँ कोयला कहाँ? ..." बुड्ढे ने कहा।

इससे आगे कुछ बोलने से पहले ही ख़ाँ ने उसके गले में रुमाल डाल दिया, जिसमें एक चाँदी के सिक्के को समेटकर गाँठ लगायी गयी थी। ख़ान ने रुमाल को दोनों तरफ़ से पकड़कर खींचा, उसमे सिक्का उसके गले पर ज़ोरदार दबाव डाल रहा था। बूढ़ऊ ने ख़तरा भाँपते ही अपना ख़ंजर निकाला जिसे देखते ही मंगल ने उसके पैर खींच लिये, वह अधमरा ख़ान के घुटने पर आ गिरा। ख़ान की पकड़ इतनी मज़बूत थी कि बुढ़ऊ के प्राण पखेरू किसी तंबाकू के धुँए के बादल की तरह उड़ गये। वह ज़मीन पर गिरा हुआ था, उसके दो दाँत अभी भी बाहर थे, उसकी पगड़ी दूर जा गिरी थी, उसके सिर के अगले हिस्से में एक भी बाल नहीं था परन्तु उसकी चमकदार खोपड़ी उसकी साँसों से बाध्य नहीं थी, वह निर्जीव होकर भी पहले से अधिक आभा से चमक रही थी। दोनों ने चारों तरफ़ देखा, सब शांत था। हवाएँ शांत थीं, सूर्य अभी भी उसी ताप से दहक रहा था। पैरों तले सूखे पत्ते अभी भी चरमरा रहे थे बस कुछ अंजान, लाचार साँसों ने रास्ता बदल लिया था।

दोनों गाड़ीवान का इंतज़ार कर रहे थे जो अभी लौटा न था। ख़ान से कुएँ की दीवार के एक बड़े पत्थर को तोड़ा और बुढ़ऊ की पगड़ी से उसे बाँधने लगा। मंगल ने देखा कि गाड़ीवान बग़ीचे में एक पेड़ का सहारे अर्धचेतना में उन्हें देख रहा है। मंगल उसकी तरफ़ दौड़ा, वह ठगों को देखकर भावशून्य था। मंगल ने उसे जिझकोरा, वह सहमा हुआ उठ खड़ा हुआ। ख़ान से पत्थर कसकर उसकी कमर में बाँध दिया था। फिर उसकी जेब से कुछ पैसे, काग़ज़, अफ़ीम की पुड़िया निकाली और उसे कुएँ में फेंकने ही वाला था कि मंगल कहा, "रुको।"

गाड़ीवान फिर निसहाय होकर गिर पड़ा, डर के मारे उसकी देह सिकुड़ चुकी थी, बाल काँटे की तरह उखड़े हुए थे। वह मौत के इस दृश्य को देखकर, भाव व्यक्त नहीं कर पा रहा था। उसकी आँखें खुली थीं, वह सुन रहा था, देख रहा था मगर व्यक्त नहीं कर पा रहा था।

''इसे मारना मुश्किल होगा, इसकी शरीर अकड़ चुका है।'' मंगल ने कहा।

''शायद यह हमारा शिकार है ही नहीं।''

''इसे ऐसे तो नहीं छोड़ा जा सकता।''

''इसे अपनी मौत ख़ुद ढूँढ़ लेनी चाहिए।''

दोनों उसे उठाकर बुढ़ऊ के पास ले आये, दोनों के बीच बड़े से पत्थर को बाँधा और उन्हें कुएँ में फेंक दिया। इंसान की इस हरकत को देखकर पानी कुछ देर तक हरकत करता रहा और फिर शांत हो गया। दोनों तब तक कुएँ में झाँकते रहे जब तक पानी में उनका प्रतिबिंब शांत नहीं हो गया।

दोनों ने फिर चारों तरफ़ देखा, सब शांत था। दोनों ने एक-दूसरे को मुस्कुराकर संकेत दिया और कुटिया में आ बैठे। बुढ़ऊ की जेब से 73 रूपये प्राप्त हुए, कुछ काग़ज़ थे कुछ हुंडी, जो दोनों की समझ से परे थी। गाड़ीवान की जेब से सिर्फ़ भुने हुए चने मिले।

दोनों लकड़ी के संदूक़ की तरफ़ दौड़े जिस पर कुछ सुंदर कलाकारी आंकी गयी थी। जो बताता था कि वह अपने काम से कितना प्यार करता था। जैसा कि वे पहले ही देख चुके थे सबसे ऊपर कई तरह के तंबाकू थे, जिसकी ख़ुशबू मदहोश कर देने वाली थी। नीचे कुछ और कुछ रंगीन चादरें थीं, कुछ लाल और कुछ नीली। उनके नीचे कुछ गहने थे, 2 जोड़ी पायल 1 जोड़ी सोने की बालियाँ, 11 चाँदी के सिक्के और कुछ नकदी थी। मंगल ने सब वापिस रखा, शॉल को रखते हुए उसमें से सोने की एक छड़ नीचे गिरी, खोलकर देखा तो उसमें एक हाथ लंबी सोने की चार छड़ थीं।

लूट का माल काफ़ी था, दोनों के चेहरे मुस्कुराहट से लहलहा रहे थे, दोनों बाहर आये। कुएँ में झाँक कर देखा सब शांत था। दोनों फिर अपने डेरे की ओर चल दिये, मंगल सिर पर संदूक़ उठाये आगे-आगे और ख़ान पीछे-पीछे मुस्कुराते हुए। दोनों ताँगा लेकर तेज़ गति से अपने ठिकाने की ओर बढ़े।

सरदार ने दूर से ही देखा कि दोनों लूट लिये आ रहे हैं तो थाली में गुड़ परोसने लगा। पास आते ही सरदार ने दोनों के मुँह में एक-एक गुड़ की डली रख दी। पहली लूट की ख़ुशी में सभी ने रसम के अनुसार गुड़ खाया। गुड़ खाते-खाते ख़ान ने कहा, ''सरदार, माँ भवानी की कृपा से अच्छी लूट मिली है..... कहें तो पान बनवा दें।''

''बहुत अच्छे ख़ान साहब, कोई तकलीफ़ तो नहीं हुई ना? बनिज (शिकार) को ठीक से ठिकाने लगा दिया न?''

''हाँ सरदार, दो दाँत अपनी बीवी से बड़ा प्यार करता था।'' कहकर ख़ान ने दो पायल उठायीं और बजाने लगा, उसे ऐसा करते देख सरकार को हँसी आ गयी। उसने अपनी मूँछों पर ताव लगाते हुए कहा, ''रख लो, अपनी लुगाई ख़ातिर, तुम भी तो बहुत प्यार करते हो।''

ख़ान अब पायल की 'छन-छन' के मधुर संगीत में खो गया।

पंडित आज़म ख़ाँ

सफ़र की शुरूआत के बाद पहली लूट पर ठगों के गिरोह में जश्न का माहौल था। देर रात तक नाच - गाना चलता रहा, दल में कुछ लोग गाना-बजाना जानते थे इसलिए स्त्री-पुरुष के भेष में आपस में गाकर मन बहला लेते थे। साथ में ताड़ी और हुक्का भी उनकी महफ़िल में शामिल था। आस-पास कोई तवायफ़ नहीं मिली इसलिए सभी अधूरी महफ़िल का ज़ायक़ा लेकर सो गये थे।

चाँद तालकटोरे से पूरी रात झाँकता रहा, अपनी पूर्ण आभा के साथ। प्रकृति उस दूधिया रौशनी में ख़ुद को देखती रही, सजती रही, सँवरती रही और जब चाँद अपनी चाँदनी को समेटने लगा तो प्रकृति में चाँदनी से बिछड़न के कारण हरकत होने लगी। पंछी चहचाने लगे, सुकून से सोते पेड़, पत्ते हिलाकर मानो रुदन व्यक्त कर रहे हों। हवाएँ मानो लयबद्ध तरीक़े से बहकर चाँदनी को पुकार रही हों। प्रकृति की इस हरकत पर मानव जाति भी आश्रित है, मानव जाति इसे एक नयी सुबह का नाम देती है। इसी सुबह के आगमन पर ठगों का सरदार जगीरा, माँ भवानी की पूजा करने की तैयारी में था। दूसरी ओर उनका सहायक शंकर पांडे, रात के नशे में अभी तक खर्राटे भर रहा था।

‘‘हे माँ भवानी अपने भक्तों को आशीर्वाद दे।’’ कहकर जगीरा ने पूजा संपन्न की। थाली में रखा पवित्र सिक्का रुमाल में रखकर गाँठ लगाई और श्रद्धा पूर्वक अपनी जेब में रख लिया। पूजा में शामिल बाक़ी सभी ठगों ने अपनी-अपनी जेब में रुमाल रखा, जिसके तुरंत बाद हमेशा की तरह माँ भवानी की ओर से शुभ संकेत का इंतज़ार होने लगा।

प्रकृति द्वारा दिये गये यह संकेत माँ भवानी के आशीर्वाद का प्रतीक थे, अगर कोई संकेत नहीं मिलता तो माना जाता कि आज कोई शिकार नहीं किया जायेगा।

कुछ ही देर बाद अचानक से गधों के रेंकने की आवाज़ आयी और फिर आती रही जिसे शुभ शगुन मान लिया गया। मंगल के अनुसार, यह संकेत था कि आज के दिन बड़ी लूट मिलेगी, संकेत था कि माँ भवानी अपने भक्तों पर

अत्यंत प्रसन्न है। सभी ठग उत्साह और जोश से फड़फड़ाने लगे।

सूर्य की प्रथम किरण के साथ ही प्रकृति का विरोध समाप्त हुआ। पक्षी आनंदमयी किलकारियाँ भरकर ज़मीन पर पाँव नहीं रख रहे थे। पेड़-पौधे नव-जीवन पाकर पत्ते हिलाकर सूर्य का अभिवादन कर रहे थे, हवाएँ इधर से उधर मदहोश हुई जाती थीं।

शौच-विचार कर सभी डेरे में वापस आ चुके थे। जगीरा, मंगल और शंकर पांडे के साथ अपने कक्ष में पहुँचा, अपना पुराना मानचित्र निकाला और उसे ध्यान से देखने लगा। यह ठगों का एक पुस्तैनी मानचित्र था, जिसे जगीरा ने अन्य ठगों से लड़ाइयों में उन्हें हराकर या मारकर हासिल किया था। यह बेहद जटिल एवं जालीदार था। किसी आम ठग के लिए एक कोरा कागज़। जिसे देख मंगल ने असमंजस में कहा, ''सरदार, इसमें मुझे तो कुछ स्पष्ट दिखाई नहीं देता, क्या यह जादुई है?''

जगीरा ने मुस्कुराते हुए रहस्मयी जवाब दिया, ''क्या तुम्हें मार्ग पर चलते हुए यात्री दिखाई नहीं पड़ रहे?''

''क्या सच में?''

''तो क्या ठग इतने बेवकूफ़ हैं कि वे एक सामान्य मानचित्र के लिए लड़ेंगे?''

''मुझे तो कुछ समझ नहीं आता। कितना जटिल है यह, कहीं कुछ लिखा हुआ भी तो नहीं।''

जगीरा ने मानचित्र पर अपनी उँगली रखते हुए कहा, ''ये पीला निशान दिख रहा है, यह नागपुर है, और यह पंच नदी और लगभग यहाँ हम हैं। हमारा अगला पड़ाव 'गुलसराय' होना चाहिए, हम नदी के साथ-साथ यात्रा करेंगे।''

गुलसराय नागपुर जाते हुए रास्ते में पड़ने वाला अगला शहर था।

''हाँ सरदार! गुलसराय व्यापारियों का शहर है, रास्ते में हमें अच्छी लूट मिल सकेगी'' शंकर ने कहा।

जगीरा ने फिर मानचित्र में देखकर अंदाज़ा लगाते हुए कहा, ''गुलसराय, यहाँ (देवघर) से लगभग 5 कोस दूर होगा। हम अंधेरा होने से पहले वहाँ डेरा डाल सकते हैं।'' जगीरा ने अपना हाथ अपनी कमर पर रखकर, शंकर की तरफ़

उँगली से इशारा करते हुए फिर कहा, ''मैं मुख्य दल के साथ रहूँगा तुम और मंगल आगे जाकर मुआयना करो।''

''जी सरदार, ऐसा ही होगा''

''फकीरचंद को यहीं भेदिये के रूप में छोड़ देते हैं''

''जी सरदार। फकीरचंद, फ़क़ीर के भेष में किसी अप्रिय घटना के बारे में हमें आगाह करने में निर्णायक रहेगा।'' शंकर ने अपनी गंभीर मुद्रा को समेटते हुए आगे कहा, ''आगे का रास्ता सुनसान है। अगर कोई शिकार मिला तो उसे ठिकाने लगाने में दिक्क़त न होगी।''

''गुलसराय के सुनसान रास्ते को मैं भली-भांति जानता हूँ अगर कोई यात्री हमारे शिकार योग्य हो तो उसे मुख्य रास्ते पर ही रखना और हमें सूचित करना।'' जगीरा ने कहा।

''हाँ सरदार! माँ भवानी की कृपा से आज बनिज अवश्य मिलेगी। जैसे ही मुझे सफलता मिलेगी मैं आपको सूचित करूँगा।''

''तुम्हें अभी निकल जाना चाहिए, हम भी पीछे-पीछे चलते हैं।'' सरदार ने कहा।

गिरोह के पास तीन घोड़े और दो टट्टू थे, जो उनके लिए पर्याप्त नहीं थे पर फिर भी वे आगे बढ़ने को तैयार थे। घोड़े आगे चलकर ख़रीद लिये जायेंगे या कहीं लूट लिये जायेंगे।

शंकर पांडे और मंगल श्री दोनों ने आगे निकलकर निगरानी करने और शिकार फँसाने का निर्णय लिया। दोनों घोड़े पर सवार हुए और ''जय माँ भवानी'' बोलते हुए निकल गये।

तुरंत ही सभी ने सामान बैलगाड़ी में रखना शुरू कर दिया और तंबू हटाने शुरू कर दिये।

लगभग सारा सामान रख लिया गया था और तंबू उखाड़ लिये गये थे कि अचानक से गाँव का मुखिया फुलवा वहाँ आ पहुँचा। सब अपने कामों में व्यस्त थे, फुलवा खड़ा देखता रहा।

सफ़ेद धोती कुर्ता, बड़ी-बड़ी मूँछें, गठीला और भारी शरीर, चौड़ा सीना, ऐसा लगता था कि वह कभी सैनिक था। कानों पर बड़े-बड़े बाल थे, बोलने में

इतना मधुर था कि लोग क़ायल हो जाते।

फुलवा ने दोनों हाथ जोड़कर जिनके बीच में उसकी लाठी लटक रही थी, धीरे से कहा, "क्या हमारे अंजान मेहमान यहाँ से चलने की तैयारी में हैं?" उसने बड़े ही कोमल भाव से हाथ जोड़कर फिर कहा, "देवघर की इस धरती पर आपके क़दम, हमारा सौभाग्य है।"

जगीरा घोड़े की काठी ठीक कर रहा था। उसने घोड़े की गर्दन पर बड़े-बड़े बालों के बीच हाथ फेरते हुए कहा, "हम सब एक महत्वपूर्ण यात्रा पर हैं। आप जैसे लोगों का मिलना हमारी ख़ुशक़िस्मती है।"

फुलवा एक असंतोषी व्यक्ति था जो हमेशा औरों से ऊपर रहना पसंद करता था। उसे लगता था कि जगीरा कोई सरकारी आदमी है या वह कोई राजा का संदेशवाहक है या किसी अफ़सर का कर्मचारी, जो भी हो वह उसे मेलजोल बढ़ाना चाहता था ताकि भविष्य में किसी तरह की ज़रूरत पड़ने पर अपना काम निकलवा सके।

बातों ही बातों में फुलवा ने बताया कि देवघर से गुलसराय का अधिकतर रास्ता सुनसान ही है। मुख्य मार्ग पर कोई गाँव नहीं परंतु गुलसराय से निकलते ही नागपुर मार्ग पर आसपास कुछ गाँव हैं, जिनके नाम हैं ... चिंदूर, चौपटा और चिरौली। इनके नाम के पीछे की कहानी तो वह नहीं जानता था परंतु इतना जानता था कि इन गाँव में पुरानी दुश्मनी है। लोग रात को कहीं बाहर जाने से भी डरते हैं।

फुलवा से विदा लेने के बाद सभी अपने मार्ग पर चल दिये, सबसे आगे जगीरा माथे पर लाल रंग का तिलक लगाये अपने सफ़ेद घोड़े पर सवार था। घोड़ा अपनी मदमस्त चाल से हवा से बातें करता हुआ गतिमान था। जगीरा एक हाथ में घोड़े की लगाम और दूसरे हाथ में तलवार की मुठ पकड़कर किसी चिंतित राजा की तरह, जो किसी महत्वपूर्ण फ़ैसले के बारे में विचाराधीन हो, लग रहा था। पीछे उसकी सेना, कुछ पैदल थी तो कुछ बैलगाड़ी में, जो हमेशा पीछे छूट जाती थी।

आज़म ख़ान टट्टू पर सवार था जिसे वह अपेक्षाकृत कमज़ोर टट्टू, बड़ी मुश्किल से ढो रहा था। इतना स्थूलकाय शरीर लादने के बाद भी वह अपने मालिक का प्रत्युत्तर देता, हाँकने पर गति बढ़ा देता पर थोड़ी ही देर में फिर वही

सामान्य चाल से चलने लगता था।

पूरा गिरोह बिखरा हुआ था, मंगल और शंकर पांडे पहले ही जा चुके थे। जगीरा सबसे आगे घोड़े पर सवार था। पीछे आज़म ख़ाँ और बाक़ी ठग धीरे-धीरे चलायमान थे। फकीरचंद अभी टट्टू के साथ गाँव में विराजमान था। गाँव से निकलने के बाद सभी मुख्य मार्ग, जो कि रेतीला और गर्म था, से आगे बढ़ रहे थे, धूल उड़ाते हुए, मज़ाक़ मस्ती करते हुए।

* * *

सूर्य निकटतम पहुँच चुका था। चिलचिलाती धूप अब चुभने लगी थी, परंतु रास्ता पूरी तरह से पेड़-पौधों से घिरा हुआ था। दूर से देखने पर पूरा रास्ता एक हरित गुफा-सा नज़र आता था। पौधों की छाँव में गर्मी छुप जाती थी, परंतु प्यास नहीं। पंचनदी के किनारे बड़े-बड़े पेड़ थे, सभी किसी आराम करने लायक़ जगह का इंतज़ार कर रहे थे। तभी दूर पेड़ों की हरित गुफा से एक घुड़सवार आता दिखाई दिया।

जगीरा ने दूर से ही अनुमान लगाया कि कोई अच्छी बनिज हाथ लगी है, मन ही मन मुस्कुराया और घुड़सवार के आने का इंतज़ार करने लगा। सामने का दृश्य देख ख़ाँ ने टट्टू को हाँका और तेज़ी से जगीरा के समीप आ पहुँचा। घुड़सवार मंगल ने नज़दीक आकर लगभग हँसते हुए एक ही साँस में कहा, "सरदार बड़ी मछली है। साथ ही चतुर भी, लगता है मीठा और ख़ारा पानी दोनों चख चुकी है। चारा डाला, पर चेष्टा भी नहीं कि...."

वातावरण में एकदम स्थिरता थी मानो सभी कान लगाकर सुनना चाहते हों कि बनिज हाथ कैसे लगे। जगीरा ने चुप्पी तोड़ते हुए कहा, "क्या वे हमसे ज़्यादा चतुर और बेरहम है?"

मंगल ने अपने घोड़े की लगाम खींचकर उसे स्थिर करते हुए कहा, "नहीं, पर संख्या काफ़ी है, दो व्यापारी हैं, दोनों अपने-अपने टट्टू पर, दो नौकर और 4 अन्य सैनिक कुल मिलाकर आठ लोग हैं।

"माशाल्लाह, लगता है काफ़ी माल है। व्यापारी अक्सर चौकन्ने होते हैं, क्योंकि वह अक्सर यात्राएँ करते रहते हैं। वह किसी भी अनजान को अपने साथ शामिल नहीं करेंगे।" ख़ान ने अपनी राय देते हुए कहा।

सभी एक साथ आगे बढ़ने लगे। जगीरा अगले शिकार को फँसाने की

कोई युक्ति खोज रहा था, तभी मंगल श्री ने कहा, ''सरदार, व्यापारी जितना चालाक है उतना ही धार्मिक और अंधविश्वासी भी है। मैंने ख़ुद देखा जब एक बिल्ली रास्ता काट गयी तो वे दोनों कुछ क़दम नंगे पाँव चले थे।''

कुछ सोचते हुए ख़ान ने कहा, ''अगर हम उन पर आक्रमण करें तो हमारे लोग भी ज़ख़्मी हो सकते हैं, पर ऐसा करने के लिए हमें उनको घेरना होगा, घोड़ों पर सिर्फ़ तीन लोग आगे जा सकते हैं, उनके मन में किसी भी प्रकार का शक हमें महँगा पड़ सकता है।''

''नहीं, ... हम उनके धार्मिक अंधविश्वास का फ़ायदा उठाकर उनमें शामिल हो सकते हैं।'' जगीरा ने प्रश्नवाचक निगाहों से मंगल की तरफ़ देखा।

''अति उत्तम विचार, हम भजन-कीर्तन करते हुए उनके पास से गुज़रेंगे, वे अवश्य ही हमारे साथ शामिल हो जायेंगे या हम उनके विश्वासपात्र हो जायेंगे, यह शिकार फँसाने की रणनीति का पहला क़दम होना चाहिए।'' मंगल ने कहा।

ख़ान - ''अगर नहीं हुए तो?''

जगीरा- ''तो हम मौक़ा देखकर उन पर हमला कर देंगे, हमारी संख्या उनसे ज़्यादा है। वे लोग हमसे ज्यादा चतुर और बेरहम नहीं हो सकते।

मंगल - ''हाँ, मगर... इसमें ख़तरा है। उनके साथ सैनिक भी हैं, हमारे आदमी ज़ख़्मी हो सकते हैं।

जगीरा- ''हम ठग हैं, क्या माँ भवानी के सामने हमने पवित्र कुल्हाड़ी की क़सम नहीं खायी कि उनके भेजे हुए किसी भी बनिज का हम शिकार करेंगे? क्या यही समय नहीं है, भक्तों द्वारा माँ भवानी को ख़ुश करने का। हमने क़ब्र पर बैठकर गुड़ खाया है, एक ठग की वीरता ही उसका परिचय होता है।''

''हाँ, सरदार, उधर देखिए, कौए बोल रहे हैं। कितना शुभ संकेत है!'' मंगल ने एक वृक्ष की तरफ़ देखते हुए कहा।

कौवे का बोलना माँ भवानी की तरफ़ से सर्वोत्तम संकेत माना जाता है।

''ठीक है तुम आगे जाओ, तुम और शंकर पांडे उनसे आगे रहना, हम जल्दी से पीछे पहुँचते हैं। बाद में तुम सैनिक बनकर शामिल हो जाना, मैं झिरनी दूँगा, 'जोत जलाओ'।'' सरदार ने कहा।

''जी सरदार।'' कहकर मंगल आगे बढ़ गया।

बैलगाड़ी की गति बढ़ा दी गयी, सभी ने अपने माथे पर मुल्तानी मिट्टी से लिपुण्ड लगाया। जगीरा ने अन्य ठगों से कहा, "मेरा इशारा करते ही भजन-कीर्तन शुरू कर देना। जगीरा ने ख़ुद लाल रंग का तिलक लगाया और ख़ान को भी लगाया।

सभी जल्दी-जल्दी आगे बढ़ने लगे कुछ ही समय बाद कच्चे रास्ते से जाते हुए वह व्यापारी और उसके सैनिक दिखाई पड़े। जगीरा का इशारा पाते ही सभी ने भजन-कीर्तन शुरू कर दिया, टोली में दो गायक भी थे, जो पूरे माथे पर चंदन रूपी तिलक लगाकर, गा-गाकर झूम रहे थे।

इस भक्तिमय माहौल को देखकर ख़ान ने कहा, "अगर फकीरचंद साथ होते तो काम आसान हो जाता।"

जगीरा ने ख़ान को तीखी नज़रों से घूरा, कुछ सोचते हुए पीछे मुड़ा और बैलगाड़ी से कुछ भगवा वस्त्र ख़ान को देते हुए कहा, "तुम मोटे-ताज़े हो, पर मुसलमान हो ज़रा भी बोले तो पोल खुल जायेगी, इसलिए तुम मौन व्रत पर ही रहो, अभी से"

ख़ान ने कपड़े बदले और सभी ठगों को समझाया कि वह सब सरदार का अनुसरण करें।

ठगों और व्यापारी के अलावा दूर-दूर तक सिर्फ़ तैरते पानी का बिंब दिखाई पड़ता था। चिलचिलाती धूप में पेड़-पौधे मुँह लटकाये शांत खड़े थे। सरदार अपने घोड़े पर और पंडित बने आज़म ख़ान एक टट्टू पर सवार, समूह का नेतृत्व कर रहे थे। भजन करते हुए सभी व्यापारियों के पास पहुँचे, समीप आते ही व्यापारी और उनके सिपाही रास्ते के एक तरफ़ खड़े हो गये। व्यापारी ने समझा कि कोई धार्मिक यात्रा पर है, इसलिए पंडित को झुक कर प्रणाम किया। पंडित ने लंबे कुर्ते से अपने हाथ घुमाते हुए उन्हें आशीर्वाद दिया और धीरे-धीरे आगे बढ़ गये। व्यापारी तब तक आगे न बढ़े जब तक सभी लोग निकल नहीं गये।

दोनों व्यापारी हट्टे-कट्टे थे, दोनों के सिर पर सफ़ेद रंग की पगड़ी थीं। दोनों में से एक उम्रदराज़ था, तो एक नौजवान जो टोली को देखकर उत्साहित था। जिसके गले में एक मोतियों की माला थी जो लाल रंग के कुर्ते से दिखाई देती थी।

जगीरा के अनुमान अनुसार व्यापारियों ने उनसे कोई बात नहीं की, न ही

उनके साथ चले, वे पीछे-पीछे आ रहे थे।

"सरदार, लगता है मौक़ा निकलता जा रहा है।" ख़ान ने रमसी में जगीरा से कहा।

"नहीं। ..... उनसे बात ना करके हम उनके विश्वासपात्र बन गये हैं, अब वे बेफ़िक्र हमारे पीछे ही रहेंगे।"

"हमें आगे उचित व्यवस्था करनी चाहिए यह लोग किसी किनारे रुकना अवश्य पसंद करेंगे।"

किसी किनारे की तलाश में सभी आगे बढ़ रहे थे, जहाँ थोड़ा रुककर आराम किया जा सके और व्यापारी पीछे-पीछे अपनी चाल से चले आ रहे थे।

"सरदार, क्या यहाँ कुछ अजीब नहीं लगता? कोई व्यापारी धन लेकर टट्टू पर क्यों सवारी करेगा।" ख़ान ने आशंका व्यक्त करते हुए पूछा।

जगीरा ने स्थूलकाय ख़ान की तरफ़ देखा, फिर उसके टट्टू की तरफ़ देखकर कहा, "अपने टट्टू की हालत देखो, क्या घोड़ा यह सहन कर पाता?"

जवाब सुनकर ख़ान झेंप-सा गया और प्रति-उत्तर में सिर्फ़ इतना ही बोला कि "यह सबसे सस्ता और मज़बूत साधन है।"

जगीरा उपेक्षा की हँसी हँसता रहा, इससे बेहतर कोई जवाब उसके पास नहीं था।

सामने एक विशाल वटवृक्ष दिखाई पड़ रहा था, जिसका तना लगभग आधा रास्ता घेर चुका था। लटकती हुई बड़ी-बड़ी दाढ़ी, रास्ते पर अपना पूर्ण अधिकार जमाये हुए थी। दूर से देखने पर वह किसी रहस्यमयी विशाल गुफा का प्रवेश द्वार लगता था। जब सभी नज़दीक पहुँचे तो नज़ारा कुछ और ही था। घोड़े और टट्टू तो आसानी से निकल सकते थे, परंतु बैलगाड़ी का निकलना मुश्किल था। फिर भी बैलगाड़ी को रोक कर सभी नीचे उतरे, जैसे ही गाड़ी आगे बढ़ी लकड़ी का एक पहिया अचानक से धँस गया, वहाँ पहले से ही एक पतली-गहरी खाई थी जिसे लकड़ी से ढँका गया था। सभी गाड़ी को निकालने में जुटे थे, जगीरा उन्हें बार-बार संकेत दे रहा था; तब तक व्यापारी भी उनके पास पहुँच चुका था। जिन्हें देखकर जगीरा ने कहा, "माफ़ करना श्रीमान, शायद हम किसी कुनीति का शिकार हुए हैं।" बूढ़ा व्यापारी कुछ ना बोला, वह सावधानी से

टट्टू से उतरा और अपना गोलाकार, घड़ाकार पेट लेकर बैलगाड़ी की तरफ़ बढ़ा, वहाँ का बारीकी से मुआयना करते हुए बोला, ''तुम्हारी संख्या काफ़ी है इसलिए सुरक्षित हो वरना इन 'गोंड' लोगों के जाल में तुम पूरी तरह फँस चुके हो।''

जगीरा जानता था कि 'गोंड' लोग कौन होते हैं और वह कैसे लोगों को लूटने के लिए किसी मुसीबत में डाल देते हैं। वे मुँह पर कपड़ा बाँधकर आते हैं और यात्रियों को लूटकर चले जाते हैं। शायद यही कहीं छुपे हुए होंगे, जगीरा ने जानते हुए भी आश्चर्य व्यक्त करते हुए कहा, "गोंड! ..... हे भगवान! कृपा करना हमारे भक्तों पर, सुना है यह लोग बहुत ख़तरनाक होते हैं।"

जगीरा हाथ जोड़े प्रार्थना मुद्रा में खड़ा था। व्यापारी ने उसके दोनों हाथों पर अपना दायाँ हाथ रखते हुए कहा, ''घबराओ मत तुम्हारी संख्या काफ़ी है वह तुमसे अवश्य डरेंगे, फिर हम भी तो हैं तुम्हारे साथ।''

''जी, हमारे पास भी कुछ सैनिक हैं परंतु इस भक्तिमय माहौल में ज़रूरत दिखाई नहीं पड़ी इसलिए हम निडर होकर तेज़ी से आगे बढ़ रहे थे।'' जगीरा ने नम्रतापूर्वक कहा।

बैलगाड़ी गड्ढे से निकालकर सही-सलामत मुख्य मार्ग पर चलने लगी थी। पंडित आज़म ख़ाँ सबसे आगे दल का नेतृत्व कर रहे थे, उनके पीछे बैलगाड़ी में और कुछ पैदल ठग गुणगान कर रहे थे। हालाँकि उनमें कुछ ठग मुसलमान थे, परंतु वह सब हिंदू और हिंदू रीति-रिवाज़ों से भली-भाँति परिचित थे। पीछे-पीछे बूढ़ा व्यापारी और जगीरा बातें करते हुए आगे बढ़ रहे थे और उसके सैनिक परछाईं की तरह उनके साथ थे।

वृद्ध व्यापारी ने अपना परिचय 'मूषक लाल' के रूप में कराया, बताया कि नौजवान लड़का उसका बेटा 'गुलाबदिन' है जो अभी व्यापार में नया है। मूषक लाल ने बताया कि वह अक्सर यात्राएँ करता रहता है और लूटपाट से बचने के लिए सैनिक रखता है। लुटेरों से उसका कई बार सामना हो चुका है परंतु वह हमेशा सतर्क रहकर यात्रा करता है।

जगीरा ने कहा, ''मेरा नाम 'जगीरा जोगी' है, लोग मुझे 'जोगी' कहकर पुकारते हैं। मैं चिरगाँव का मुखिया हूँ, पिछले साल हमारे गाँव में सूखा पड़ा था, पंडित जी ने पाँच धाम यात्रा की मन्नत माँगी थी। इसलिए हम सभी गाँव के लोग माता रानी के दरबार जा रहे हैं।''

"तुम्हारी यात्रा अवश्य सफल होगी। माता रानी अपने भक्तों का अवश्य ख़याल रखेगी। मैं अगर मेरी अनुबंधित यात्रा पर ना होता तो अवश्य आपके साथ चलता और माता के दर्शन करता।" मूषक लाल ने श्रद्धा पूर्वक अपने आपको साथ में न चलने की असमर्थता प्रकट करते हुए कहा, "मेरी यात्रा नागपुर तक ही है। कुछ फल और नारियल मेरी तरफ़ से माता रानी को भेंट करना जो मैं आपको अगले पड़ाव पर दूँगा। मैं प्रार्थना करता हूँ कि माता रानी अवश्य मेरे पुत्र को सद्बुद्धि और शक्ति दें। मेरे पुत्र को दुष्ट शक्तियों से बचायें और मेरे भाई की आत्मा को शांति दें।"

जगीरा- "आपका पुत्र पूर्णत: स्वस्थ और बुद्धिमान मालूम पड़ता है, एक अच्छे व्यापारी के लक्षण उसमें पूर्ण दिखाई देते हैं।"

साधारण मनुष्य अपनी प्रशंसा सुनकर आत्ममुग्ध हो जाता है परंतु अपने बच्चों की प्रशंसा सुनकर उस विद्यार्थी की भाँति खिलखिला उठता है जिसका परीक्षा परिणाम आने वाला होता है परंतु उसे अनुत्तीर्ण होने का डर हमेशा लगा रहता है।

मूषक लाल रास्ते से भली-भाँति परिचित था, उसने कहा- "थोड़ा आगे चलकर नदी किनारे एक उत्तम ठहराव है, हम वहाँ रुकेंगे। पंडित जी से प्रार्थना करूँगा कि वह मेरे बेटे को आशीर्वाद दें और तिलक लगायें।

जगीरा- "हाँ, अवश्य, हमारे साथी भी वहाँ ठहरकर थोड़ा आराम करना चाहेंगे।

जगीरा मन ही मन सोच रहा था कि एक बाप-बेटा जिसका अंत मेरे हाथों से होने वाला है। वही हमसे बेहतर भविष्य के लिए आशीर्वाद की कामना किये बैठा है। उह! यह पुत्र-मोह जो हर वक़्त अपने बेटे की सलामती चाहता है। परंतु उनका अंत निकट है उनके रिश्ते कितने भी गहरे क्यों ना हों, माँ भवानी ने इन्हें हमारे पास भेजा है हमें उनका शिकार करना ही होगा यही हमारा कर्म है यही हमारी परंपरा।

जगीरा ने बात जारी रखते हुए पूछा, "क्या आपके भाई के साथ कोई हादसा हुआ था?"

"भगवान जाने।" मूषक लाल के चेहरे पर उदासी छा गयी, उसने कहा, "3 महीने पहले हम दोनों दिल्ली की तरफ़ व्यापार के लिए निकले थे, किसी

कारणवश मुझे अलग होना पड़ा। मैंने आगे रास्ते में मिलने का वादा किया था; कितनी मनहूस घड़ी थी वह।'' उसका गला भर आया, उसने थोड़ा रुक कर फिर कहा, ''अत्यधिक सुरक्षा के बावजूद .... उसे देखने को आज भी मेरी आँखें तरसे जा रही हैं।'' व्यापारी की आँखें भर आयीं उसने आगे कहा, ''सुना है कि वह किसी फिरंगी नामक ठगों के गिरोह में जा फँसा। अंग्रेज़ सरकार उसे ढूँढ़ रही है।''

''आपका भाई जहाँ भी होगा सही सलामत होगा, हम माता रानी से प्रार्थना करेंगे।''

व्यापारी- ''ठग लोग बहुत ही निर्दयी होते हैं, राह चलते इंसान को बड़ी निर्दयता से मार देते हैं; सिर्फ़ लूटपाट के लिए। क्या सच में मनुष्य की मनुष्यता मर जाती है?''

जगीरा - ''मनुष्य वही करता है जो वह करना चाहता है या उसे करना चाहिए। क्या मनुष्य उसके कर्मों का दास नहीं है?''

सामने हरे-भरे पेड़ पौधों की एक शृंखला नज़र आ रही थी। ''अवश्य ही वहाँ पानी होगा।'' जगीरा ने कहा और अपने घोड़ों की गति बढ़ा दी। पूरा क़ाफ़िला तेज़ी से चला और शीघ्र ही उसका स्थान तक जा पहुँचा।

बड़े-बड़े पत्थरों के बीच से बहते शीतल जल की कलकल ध्वनि आसमान में स्वरलहरी की तरह गूँज रही थी। हरे भरे पेड़-पौधों और झुरमुट के बीच पत्तों के बिछावन पर वहाँ चार लोग पहले से ही मौजूद थे। उनमें से एक था 'शंकर पांडे' और दूसरा 'मंगल श्री' और दो अन्य यात्री, जो वहाँ सुस्ताने के बहाने रुके थे और अभी उनके साथ बैठे हँसी ठट्टा कर रहे थे।

माता रानी के जयकारों के साथ सभी वहाँ पहुँचे। वहाँ मौजूद दोनों ठग भी उनकी भक्ति देख उनके साथ गुणगान करने लगे और साथ ही वह नवीन अभागे मनुष्य भी। दोनों भक्ति भाव से हाथ जोड़कर खड़े हो गये। दोनों व्यापारी और लगभग सभी ठग पानी में खड़े हाथ-पाँव धो रहे थे; जगीरा ने चारों तरफ़ देखा दोनों नवीन शिकार के पास दोनों ठग बैठे थे। दोनों व्यापारी धोती ऊपर किये शीतल जल में आनंद कर रहे थे। दोनों नौकर टट्टू से समान उतार कर उन्हें आराम करने के लिए दूसरी तरफ़ ले जा रहे थे। चारों सैनिक अभी भी अस्त्र-शस्त्र के साथ चौकन्ने खड़े थे। लगभग हर शिकार के पीछे दो से तीन ठग इशारा

पाते ही अपना काम करने को तैयार थे।

जगीरा ने मूषक लाल को पुकारा- ''सेठ जी यहाँ आइये ना, थोड़ा गहरा है मगर पानी शीतल और साफ़ है।''

व्यापारी थोड़ा आगे बढ़ा, जगीरा ठीक उसके दायें तरफ़ था। वातावरण अत्यंत शांत था सिर्फ़ पानी की कलकल आवाज़ें सुनाई दे रही थीं। प्रकृति कुछ इस तरह शांत थी मानो भीषण गर्मी में सूर्य से नाराज़गी व्यक्त कर रही हो।

''क्या आपके सैनिक आपकी आज्ञा अनुसार ही जल ग्रहण करते हैं?'' जगीरा ने धीरे से कहा और पानी में डुबकी लगा दी।

खाने-पीने व स्वकार्य में नौकर का मालिक से वह संबंध नहीं रह जाता जो हमेशा होता है, ऐसे कार्य में वह स्वतंत्र होना चाहिए। जैसे, खाते समय खिलाड़ी स्वतंत्र होता ठीक वैसे ही नौकर भी।

व्यापारी का इशारा पाते ही 3 सैनिक तुरंत पानी तक आ पहुँचे, परंतु एक सैनिक जो अपना कमर-बंद नहीं खोल पा रहा था अपनी तलवार को नीचे रखकर उसे खोलने में व्यस्त था। जगीरा ने फिर नज़र दौड़ाई सब ठीक-ठाक था। मूषक लाल के साथ ख़ुद जगीरा, गुलाबदिन के पीछे ज़हर सिंह खड़ा था जो एक हट्टा-कट्टा व ख़ूँख़ार ठग था। बाक़ी सभी लोगों के पास ठगों की एक निश्चित और आवश्यक संख्या को सुनिश्चित करने के बाद जगीरा ने झिरनी देने की सोची परंतु एक सैनिक जिसके कमर-बंद में अभी तक एक छुरी लटक रही थी, को देखकर थोड़ा इंतज़ार किया।

जगीरा को उस सैनिक की तरफ़ देखते ही दो अन्य ठग उसकी सहायता करने जा पहुँचे। एक उसके कमर-बंद को खोलने लगा तो दूसरा ठीक उसके पीछे खड़ा था। तभी जगीरा ने आवाज़ दी, चलो भाई ''अब ज्योत जलाओ''

इतना सुनते ही सभी ठगों ने अपना रुमाल निकाला और अपने-अपने शिकार के गले में डाल दिया। जगीरा ने मूषक लाल के गले में रुमाल डालकर एक ही झटके में उसे पानी में गिरा दिया, जो कुछ क्षणों की छटपटाहट के बाद शांत हो गया। जगीरा उसे बाहर खींच लाया, ज़हर सिंह जगीरा के आने से पहले ही मृत गुलाबदिन को बाहर खींच लाया था। तीनों सैनिक, दोनों नौकर और दो नवीन लोगों की लाशें वहाँ इकट्ठे हो चुकी थीं परंतु चौथा सैनिक जो अभी तक तड़प रहा था। जगीरा ने जैसे ही झिरनी दी पीछे खड़े ठग ने उसके गले में रुमाल

डाल दिया था, तब तक सैनिक ने अपनी छुरी निकाल ली जिसे आगे खड़े ठग ने पकड़कर उसी के पेट में घुसा दी। अपने ही भार के साथ वह गिर पड़ा और ठग ने अपना शिकार अधूरा छोड़ रुमाल हटा लिया। जगीरा ने उस तड़पते हुए सैनिक की तरफ़ देखा जो अपने मालिक व्यापारियों की तरफ़ देख रहा था जो उनकी सुरक्षा के बावजूद मारे जा चुके थे। उसका शरीर घायल था परन्तु उसके अंदर का सैनिक प्रति-वार करना चाहता था, वह अपने मालिक की मौत का बदला लेना चाहता था, वह तड़प रहा था अपने मालिक की रक्षा न कर पाने के कारण वह ख़ुद को कोस रहा था।

जगीरा ने उसके पास आकर कहा, ''तुम एक बहादुर सैनिक हो, जानता हूँ तुमने कभी ऐसी मौत के बारे में नहीं सोचा होगा, तुम घायल नहीं होते तो तुम्हें अपनी वीरता दिखाने का पूरा मौक़ा देता।''

''तुम कायर हो।'' उसने कहराकर अपने मुँह से ख़ून बाहर करते हुए कहा।

''मैं तुम्हारी बहादुरी को सलाम करता हूँ।'' कहकर जगीरा ने उसकी तलवार उसके उसके हाथ में दी, उसने उसे मज़बूती से पकड़े रखा, मानो वह युद्ध के लिए तैयार था। उसके अंदर का सैनिक, पौधों के झुरमुट में, हवा के बहाव में, पानी की हलचल में, सूखे पत्तों में डगमगाती अपनी मौत को हराना चाहता था। उसने खड़े होने का प्रयास किया, घुटनों के बल उसने जगीरा को आँखों से ललकारा। जगीरा एक सैनिक का भाव ख़ूब समझता था, जगीरा ने अपनी तलवार हवा में लहराई और उस पर वार किया, उसकी तलवार उसके हाथ से फिसल कर दूर जा गिरी। जगीरा ने आख़िरी वार किया, उसके सीने में बैठा उसका सैनिक उसके ख़ून के साथ बाहर बहने लगा।

सभी शवों को इकट्टा कर उनके कपड़े उतार लिये गये। दो नवीन यात्रियों से सिर्फ़ 30 रुपये बरामद हुए जिन्हें ख़ज़ाने में फेंकते हुए जगीरा ने कहा, ''ये अकारण ही मारे गये, यह हमारे शिकार के लायक़ नहीं थे।'' दोनों व्यापारियों के पास रुपयों और सिक्कों की सात थैलियाँ बरामद हुईं जो उन्होंने टट्टू पर लदे अपने सामान में छिपा रखी थीं। तीन हुंडियाँ (वह पत्र या काग़ज़ जिसपर एक महाजन दूसरे महाजन को लेन-देन का हिसाब देता है।) थीं जो मूषक लाल की जेब में कुछ अन्य काग़ज़ात में लिपटी हुई थीं। थैलियों को बिना खोले ही ख़ज़ाने

में रख दिया गया।

सूर्य अपनी पूर्ण आभा के साथ सिर पर था। प्रकृति अभी भी वैसी ही शांत बनी रही जैसे मौत का तांडव होने से पहले थी।

लुधाइया क़ब्र तैयार कर रहा था जो कि थोड़ी ही दूर झाड़ियों के बीच में थी। सभी शवों को वहाँ ले जाया गया, घायल सैनिक के ख़ून पर मिट्टी और सूखे पत्ते डाल दिये गये। सभी आगे बढ़ने की तैयारी में थे बैलगाड़ी और टट्टू पर समान लाद लिया गया था। दो ठग लकड़ी के लठ ले आये थे जिन्हें आगे से पैना कर दिया गया था। कुछ ही समय बाद क़ब्र तैयार हो चुकी थीं, दो झाड़ियों के बीच गहरी और संकरी। मिट्टी में कुछ शीलन थी, यह उचित जगह नहीं थी परन्तु यही ज़रूरी था।

एक शव को क़ब्र में डाला और पैने किये गये लठ से उसका पेट फाड़ दिया। इसी तरह एक के ऊपर एक सारे शव क़ब्र में डाले और उनके पेट फाड़ दिये गये ताकि शव फूले नहीं। अगर सब फूल जायें तो ज़मीन से बाहर ना आयें और जानवरों तक न पहुँचे इसलिए सूखी मिट्टी से ढँक कर ऊपर बड़े पत्थर व काँटेदार झाड़ियाँ रख दी गयीं।

कार्य इतना संपूर्ण था कि वहाँ की हवा भी इस कृत्य की गवाह नहीं हो सकती थी। सभी के चेहरे खिले हुए थे, सभी बैलगाड़ी, घोड़ों, और टट्टू पर बैठकर अपने गंतव्य की ओर बढ़ चले।

आज़म ख़ाँ के विचार अनुसार और जगीरा की आज्ञा अनुसार नागपुर पहुँचने तक वह सब माता के भक्त बने रहेंगे। जगीरा अपने सफ़ेद घोड़े पर सबसे आगे और साथ में आज़म ख़ाँ भगवा वस्त्रों में घोड़े पर सवार था।

जगीरा अपने शिकार का ज़िक्र कर रहा था कि व्यापारी कितना समझदार, दयालु और धार्मिक था। मैंने जब उसके गले मे रुमाल डालकर पानी में गिराया तो उसने अपने इष्ट देव को याद किया।

जगीरा की सारी बातें सुनकर आज़म ख़ान ने कहा, "तुमने मुझे पंडित बनाकर ठीक नहीं किया। मैं आज मेरे प्रिय कार्य से वंचित रह गया, वरना गुलाबदिन मेरे हाथों से मौत का सुख पाता।"

‘‘चलो फिर भी सभी कृत्य तुम्हारी देखरेख में ही संपन्न हुए, तुम इस लूट के नायक हो।’’ जगीरा ने उसके कँधे पर थपकी देते हुए कहा ‘पंडित आजम खान’ और हँसने लगा।

‘‘पंडित... आज़म ख़ान... नहीं सरदार आप जानते हैं मैं एक मुसलमान हूँ, एक सच्चा मुसलमान, क़ाफ़िरों का यह चोला मुझे शोभा नहीं देता। यह सिर्फ़ मेरे कृत्य का एक हिस्सा भर है।

जगीरा ने व्यंग्य करते हुए कहा, ‘‘फकीरचंद तुम्हें देख अवश्य चकरा जायेगा।’’

दोनों बातें करते हुए, हँसते हुए पूरे दल के साथ, धूल उड़ाते हुए आगे बढ़ते जा रहे थे अपने गंतव्य की ओर।

जगीरा

मुक्ति

गुलसराय से नागपुर मार्ग पर, नागपुर से तीन कोस दूर तीन गाँव थे-चिंदूर, चौपटा और चिरौली। कहा जाता है कि इन्हें तीन सगे भाईयों से बसाया था; चन्द्रलाल, चौपटलाल और चिरौंजीलाल। तीनों की आपसी दुश्मनी गाँव के लोग आज भी ख़ानदानी दुश्मनी के रूप में निभाते आ रहे थे।

किसी भी गाँव की जनसंख्या पाँच सौ से ज़्यादा न थी और इतनी जनसंख्या होने का एक कारण यह भी था कि ख़ुद की संख्या बढ़ाकर दूसरे को अपने अधीन कर लेना परन्तु ऐसा करने में वे नाकामयाब रहे, इसलिए हर गाँव वालों ने बाहरी लोगों को बसाया और विस्तार किया। तीनों गाँवों में लोग मूलत: हिन्दू थे, परन्तु बाहरी मुस्लिमों की भी काफ़ी संख्या हो गयी थी। वे मुस्लिम, यहाँ तक कि किसी भी जाती-धर्म के लोगों को आदरपूर्वक आश्रय देते थे। जब वे एक गाँव में बस जाते तो दूसरे गाँव के दुश्मन माने जाते थे।

गाँव में ज़मीनी स्तर का पानी पीने लायक़ न था, परन्तु तीनों गाँवों के ठीक बीचो-बीच एक चौक था और उसके एक तरफ़ कुआँ। तीनों गाँव की स्त्रियाँ वहाँ पानी भरती थीं, कुएँ के चारों तरफ़ पीपल और बरगद के पेड़ थे जहाँ पूजा की जाती थी। कट्टर दुश्मनी होने के बावजूद एकमात्र कुआँ, तीनों गाँवों का संगमस्थल था; इंसानी दुश्मनी को मिटाने में प्रकृति ने कोई कसर नहीं छोड़ी थी। लोग इसे ईश्वर का आशीर्वाद मानते थे कि कहीं भी आस-पास पीने लायक़ पानी नहीं परंतु यहाँ शीतल जल हमेशा उपलब्ध होता था।

कुछ शरारती लोगों ने इसे कई बार तबाह करने की कोशिश की परंतु हमेशा नाकाम रहे। कहा जाता है कि जब-जब लोगों ने कुएँ से छेड़छाड़ की, गाँव में सूखा पड़ा, लोगों को संकट का सामना करना पड़ा। हर अमावस्या को वहाँ पूजा की जाती थी। सिर्फ़ गाँव की स्त्रियाँ ही वहाँ जा सकती थीं, पुरुषों का कुएँ पर जाना वर्जित था, फिर भी यात्रियों और साधु-संतों को वहाँ जाने की इजाज़त थी क्योंकि वह सब इन गाँव से संबंधित नहीं थे।

कुछ साल पहले ही चिंदूर गाँव में कुछ लोगों ने शरण ली थी, गाँव वालों ने

बिना शर्त उन्हें अपना लिया था क्योंकि वह मुसलमान थे। गाँव वाले समझते थे कि कोई मुसलमान जिसे वे अपना लेंगे दूसरे गाँव के लोगों से दुश्मनी निभाने में काम आयेगा। उन्हीं शरणार्थियों में से एक था 'नैमुद्दीन' जिसे सब 'लंगड़ा' बुलाते थे। सीधा चल पाना उसकी क़िस्मत में नहीं था, अल्लाह ने उसका एक हाथ उसके घुटने पर रख दिया था जिससे वह हमेशा झुक कर चलता था। बड़ी-बड़ी दाढ़ी, मूँछें सफ़ाचट, पाँच समय का नमाज़ी, एक पक्का मुसलमान था। हमेशा साफ़-सुथरे कपड़ों में गाँव की सैर किया करता था, उसके रंग-ढंग और अमीरी देख गाँव के लोग उसकी इज़्ज़त किया करते थे। परंतु यह इज़्ज़त सिर्फ़ गलियों और घर के दरवाज़े तक सीमित थी। इसका कारण था उसकी गंदी नज़र, जो हमेशा निर्जल और प्यासी नज़र आती थी। वह उन तरसती आँखों के लिए आश्रय ढूँढ़ा करता था। उसकी प्यासी तरसती आँखें आख़िर कुएँ तक जा पहुँचीं जहाँ स्त्रियाँ अक्सर घाघरा-चोली और दुपट्टे में मुँह छुपाये जाती थीं। नैमुद्दीन को यह रंगीन परिधान उस रंगहीन पर्दें से कहीं अधिक आकर्षित करता था। वह छुप-छुप कर स्त्रियों को देखता, मौक़ा देखकर अपनी उपस्थिति दर्ज करवाता था। कभी किसी महिला की घुड़की खाकर वापस छिप जाता तो कभी किसी मुस्कुराहट पर फ़िदा हो जाता था। गाँव की दुश्मनी उसके लिए एक तरह की मौन सहमति थी, उसे डर भी लगता था पर सिर्फ़ तब तक जब तक उसे लाल रंग के पल्लू से छिपे गोरे मुख से मौन सहमति नहीं मिल जाती थी। पल्लू में छिपी यह मौन सहमति चिरौली गाँव की एक स्त्री थी, नैमुद्दीन उसे रोज़ घूरता था। उसने कान लगाकर सुन लिया था कि स्त्रियाँ उसे रूपा कहकर पुकारती थीं। उसका सुगठित शरीर, उचित उतार-चढ़ाव, उसके नैन-नक्श देखने के लिए नैमुद्दीन रोज़ खिंचा चला आता था।

रूपा एक विधवा थी जो गुलाब के उस फूल की तरह थी जो पौधे से लगभग टूट चुका था परंतु अभी तक वहीं लटका हुआ था। जिसे चाहे तो कोई राहगीर तोड़कर अपनी जेब में रखे या उसे किसी मंदिर में चढ़ाकर उसे पूजा में शामिल करे। चोरी-छुपे उसके पास कई ऐसे प्रस्ताव आते थे परंतु उसे किसी मर्द की नियत पर भरोसा नहीं था; वह नौकरानी और रखैल का अंतर समझती थी। टूटे हुए फूल को अपनी पंखुड़ियाँ बिखेरना अच्छा लगता था, यही उसका एकमात्र मनोरंजन था जो उसे एहसास दिलाता था कि वह भी जवान है।

रूपा की मौन सहमति नैमुद्दीन के लिए एक ललकार थी, जिसे वह स्वीकार

करता परंतु अपने आप को असमर्थ पाता था। उसे अपने आप का अधूरापन खलता था, वह उसे उसके गाँव जाते हुए देखता और लौट आता, घंटों उसके बारे में सोचता, पीछा करने की युक्ति ढूँढ़ा करता था। आख़िर उसने एक रास्ता खोज निकाला, नैमुद्दीन ने मूँछें बड़ी कीं, भगवा वस्त्र पहने और एक छड़ी के सहारे गाँव जा पहुँचा। उसकी ज़ुबान पर अल्लाह का नाम था परंतु यह भगवा आवरण उसे इसे पुकारने की इजाज़त नहीं देता था, गाँव में एक बेज़ुबान साधु बनकर घूमता, उसका पीछा किया करता।

रूपा, गाँव के एक तरफ़ एक कच्चे मकान में रहती थी, जिसमें 2 कमरे थे। आँगन में नीम का पेड़ था जहाँ चारपाई से बँधी एक बकरी बैठी दिखाई पड़ती थी। गाँव के स्वाभिमानी लोग इज़्ज़त के डर से रूपा के घर के सामने से निकलते से डरते थे तो कुछ मनचले जानबूझकर एक नज़र वहाँ से निकलने की कोशिश करते थे; कड़वे नीम के नीचे सुगंधित फूल को निहारने की कोशिश किया करते थे।

मौन साधु को जब पता चला कि रूपा विधवा है तो वह उसे भी 'सामाजिक अपंग' समझने लगा। उसे यह सम्पूर्ण और अपूर्ण का संबंध अब बराबर का नज़र आने लगा था। जब मुक़ाबला बराबरी का था तो उसने एक दिन जाकर उसे सब बता दिया, रूपा उसके बताने से पहले ही सब समझती थी।

नैमुद्दीन को यह साधु का भेष अच्छा लगने लगा, उधर रूपा रोज़ उसे खाना देती और इस बहाने कुछ बातें हो जाती थीं। मन में लाखों ख़यालात के बाद भी रूपा मौन बनी रहती थी। वह जानती थी कि नैमुद्दीन सिर्फ़ उसके लिए साधु बना है, वह यह भी जानती थी कि यह अनाम रिश्ता भविष्य में कोई रंग नहीं जमाने वाला परंतु एक टूटे हुए फूल को हवा में लहराना अच्छा लगता था, चाहे वह टूट ही क्यों न जाये।

मौन साधु टूटते फूल पर एकाधिकार चाहता था। वह इसके लिए हज़ारों युक्तियाँ सोचता परंतु डर के मारे अपनी चुटिया में गाँठ लगाकर सो जाता था। आज भी दोपहर तक, मौन साधु कुएँ के आसपास घूम रहा था, गले में माला डाले, हाथ में चाँदी की लुटिया लिये, मन ही मन विचार रहा था कि क्यूँ न मैं इन सबसे दूर चला जाऊँ; रूपा के साथ घर बसाने की कोई राह नज़र नहीं आती थी। तभी सामने से एक साधु घोड़े पर आता हुआ दिखाई दिया, साथ में 15-20

आदमी उसके अनुयायियों की तरह उसका अनुसरण कर रहे थे। वे सभी कुएँ के पास आकर रुके, घोड़े और बैलगाड़ी से उतरकर सभी कुएँ के पास पहुँचे। तपती दोपहरी में बदन झुलस रहा था, पानी अमृत की तरह उनकी तपस को शांत कर रहा था। स्थूलकाय ब्राह्मण अपने घोड़े से उतरा, पानी पिया और पास ही के वटवृक्ष के नीचे जाकर बैठ गया। मस्तक पर तिलक और गले में रुद्राक्ष की माला थी, उसके अनुयायी उसके इर्द-गिर्द मंडरा रहे थे। यह सब दूर से देख रहे मौन साधु के मन में विचार आया, ''क्यों ना मैं इन सभी के साथ कहीं दूर निकल जाऊँ; रूपा भी साथ चलेगी। कहीं दूर जाकर अपना रैन-बसेरा बनाऊँगा। रूपा से निकाह करके मेरा घर-बार होगा, अल्लाह ने कितना ख़ूबसूरत पल दिया है। या अल्लाह ......'' सोचते-सोचते वह स्थूलकाय साधु के सामने जा पहुँचा, सभी उसे ध्यान से देख रहे थे। मौन साधु ने चारों तरफ़ देखा, सुनिश्चित किया कि गाँव में कोई उसे कोई नहीं देख रहा तब हाथ जोड़कर बोला, ''प्रणाम गुरुवर।''

नागपुर तक छद्म भेष में आज़म ख़ान बिना बोले न रह सकता था। उसने अपना हाथ हवा में लहराया और उसे नज़रअंदाज़ करते हुए जगीरा से कहा, ''हमें अभी काफ़ी चलना है?''

साधु से साधु का और चोर से चोर का जो आत्मीय संबंध होता है वह यहाँ नहीं था क्योंकि यहाँ दोनों ही साधु के भेष में चोर थे; कपटी मन शंकावश आँखें मिलाने की इजाज़त नहीं देता।

दोनों उठकर चलने को हुए तो नैमुद्दीन उसके चरणों में गिर पड़ा, ''गुरुवर मुझे भी आपके साथ ले चलिए यहाँ जीवन यापन नामुमकिन है, यहाँ के लोग किसी साधु का आदर करना नहीं जानते।''

जगीरा ने देखा कि साधु लंगड़ा है, यह हमारा बनिज नहीं हो सकता, जगीरा 'ना' में सिर हिलाकर आगे बढ़ गया। ख़ान उठा और अपने घोड़े की तरफ़ बढ़ा।

''गुरुवर मैं आपके लिए कोई परेशानी का कारण नहीं बनूँगा, मेरे पास घोड़ा है मैं रात में आपसे मिलूँगा; मेरी बीवी भी मेरे साथ होगी। इजाज़त दीजिए गुरुवर, अल्लाह आपकी मदद करेगा।''

उसके मुँह से अल्लाह का नाम सुनकर आज़म ख़ान समझ गया कि दाल में कुछ काला है। ख़ान ने कहा, ''हम नागपुर तक इसी रास्ते से जायेंगे तुम चाहो

तो आगे भी हमारे साथ चल सकते हो। तुम जहाँ चाहो हमें मिल सकते हो।''
कहकर ठगों का पूरा गिरोह आगे निकल गया। मौन साधु मन ही मन ख़ुश था
कि साधुओं के संरक्षण में कहीं दूर निकल जाऊँगा, यह सभी लोग हिंदू दिखाई
पड़ते हैं; स्त्री साथ होते हुए भी मुझे किसी प्रकार की कोई हानि नहीं होगी।

तुरंत बाद मौन साधु, रूपा के घर की तरफ़ निकल पड़ा। रूपा नीम की
शीतल छाया में बकरी के बच्चे को गोद में लिए गुनगुना रही थी। नीम की छाया
लगभग नीम की ऊँचाई के बराबर आँगन में फैली हुई थी। रूपा गा रही थी,
''सजना तुम पुकारो मैं दौड़ी चली आऊँगी....''

अचानक से क़दमों की आहट सुनकर वो चुप हो गयी। आहट कुछ जानी
पहचानी-सी मालूम हुई, दौड़कर दरवाज़ा खोला, साधु लगभग हाँफता हुआ
अंदर घुसा। रूपा ने दोनों तरफ़ देखा, दरवाज़ा खुला छोड़ अंदर आ गयी। साधु
नीम की छाया में लकड़ी के ठूँठ पर बैठा था।, उसे पानी देते हुए रूपा ने पूछा,
''क्या बात है? कुछ लेकर भागे हो या कोई पीछे पड़ा है? कहीं कुत्तों ने तो नहीं
देख लिया?'' रूपा ने हमेशा की तरह उलाहना देते हुए कहा।

''कुएँ के पास साधुओं का एक जत्था मिला था, नागपुर तक जायेंगे, हो
सकता है वह आगे भी जायें। मैं सोचता हूँ मैं भी निकल जाऊँ।''

''अच्छा सोचते हो! यहाँ नज़रें छुपाकर जीने से अच्छा है कहीं नज़र उठा
कर जियो।'' रूपा ने तुरंत जवाब दिया।

''और तुम?''

''मैं?'' कहकर रूपा बकरी के बच्चे को गोद में लेकर सहलाने लगी। मन
में बड़ी-बड़ी लहरें उठ रही थीं, जो किनारे तक आते-आते समाप्त हो जाती थीं।

रुंधे हुए गले से रूपा ने कहा, ''मेरा क्या है, मेरा संसार तो उसी दिन छिन
गया था जिस दिन मैं विधवा हुई थी; सती हो गयी होती तो अच्छा था। अब कौन
पूछता है? अब रखा ही क्या है? तुम चले जाओगे तो औरतें ताने तो नहीं देंगी
कि एक 'मोढ़ा' विधवा के घर आता है।''

रूपा ने मानो साधु के विचलित मन पर पाँव रख दिया हो। साधु ने अपना
कमंडल उठाया और उठ खड़ा हुआ, बोला- ''रानी महल के दरवाज़े पर मैं
तुम्हारा इंतज़ार करूँगा, ठीक आधी रात तक। मेरी योजना के तहत हम दूर
निकल जायेंगे। आज अमावस्या भी है, किसी टोटके के बहाने निकल पाओगी।''

कहकर साधु तेज़ी से निकल गया।

रूपा ने घर की तरफ़ देखा, फिर गोद में उठाये बकरी के बच्चे की तरफ़ देखा जो उसके गले में पहने हुए एक तांत्रिक धागे को चबा रहा था। सोच रही थी कि दुनिया क्या कहेगी? दुनिया तो अभी भी बहुत कुछ कहती है। क्या-क्या ताने देती है? कभी कौन पूछने आता है? चली जाऊँगी तो लोग यही न कहेंगे कि बदचलन थी। पति नहीं रहा तो किसी और के साथ निकल गयी। नहीं! मैं यहीं पड़ी रहूँगी, इसी कालकोठरी में; आज मेरे भाग्य में यही लिखा है। धीरे-धीरे अग्नि-दीप मंद पड़ने लगा था, नीम की कड़वी छाँव अब दूर निकल गयी थी। रूपा खटिया से उठी और अंदर चली गयी, घर की कच्ची दीवारों और उन पर गोबर की लिपाई देखकर सोचने लगी, ''बम्बई में पक्का मकान है उनका, कहता तो हैं कि चाचा बड़े रईस आदमी है।''

सोचने लगी कि, ''क्या मेरे भाग्य की नींव मेरे निर्णय पर नहीं रखी जानी चाहिए? क्या मैं एक मरे हुए इंसान के साथ बँधी हुई हूँ? मैं समाज में थी, जब तक पति का साथ था। आज जब वह नहीं रहे तो इस समाज में मेरा स्थान ही क्या है? मैं जिस समाज की शर्म करती हूँ उस समाज से मेरे सामने कितने प्रस्ताव आये, ज़मींदार ने तो 50 रूपये तक की पेशकश कर डाली।

रूपा अपने बीते दिनों को याद करके रोती रही और कपड़े और गहने एक जगह इकट्ठे करती रही। दिल पानी की तरह उबल रहा था, आँखों से पानी रिसकर गालों तक लुढ़क आया था। रूपा ऐसे रो रही थी मानो आज आख़िरी बार रो रही हो और कल उसके दुखों का अंत हो जायेगा, मानो कल उसका मुक्ति दिवस हो।

* * *

अमावस्या की रात थी, देर रात तक कुएँ के आसपास पूजा-अर्चना होती रही। रूपा भी रिवाज़ के अनुसार थाल सजाकर पूजा करने गयी। गाँव की स्त्रियाँ रंग-बिरंगे परिधानों में पायल की आवाज़ के साथ ठुमकती हुई जाती थीं, वहीं रूपा किसी सूखे कुएँ के समान निर्जल, तरसती निगाहों से उन्हें देखती रहती थी। मन में हज़ारों इच्छाएँ, भावनाएँ उपजती थीं परंतु इच्छाओं और भावनाओं का कोई आश्रयदाता न था। यही इच्छाओं और भावनाओं का दलित और रुग्ण रूप ही उसके मुक्ति मार्ग का उजाला था।

जगीरा

रूपा ने घर आकर अपने सारे गहने इकट्ठे किये, बकरियों को चारा खिलाया। बार-बार आसमान की तरफ़ देखकर पति के साथ बीते हुए उन लम्हों को याद करती जब वह उसे तारों को देखकर समय का अंदाज़ा लगाना सिखाते थे। वह लम्हे जब वे इसी कच्चे मकान की छत पर घंटों तारे गिना करते थे, वह लम्हे जब उसकी प्रशंसा चाँद सितारों से होती थी। मगर अब वह समय का साथी ही नहीं रहा तो ये सब लम्हे फ़िज़ूल लगते थे, एक रंगीन विष भरे प्याले की तरह।

आख़िरकार रूपा ने अपने भाग्य का निर्णय लिया, काफ़ी झिझक और शंका के बाद कपड़ों और गहनों की गठरी को उठाया, बकरी को पुचकारते हुए उसे आज़ाद किया और दरवाज़ा खुला छोड़ अपने मुक्ति मार्ग पर निकल पड़ी। अमावस्या की रात थी, लोग टोना-टोटका और पूजा में व्यस्त थे। जीव-जंतु, पूजा सामग्री व अन्य चीज़ों के साथ कई लोग चौराहे की तरफ़ आ जा रहे थे। परंपरा अनुसार ऐसे कार्यक्रम में कोई संवाद नहीं होना चाहिए इसलिए सभी चुपचाप आ जा रहे थे। रूपा चुपचाप अपने मुक्ति मार्ग की ओर मुख किये अपने भाग्य को आज़माती हुई चली जा रही थी, किसी चौराहे को सावधानीपूर्वक लाँघती हुई। अंधविश्वास के अनुसार चौराहे में पैर आना दुर्भाग्य का प्रतीक माना जाता था, रूपा अपना भाग्य साथ लेकर रानी महल के दरवाज़े तक जा पहुँची, नैमुद्दीन उसे देखकर पहले ही आगे आगे चल पड़ा।

रात्रि अपने चरम अंधकार पर थी, एक तरफ़ जहाँ अत्यधिक शांति थी वहीं दूसरी ओर असीम उथल-पुथल मची हुई थी। रूपा मन ही मन सोच रही थी कि जिस इंसान के साथ वह जा रही है क्या उस पर भरोसा किया जा सकता है? क्या उसने इस बारे में विचार करने में देर कर दी? असीम शांत वातावरण में घोड़े की लयबद्ध चाल से उद्घोषित लयबद्ध आवाज का वध करते हुए रूपा ने कहा-

"क्या मैंने सही किया?"

"क्या यह समय शंका करने का है? शायद तुमने उचित विचार किया होगा।"

नैमुद्दीन रुक गया, घोड़े को छोड़, रूपा के पास आकर कहा, "रूपा, मेरी आँखों में देखो, मैं एक मुसलमान हूँ। किसी मुल्ले की ज़ुबान पर कभी शक मत करना। अगर तुमने मुझे और मेरी आत्मा को स्वीकार कर लिया है तो मैं वचन

देता हूँ कि तुम हमेशा के लिए मेरी हो जाओगी, तुम्हारी रक्षा के लिए मैं वचनबद्ध रहूँगा।''

ऐसे समय में अपनेपन के शब्द सुनकर रूपा कुछ न बोली, नैमुद्दीन ने उसे आलिंगन में भर लिया। आसमान फिर से घोड़े की लयबद्ध चाल की आवाज़ से उद्घोषित हो उठा। दोनों घोड़े पर सवार तेज़ गति से भविष्य के सपने संजोते हुए बढ़े जा रहे थे।

* * *

शहर से ठीक पहले ख़ाली मैदान था, गुलसराय से नागपुर पहुँचते-पहुँचते सूरज ढल चुका था। खुले मैदान में टैंट लगाये थे, रात में ठगों ने विशेष पूजा का आयोजन किया था। सबने एक साथ आरती की, पवित्र कुल्हाड़ी की पूजा की; पूजा में शहर की तवायफ़ 'कामायनी' भी शामिल थी।

पूजा के बाद ठगों ने देर रात तक शराब और शबाब का आनंद लिया। जगीरा ने अपनी इच्छा अनुसार पी और सो गया। आज़म ख़ान ने तब तक पी जब तक उसे उल्टियाँ नहीं होने लगीं। सोते समय उसने अपने क़रीबी और बेहतरीन सोथा विनायक को अपने पास बुलाया और कहा, ''विनायक, रात को एक या दो बनिज आने की संभावना है, वही जो हमें गाँव में मिला था; उम्मीद है सुबह अच्छी खबर मिलेगी।''

''हाँ, ख़ान शाहब आप निश्चिन्त होकर सो जाइये।'' दोनों ने नशे में बेसुरे सुर मिलाते हुए कहा।

शराब के नशे में विनायक डगमगाता हुआ अपने टैंट तक आया और देखा कि कामायनी भी नशे में चूर टैंट में सो रही थी। दो पहरेदार (जो ठग ही थे) उसे ताड़ रहे थे, विनायक को देखकर दूसरी तरफ़ चले गये। विनायक ख़ुश होकर टैंट में घुसा, कुछ बातचीत हुई और अचानक कामायनी वहाँ से निकलकर डगमगाती हुई किसी दूसरे टैंट में चली गयी। विनायक ने बाहर आकर पहरेदार से कहा कि ''रात को बनिज मिलने वाली है, सावधान रहना।''

''क्या वही जो गाँव में मिला था?''

''हाँ, शायद वही, ध्यान रखना।''

''पर वह तो लंगड़ा था! और आप जानते हैं कि किसी अपाहिज का

शिकार करना माँ भवानी को स्वीकार्य नहीं होगा।"

"हाँ, जानता हूँ। शायद हमें ऐसा करने की ज़रूरत ना पड़े।" कहकर विनायक अपने टैंट में आ सोया।

अँधेरी रात में शहर में जलती हुई मशालों की चमक दिखायी पड़ रही थी। कभी घोड़ों की तो कभी बैलों के गले में बँधीं घंटियों की आवाज़ सुनाई पड़ती थी। रात के तीसरे पहर में कामायनी की आँख खुली, उसने अपने वक्ष पर दबाव महसूस किया। उसने उस भारी भरकम हाथ को उठाया और दूसरी तरफ़ रख दिया, देखा कि जगीरा सो रहा था, उसके हाथ में सोने की अंगूठियाँ थीं, तीनों पर नगीने चमक रहे थे, सिर के पीछे कुछ गठरियाँ रखी हुई थीं। टैंट में एक तरफ़ कुछ बंडल और लकड़ी का संदूक़ था। मुसाफ़िरों की अमीरी की खनक उसे रात में ही मालूम हो चुकी थी। कामायनी ने बाहर झाँका, दो पहरेदार बैलगाड़ी के पास बैठे ऊँघ रहे थे, रात्रि का तीसरा पहर लगभग बीत चुका था। कामायनी ने जगीरा के सुडोल परंतु कठोर बदन को देखा जो उसकी जवानी की अनंत सीमा को दर्शाता था। उसके मुख-मण्डल पर छाई निद्रा किसी घाटी में छाई असीम शांति को दर्शाती थी।

उसकी घुमावदार नुकीली मूछें उसे आकर्षित कर रही थीं, परंतु ऐसे आकर्षण को वह रोज़ कुचलती थी। उसका वास्तविक आकर्षण वह संदूक़ था जिसमें काफ़ी धन होने की संभावना थी। कामायनी ने संदूक़ खोला, देखा कि एक कोने में सोने-चाँदी के सिक्के और अन्य क़ीमती सामान भरा पड़ा है। उसने एक कपड़े में सबको इकट्ठा किया, पास में कुछ गठरियाँ थीं, उनमें झाँकने ही वाली थी कि उसे कुछ आहट सुनाई दी। धड़कनें लगभग ठहर-सी गयीं, गहनों की पोटली को गाँठ लगायी, काँख में दबाकर बाहर झाँका, देखा कि दो पहरेदार किसी अजनबी को लिये आ रहे थे, साथ में एक महिला भी थी। सोच रही थी कि पहरेदार अपने मेहमानों के साथ व्यस्त हैं, यही उसके निकलने का सही समय होना चाहिए और बैठकर उचित समय का इंतज़ार करने लगी। पहरेदारों ने जाकर विनायक को जगाया और तब तक मेहमानों को बैलगाड़ी के पास इंतज़ार करने को कहा।

विनायक ने जागते ही कहा कि "तुमने मेरा सुंदर सपना बेकार कर दिया, कोई अप्सरा ही थी जो मेरी बाहों में थी। चलो तुम क्या ख़बर लाये हो?"

“आपका सपना सच हुआ, नायक साहब! लंगड़े के साथ एक अप्सरा भी है।”

विनायक ने रमसी में बात करते हुए पहरेदार से कहा, “तो हमें काम जल्दी समाप्त करना चाहिए, उनके पास कुछ धन अवश्य होगा। तुम किसे मारना पसंद करोगे?”

“क्या हम सच में ऐसा करने वाले हैं? दोनों में से कोई भी हमारा बनिज नहीं हो सकता है। एक महिला है और दूसरा लंगड़ा, हमें पाप का भागीदार नहीं बनना चाहिए।”

“तुम मूर्ख हो, माँ भवानी ने ख़ुद उन्हें हमारे पास भेजा है।”

“हम कायर कहलायेंगे!”

“अगर तुम साथ नहीं दोगे तो मैं तुम्हें अभी कायर घोषित करता हूँ।” विनायक ने कहा।

“मैं एक ख़ानदानी ठग हूँ, किसी असहाय का शिकार करना कायरता है, मैं इसे अंजाम नहीं दूँगा। मैं माँ भवानी पर सर्वत्र विश्वास करता हूँ और उनकी इच्छा अनुसार ऐसा नहीं होगा।”

“देखो, उनके पास अवश्य ही धन होगा। धन का कुछ हिस्सा हम दोनों बाँट लेंगे। ऐसा करने के लिए हमें इस काम को अभी अंजाम देना होगा।” विनायक ने उसे समझाते हुए कहा।

पहरेदार धन और भक्ति के बीच डगमगाने लगा। उसे विश्वास होने लगा कि माँ भवानी ने ही शिकार को उनके पास भेजा है, इसमें हम क्या कर सकते हैं। वह जानता था कि ना जाने कितनी ही बार ठगों ने ऐसे बनाये हुए नियमों को तोड़ा है। दोनों बात करते हुए लगभग बैलगाड़ी तक पहुँच चुके थे। “हम उन्हें थोड़ा दूर ले जायेंगे, मैं झिरनी दूँगा, दरी बिछाओ।”

पहरेदार - मैं उस लंगड़े को मारकर पाप का भागीदार कदापि न बनूँगा।

दोनों बैलगाड़ी के पास पहुँचे, दुआ-सलाम हुई। लालटेन की रौशनी में विनायक ने देखा कि महिला सुंदर है, लंगड़े की कमर में तलवार है और दूसरी तरफ़ एक तमंचा भी। तमंचा देखकर विनायक का मन बदला, उसने कहा, “वहाँ दूसरी तरफ़ हमारा एक और टैंट है, तुम लोग वहाँ आराम कर सकते हो। हम

बिछावन लाते हैं, ज़रा ठहरो !”

वास्तव में, तमंचा देखकर विनायक सहम गया था, अंग्रेज़ी तमंचे को इतने क़रीब से उसने कभी नहीं देखा था। यह आग फेंकने वाली चीज़ उसके लिए किसी रहस्य से कम नहीं थी जो केवल अंग्रेज़ लोगों के पास होती थी; नैमुद्दीन ने इसे अवश्य ही चुराया होगा। वह अपनी शारीरिक ताक़त पर गर्व करता था, वह किसी भी ताक़तवर इंसान को धराशाई कर सकता था। मगर तमंचे का डर उसके ज़ेहन में बसा था। वह जानता था कि यह तमंचा ही है जिसके दम पर आज अंग्रेज़ी सरकार ने भारतवर्ष में अपने पैर जमाये हुए हैं।

दोनों रमसी में बात करते हुए टैंट की तरफ़ बढ़े, विनायक ने हाथ मलते हुए कहा, “लंगड़ा अमीर लगता है, मुझे यह तमंचा हर हाल में चाहिए।”

“हम दोनों काफ़ी नहीं होंगे, हमें और लोग चाहिए।”

“महिला सुंदर है, उसे शिकार न बनायें तो कैसा रहेगा।” विनायक ने पहरेदार ठग की तरफ़ देखते हुए कहा।

“परन्तु वह सब जान चुकी होंगी।”

“चिंता मत करो, उसकी साँसें मेरी मुट्ठी में रहेंगी। जब तमंचा मेरे पास होगा तो उसे मेरा बनने से कौन रोक सकता है।”

पहरेदार ठग ने उन्हें दूसरी तरफ़ आने का संकेत किया। एक पहरेदार जिसे पहले ही सब समझा दिया गया था, सबसे आगे चल रहा था उसके पीछे नैमुद्दीन और विनायक थे और इनके पीछे वह सुंदरी और सबसे पीछे दूसरा पहरेदार था।

विनायक की नजर तमंचे पर थी, सोच रहा था कि अगर लंगड़े ने तमंचा तान दिया तो क्या होगा। वह बार-बार तमंचे पर हाथ रख रहा था और यह देख विनायक हर बार सहम जाता था। टैंट से थोड़ा दूर निकलते ही विनायक ने आदेश दिया कि “दरी बिछाओ।”

सुनते ही एक पहरेदार ने महिला का मुँह दबोच लिया, विनायक ने अपना रुमाल लंगड़े आदमी के गले में डाल दिया। इसी दौरान उसने अपनी बंदूक़ निकाली जिसे तुरंत दूसरे पहरेदार ने छीन लिया। उसकी साँसें काफ़ी मज़बूत थीं, नैमुद्दीन काफ़ी संघर्ष के बाद साँसों से मुक्त हुआ; रूपा यह सब देख बेहोश हो चुकी थी। नैमुद्दीन के आख़िरी पल अवश्य ही संघर्षशील थे परन्तु विनायक

की पकड़ इतनी मज़बूत थी कि घरघराने की आवाज़ के अलावा किसी ने कुछ नहीं सुना।

मानवता की लात खाकर भी इंसानियत के परदे से झाँकती हुई कामायनी सोच रही थी कि ख़ुदा ने इन दरिंदों को धरती पर क्यों उतारा? डरी सहमी कामायनी लालटेन की रौशनी में वह सब देख रही थी। वह जान चुकी थी कि यह ठगों का गिरोह है।

कामायनी देखती है कि एक मृत शरीर वहाँ पड़ा हुआ है। एक पहरेदार लालटेन लिए खड़ा है जिसकी लौ इस कृत्य को देखकर भी मंद नहीं पड़ी थी। उस पीली रौशनी की गवाही में विनायक उस महिला को ज़बरदस्ती अपनाना चाहता है, उसने बंदूक़ अपनी कमर में टाँग ली है और महिला का सिर अपनी जंघा पर रखकर उसके होश में आने का इंतज़ार कर रहा है।

कुछ क्षणों बाद उसकी चेतना वापस लौटती है। उसके बालों में हाथ घुमाते हुए विनायक ने कहा, ''देखो सुंदरी, मैं तुम्हारे मोह-पास में क्या-क्या कर बैठा, मैं हमेशा के लिए तुम्हें अपनाना चाहता हूँ।

उसका गला रुँधा हुआ था, वह कुछ बोल नहीं पा रही थी, उसकी आँखें घृणा से भरी हुई धिक्कार रही थीं। विनायक ने फिर कहा, ''मैं हिंदू हूँ, और शादीशुदा भी नहीं। तुमने विधवा होकर किसी मुल्ले के साथ भागने का साहस किया, क्या मैं उससे कहीं अधिक बलवान और सुंदर नहीं हूँ? मैं तुम्हें हमेशा ख़ुश रखूँगा।''

स्त्री का शरीर पत्थर हो चुका था। वह उसे कचोटना चाहती थी परंतु ऐसा नहीं कर सकती थी। उसने घृणा और दुत्कार भरा थूक विनायक के मुँह पर फेंका जो उसकी दाढ़ी को छूकर उसी पर आ गिरा। विनायक ने उसकी गर्दन को दबोचा और दाँत पीसते हुए कहा, ''मैं तुम्हें शादी के मण्डप में बिठाकर तुमसे शादी करने की इजाज़त नहीं माँग रहा हूँ। मत भूलो कि मैं तुम्हें अपनाना चाहता हूँ, तुम्हारी मौत की शर्त पर।''

साहस बटोरकर वह रुँधे हुए गले से धीरे से बोली, ''मैं मरना पसंद करूँगी पर तुम जैसा कलंक माथे पर कभी नहीं लगाऊँगी।

अहंकार पर गिरी इस बिजली से विनायक अंदर तक जल गया। विनायक ने उसे फेंक कर एक ज़ोरदार लात मारते हुए कहा, ''मैं जो चाहूँ कर सकता हूँ

मेरे आदमी तुम्हारी सुंदर काया को नोच-नोचकर खा जायेंगे।'' और फिर क़रीब आकर उसकी आँखों में देखकर कहा, ''मैं यह सब बर्दाश्त नहीं कर सकता। मैं इस चेहरे की रौनक़ सुबह - शाम निहारना चाहता हूँ, तुम्हारे बदन की ख़ुशबू पर मेरा हक़ जताना चाहता हूँ। तुम्हें मेरा होने से कौन रोक रहा है?''

विनायक ने लालटेन को उसके चेहरे के पास रखा, उसकी पीली रौशनी में उसके चेहरे को निहारते हुए उसके पास आकर उसकी साँसों को महसूस करते हुए धीरे से कहा, ''क्या तुम्हें मेरी मर्दानगी पर शक है?''

रूपा ने उसे धक्का दिया और धीरे से कहा, ''तुम एक लुटेरे हो परंतु तुम किसी स्त्री का स्त्रीत्व नहीं छीन सकते, मैं तुम्हारी दाढ़ी पर थूकती हूँ।''

पहरेदार ने उसका मुँह बंद कर दिया। विनायक ने उसका पल्लू खींचते हुए कहा, ''मैं एक ख़ानदानी लुटेरा हूँ, जो मुझे प्यार से नहीं मिलता मैं उसे छीन लेता हूँ।''

कामायनी उसके इरादों को देख रही थी, हृदय में नव-रक्त संचार होने लगा था। उसका दबा-कुचला स्त्रीत्व उसे धिक्कारने लगा था, क्या वह यूँ ही किसी स्त्री का विनाश होते देखती रहेगी?

उसने गहनों की पोटली को फेंका, रतन-जड़ित चाकू को उठाया और साँप की तरह फुँकारते हुए बाहर निकली। पास पहुँचकर देखा तो किसी फूल को पाँव से कुचलने की कोशिश जारी थी, कामायनी को देखते ही एक पहरेदार ने पकड़ने की कोशिश की परंतु कामायनी ने चाकू से वार किया जो दायें कँधे को छूते हुए निकल गया।

तुरंत विनायक ने अपनी तलवार सँभाली, वार करने को तैयार था देखा कि कामायनी भी हाथ में ख़ंजर उठाये निडर और अदम्य साहस के साथ उसके सामने खड़ी थी। स्त्री का वह अलौकिक रूप जिसकी वह सब पूजा करते थे उसमें दिखाई पड़ रहा था। किसी स्त्री का इतना साहस देख वह ख़ुद को नगण्य समझने लगा, काँपते हुए हाथों से उसने कामायनी पर वार किया परंतु कामायनी ने झुकते हुए ख़ंजर उस प्राण-प्यासी स्त्री के सीने में घोंप दिया। उसने ऐसा एक बार फिर किया, ऐसा करते हुए वह गौरवान्वित महसूस कर रही थी। मन ही मन मुस्कुरा रही थी और कह रही थी कि ''आज मैंने स्त्री धर्म बचा लिया।'' रूपा अपने शांत मुख और अव्यवस्थित शरीर को वहीं छोड़ अपने मुक्ति मार्ग पर बढ़ चली थी।

विनायक ने गुस्से में फड़फड़ाते हुए हाथों से रुमाल को कामायनी के गले में डाला, कामायनी बिना किसी संघर्ष के मुक्त हो गयी।

अति शीघ्र क़ब्र खोदने के लिए तीन लुधाईओं को जगाया गया परंतु क़ब्र के लिए उचित स्थान नहीं मिल रहा था। चारों तरफ़ दूर-दूर तक ख़ाली मैदान था। विनायक की आज्ञा अनुसार उसी स्थान पर क़ब्र खोदने का निर्णय हुआ, देखते ही देखते लुधाईओं ने क़ब्र तैयार कर दी। सभी के गहने और वस्त्र उतारकर, एक के ऊपर एक रखकर तीनों को दफ़ना दिया गया।

सुबह की पहली रौशन किरणों ने देखा कि क़ब्र के ऊपर अपना टैंट लगाये; विनायक निद्रा में मगन था। क़ब्र के ऊपर सोना किसी भी ठग के लिए सौभाग्य की बात थी, विनायक गहन निद्रा में मुस्कुरा रहा था मानो अपने कृत्य से माँ भवानी का आशीर्वाद पा रहा हो।

दृश्य व्यवस्था

सुबह की पूजा समाप्त हो चुकी थी परंतु सूर्योदय तक किसी भी शुभ संकेत की ध्वनि न सुन पाने के कारण सभी के चेहरे उतरे हुए थे; विनायक अभी तक क़ब्र के ऊपर निद्रा में लीन था। मंगल के अनुसार किसी शुभ संकेत के बिना किसी शिकार के बारे में सोचना भी अशुभ था। तभी आज़म ख़ान एक गठरी उठाये जगीरा के टैंट में दाख़िल हुआ, जगीरा अपनी पगड़ी में हाथ घुसाकर सिर खुजाते हुए, एक हाथ में मानचित्र को समेटे, चिंता मगन इधर-उधर घूम रहा था। आज़म ख़ाँ के घुसते ही जगीरा ने उसे ऊपर से नीचे तक शांत स्वभाव से, पारखी निगाहों से देखा। वह सफ़ेद धोती और कुर्ता पहने हुए था, उसके पास एक गठरी थी। उसके चेहरे पर झलकती ख़ुशी से मालूम होता था कि गठरी में अवश्य ही क़ीमती सामान होगा। कोई तलवार या हथियार उसके पास नहीं, यह आश्वस्त होते ही जगीरा ने कहा-

"हाँ, कहो ख़ान साहब।"

ख़ान ने गठरी ज़मीन पर रखते हुए कहा, "सरदार, आज का दिन कितना शुभ है! देखकर चौंक जायेंगे।"

ख़ान ने गठरी खोलते हुए जगीरा से किसी प्रकार की प्रतिक्रिया न पाकर कहा, "क्या बात है सरदार? चिंतित दिखाई पड़ते हो।"

"हाँ, लगता है, ठगों के गृह में कुछ विद्रोही पैदा हो गये हैं।"

"अगर ऐसा है तो उनकी ख़ाल उतारने में मुझे ज़रा भी संकोच न होगा, क़सम माँ भवानी की।" उसने जगीरा के सामने सीना चौड़ा करते हुए कहा।

मेरी तीनों अँगूठी और ख़ंजर रात से ही ग़ायब है, क्या यह किसी सरदार की सुरक्षा में चूक का मामला नहीं है? मैं जानता हूँ ख़ान साहब, किसी शीर्ष पद पर बने रहना जितना अच्छा दिखता है, उतना ही ख़तरनाक भी होता है, दुश्मन कहीं भी पैदा हो सकता है।

ख़ान ने जगीरा के कँधे पर हाथ रखते हुए कहा, "हम दोनों मिलवत इतने सालों तक साथ रहे हैं, ऐसे कितने ही मामले हुए जिनमें तुमने अपनी बुद्धि और

वीरता से ग़द्दारों को ढूँढ़ निकाला था, बहुत जल्द हम उसे भी ढूँढ़ निकालेंगे।”

“मैं तुम्हें अपनी वीरता और बुद्धि पर शंका करने की गुंजाइश ना देता अगर आज माँ भवानी नाराज़ नहीं होतीं। पूजा के बाद भी हमें कोई शुभ संकेत नहीं मिला, हमें सावधान रहना चाहिए।”

विनायक अभी तक क़ब्र पर सो रहा रहा था। जगीरा ने टैंट के अंदर, एक कोने से झाँकते हुए कहा, “रात की घटना के बारे में विस्तार से जानना चाहता हूँ।”

“हाँ सरदार, यह गहनों और सिक्कों की गठरी रात को मिली हैं।” ख़ान ने गठरी खोलते हुए कहा, “एक सुंदर घोड़ा भी हाथ लगा है।”

गठरी में कई बड़े-बड़े ज़ेवरात थे, सब सोने-चाँदी के थे, कुछ बेहतरीन नगीने व मोती भी थे। 40 सोने के सिक्के और कुछ रुपये और उन्हीं में जगीरा की तीनों अंगूठियाँ भी थी। जगीरा ने अपनी अंगूठी पहचानते हुए कहा, “इतना साहस सिर्फ़ कामायनी ही कर सकती है, क्या तुमने उसे मार डाला?”

“हाँ सरदार, उसने एक पहरेदार को घायल कर दिया था, किसी ख़ंजर से, शायद उसने यही ख़ंजर चलाया हो।” उसने हाथ में ख़ंजर उठाकर उसकी मुठ पर मोतियों की सजावट को देखते हुए कहा, “यह तो तुम्हारा है!”

“हाँ! जगीरा ने अपनी अंगूठियाँ पहनते हुए कहा, “ख़ान साहब, किसी स्त्री को मारकर हमने अच्छा नहीं किया, माँ भवानी के कोप का शिकार हमें अवश्य होना पड़ेगा।”

ख़ाँ ने बिछावन से उठकर, टैंट के एक कोने से बाहर झाँकते हुए कहा, “इसके लिए विनायक ज़िम्मेदार है। सारे कृत्य उसी की देखरेख में हुए हैं, मैं नहीं समझता कि जो कामायनी हम सभी को ख़ुश करने के लिए यहाँ पहुँची थी वह...”

जगीरा और ख़ान साहब बातें करते हुए घोड़ा देखने गये। घोड़ा अत्यंत बलशाली था, गर्दन पर लंबे बाल थे, माथे पर सुंदर सजावट के साथ वह अत्यंत सुंदर मालूम पड़ता था। उसके लाल रंग से मेल खाती उसकी लाल लगाम मानो उसकी सुंदरता के माथे की बिंदी हो। उसकी काठी, जो चीर-फाड़ करने के बाद वहीं रखी हुई थी, उस में छुपाया हुआ धन निकाला जा चुका था। जगीरा ने उसे ध्यान से देखा, काठी में किसी अच्छे घुड़सवार या योद्धा के गुण नज़र नहीं आये

परंतु उसकी बनावट से अंदाज़ा लगाते हुए जगीरा ने कहा, ''घुड़सवार लंगड़ा था? क्या उसके साथ स्त्री भी थी? क्या यह वही.....'' जगीरा ने बीते हुए कल की तरफ़ इशारा करते हुए कहा।

जगीरा के चेहरे पर छाई हुई लालिमा और तनी हुई मूँछें देखकर ख़ान द्वारा इस कृत्य के बारे में बोलने से पहले ही जगीरा ने कहा, ''गहनों की वह गठरी इस बात का प्रमाण है।''

कुछ ठग वहीं इन बातों को सुन रहे थे। धीरे-धीरे यह ख़बर सब के कानों तक पहुँच गयी कि रात में एक महिला और किसी लंगड़े आदमी का शिकार किया गया है। दोनों ही हमारे बनिज नहीं हो सकते, इसलिए माँ भवानी नाराज़ है और आज कोई शुभ संकेत नहीं मिला।

सभी ठग माँ भवानी पर असीम आस्था रखते थे। वे सभी समझते थे कि वे जो भी करते हैं, वह सब जायज़ है क्योंकि यह सब माँ भवानी की आज्ञा अनुसार होता है। स्त्री हत्या तब तक स्वीकार्य नहीं, जब तक वह किसी बड़ी लूट का हिस्सा ना हो। यही भक्ति ही उनकी शक्ति थी, यही विश्वास ही उनका हौसला था। हालाँकि कुछ ठग इसे ढकोसला समझते थे फिर भी किसी अनहोनी के डर से वे विश्वास करते थे।

आज उनका हौसला पस्त होने लगा था। कुछ लोग विनायक को कोस रहे थे तो कुछ वापस लौट जाने का विचार तक कर रहे थे। मंगल का विचार था कि यात्रा यहीं समाप्त कर दी जाये वरना उन्हें गंभीर परिणाम भुगतने पड़ सकते हैं। आज़म ख़ान का विचार था कि, ''यह सब विनायक ने किया है, इसका परिणाम उसे मिलना चाहिए। हमें माँ भवानी की पूजा रखवाकर यात्रा जारी रखनी चाहिए।''

वहीं, विनायक अपनी बंदूक़ के नशे में जो उसने वहीं-कहीं छुपा रखी थी, मदमस्त निद्रा में लीन था। सब कानाफूसी कर रहे थे, भय का माहौल ऐसा था मानो सब के सब समुद्र में कूद पड़े हों। तैरना किसी को नहीं आता किंतु भय के मारे पाँव चला रहे हों परन्तु नीचे ज़मीन नसीब नहीं होती हो; हर कोई डूबता हुआ दिखाई पड़ता था। कुछ एक ने अपने वापस लौट चलने की तैयारियाँ शुरू कर दी थीं तो कुछ अपने सरदार के विचार की प्रतीक्षा में थे।

जगीरा ने काफ़ी देर बाद अपना वक्तव्य दिया, ''साथियों हम सब माँ

भवानी के अनन्य भक्त हैं, हमसे जो भूल हुई उसकी सज़ा हम स्वीकार करेंगे। इस कृत्य में शामिल सभी को सज़ा अवश्य दी जायेगी, विश्वास करो अधिकतम सज़ा। हमारा संगठन ही हमारी शक्ति है, जब तक हमें शुभ मुहूर्त नहीं मिलता हम यहीं रहकर पूजा करेंगे।"

वापस जाने वालों में से कुछ का विचार बदल गया था और जो फिर भी जाने की सोच रहे थे वह डर के मारे वहीं रुक गये क्योंकि धन लेकर जाते हुए रास्ते में कहीं भी लूटे जाने का ख़तरा था।

* * *

सूर्य अपने अधिकतम ताप के साथ आया और फिर दूर निकल गया, उसके आँखों से ओझल होने के ठीक पहले मार्ग पर साधुओं का एक झुंड आता हुआ दिखाई दिया। सब भगवा वस्त्रों में धूल उड़ाते हुए उत्साह के साथ दौड़े आ रहे थे। धूल और भगवा का ऐसा दृश्य था मानो सूर्यास्त का प्रतिबिंब धरती पर दिखाई पड़ रहा हो।

सबसे आगे गधे पर सवार फकीरचंद और पीछे, बड़ी बड़ी दाढ़ी- मूँछ, माथे पर तिलक और मालाओं से घिरे हुए साधु थे। संपूर्ण साधु श्रृंगार और यौवन से भरपूर फकीरचंद की सेना कुछ ही समय में ठगों के ख़ेमे में आ पहुँची। जगीरा अपने साथियों के साथ शतरंज खेल रहा था, इतने लोगों को एक साथ देखकर सावधान हो गया, तलवार कमर में लटकाकर, ख़ंजर छुपाकर वह फकीर चंद का इंतज़ार करने लगा।

कुछ समय बाद फकीरचंद कक्ष में दाखिल हुआ-

"जय माँ भवानी!" फकीर चंद ने हाथ जोड़कर झुकते हुए सरदार को अभिवादन किया।

"जय माँ भवानी!" कहकर जगीरा ने उसका स्वागत किया।

अशुभ घड़ी में अत्यंत सावधान जगीरा ने शंका दूर होते ही अपने दोनों हथियारबंद साथियों को बाहर जाने का इशारा किया जो वही टैंट में दो तरफ़ खड़े थे। दोनों बिछावन पर बैठे और शतरंज के मोहरों को पकड़े अगली चाल पर चर्चा करने लगे।

जगीरा ने अपनी चाल चलते हुए कहा, "तुमने साधुओं का चोला क्या

पहना, साधुओं की फ़ौज खड़ी कर दी।"

"बस संयोग कुछ ऐसा हुआ कि हमारे पुराने साथी हमें फिर से मिल गये और मेरी जान भी बच गयी।" फकीरचंद ने अपने प्यादे को घोड़े की ढाई की चाल से बचाते हुए आगे बढ़ाया।

"क्या बात है? कोई विपत्ती आन पड़ी?" जगीरा ने एक दूसरे घोड़े से ढाई की चाल से उसके एक प्यादे को मार गिराया और अब अगला निशाना राजा था।

"देवघर से निकलते ही मुझे साधुओं का एक झुंड मिला जो रास्ते भर मेरा पीछा करते रहे, वे ठग थे। मैं उनकी भाषा और चालें समझता था, शायद उन्होंने नदी किनारे मुझे ठिकाने लगाने का निश्चय कर लिया था परंतु ऐन वक़्त पर 'फिरंगी' ने मुझे पहचान लिया और मेरी जान बच गयी।" कहते हुए उसने अपने राजा को घोड़े के ठीक पीछे रखकर जान बचा ली।

"फिरंगी! फिरंगी तो दिल्ली की तरफ़ यात्रा पर गया था यहाँ कैसे? और वह भी साधु के भेष में।" जगीरा ने हैरान होते हुए कहा।

हाँ सरदार, वह भी आपसे मिलने का इच्छुक है, रास्ते भर आपकी बहादुरी के क़िस्से सुनाता हुआ आ रहा है। बस आपकी छत्रछाया का मोहताज है।

"हाँ! एक बहादुर और विश्वसनीय ढंग से मिलकर मुझे ख़ुशी होगी।"

दोनों बातें करते हुए फिरंगी के पास पहुँचे। वह सब एक पेड़ के नीचे बैठे थे, जिसकी छाया बहुत दूर निकल चुकी थी परंतु फिर भी हमेशा की तरह पेड़ से जुड़ी हुई थी। दोनों ने एक दूसरे को गले लगाकर पीठ थपथपाई, मानो बिछड़े दोस्त बरसो बाद मिले हों; पिछली यात्राओं में दोनों ने ख़ूब लूटमार की थी। वे अपनी प्रशंसा की चाहत में एक-दूसरे की प्रशंसा करने में जुटे थे, वे पिछली लूट और तलवारबाज़ी पर चर्चा कर रहे थे।

संध्या समय ही हुक़्क़े और मदिरापान का दौर शुरू हो गया था। दोनों किसी लकड़ी के ठूँठ पर आमने-सामने बैठे थे। हुक़्क़े की गुड़गुड़ाहट और महक से शाम अत्यंत रसिका होती जा रही थी।

"तो फिर तुम्हारी यात्रा कैसे असफल हुई? सुना था तुम लोग दिल्ली की तरफ़ यात्रा पर गये थे।" जगीरा ने कहा।

"हाँ, सरदार हम अधिक धन के लालच में निकल तो पड़े पर आप जैसे बुद्धिमान और अनुभवी सरदार की कमी हमें हमेशा खलती रही, कभी शगुन विचार न किया जाता था तो कभी काम को ठीक से अंजाम नहीं दिया जाता था। फिर भी हमने काफ़ी लूट प्राप्त की। लगभग 3 महीने पहले हम दिल्ली से लूट का माल लेकर लौट रहे थे, रास्ते भर हमने कोई अन्य लूट की कोशिश नहीं की परंतु अचानक से हमें 4 व्यापारी, आठ दस सैनिकों के साथ दिखायी पड़े। सुनसान रास्ते पर हम ललचाये, वे काफ़ी सुरक्षा में थे इसलिए उनके पास काफ़ी माल होना चाहिए था। वे हमारे मार्ग के अनुयायी थे, वे जहाँ भी रुकते हम भी आसपास में ही रुकते थे। चार दिन पीछा करने के बाद उनमें से एक व्यापारी दो सैनिकों के साथ अलग हो गया। उसके जाने के बाद भी वहाँ तीन व्यापारी थे, पाँच सैनिक और दो नौकर। हमने उन्हें फँसाने की पूरी कोशिश की पर हम नाकाम रहे, वे काफ़ी चालाक थे। पथरीले और तंग रास्ते पर हमने उन पर हमला कर दिया, हमारी संख्या 30 के लगभग थी। हमले में वह सब मारे गये, दो ठग भी घायल हुए जिन्हें बाद में मारना पड़ा। लूट का माल काफ़ी था परंतु ....”

"परंतु क्या?” जगीरा ने नाक से धुआँ छोड़ते हुए पूछा।

जिन लोगों को हमने मारा उनमें से 2 लोग अंग्रेज़ों के गुप्त संदेश वाहक थे। उनके पास से हमें कुछ काग़ज़ात बरामद हुए जो अंग्रेज़ी में लिखे हुए थे। इसी बात का ध्यान रखते हुए हमने हमारा रास्ता बदला और किसी अन्य रास्ते से होते हुए आगे बढ़ने लगे। अगले दिन रात को हम सब एक गाँव में डेरा डाले हुए थे, हमारे आदमियों को ख़बर मिली कि अंग्रेज़ी टुकड़ियाँ हमारी तरफ़ बढ़ रही हैं। ऐसे समय में हम क्या करते, जिसको जो हाथ लगा, लेकर निकल गया, कुछ पकड़े भी गये। चारों तरफ़ सख़्ती कर दी गयी, बचने का कोई रास्ता नहीं था सिवाय इस भगवा चोले के। उस दिन से यह छद्म आवरण ही हमारी रक्षा करता है मेरे साथ अभी 15 लोग हैं जिनमें से 11 लोग हैं जो मेरे साथ पिछले अभियान में साथ थे, बाक़ी चार लोग अन्य कारणों से हमारे साथ शामिल हुए हैं; यह चारों भी ठग बनने के लायक़ हैं।

"माँ भवानी की असीम कृपा है तुम पर वरना यह अंग्रेज़ लोग तो ठग जाति के नाम से भी चिढ़ते हैं, सुना है ठगों को लालच देकर उनसे सब कुछ जान लेते हैं।”

"हाँ सरदार! परंतु ऐसा कोई ठग न हुआ होगा जो मार के डर और पैसे के लालच में अपनी जाति से दग़ा करेगा।"

"होना भी नहीं चाहिए, पवित्र कुल्हाड़ी की क़सम खाकर और क़ब्र पर बैठकर प्रतिज्ञा करने वाला कोई भी ठग इतना कायर और कमज़ोर हृदय का नहीं हो सकता।"

"हम सब लोग, माँ भवानी के आशीर्वाद से आपकी छत्रछाया में आगे की यात्रा में शामिल होना चाहते हैं। अगर आप चाहें तो हमारी योग्यता का प्रमाण भी देख सकते हैं।"

"क्या चार अन्य लोग विश्वासजनक हैं?"

"हाँ सरदार, उनमें से दो लोगों ने धन के लालच में अपने मालिक की हत्या करवाने तक में हमारा साथ दिया था। वे हमारे कृत्य के बारे में जानते हैं, दो अन्य बेहतरीन तलवारबाज़ हैं और छँटे हुए बदमाश हैं जो किसी बदमाशी करने के बाद बचने के लिए हमारे साथ शामिल हुए थे। हमने उन्हें ख़ूब परखा है और वे कई बार हमारे लिए लड़े भी हैं, इतना ही नहीं वह अन्य लोगों को तलवारबाज़ी सिखाने में भी कुशल हैं।"

"तो क्यों ना कल सुबह पूजा के बाद तलवारबाज़ी का आनंद लिया जाये! मैं उस बेहतरीन तलवारबाज़ को बेहतरीन इनाम दूँगा, जो मेरी तलवार का सामना कर सकेगा।"

"अवश्य सरदार, तलवारबाज़ी और घुड़सवारी में आपका कोई अन्य जोड़ीदार इस दुनिया में ना होगा यह उन युवकों का सौभाग्य ही होगा।"

रात्रि का गहन अंधकार अगली सुबह के उजाले का सूचक था। आसमान में कहीं छिपे चंद्रमा के महीन अंश को किसी ने निहारने की कोशिश नहीं की, तारों से मिलकर बनी विभिन्न आकृतियों की कल्पना किसी ने नहीं की, सभी सुबह होने वाली प्रतियोगिता की कल्पना में तल्लीन थे। पुराने ठग नये आये लोगों के शरीर और चाल-ढाल से अनुमान लगाने की कोशिश में थे जबकि नवीन लोग अपनी तलवारबाज़ी पर गर्व करते थे।

आज सुबह से ही सभी ठग नहा-धोकर पूजा की तैयारी में थे। एक ख़ास पूजा जिसमें उनके आगे बढ़ने के संकेत शामिल हों और संयोग भी कुछ ऐसा था कि जैसे ही पूजा शुरू हुई गधों के हुंकने की आवाज़ सुनाई पड़ने लगी। पूजा के

दौरान प्रकृति में एक तरह से हलचल दिखाई पड़ने लगी, मुरझाये हुए चेहरों पर एक चमक दिखाई पड़ने लगी, नया उत्साह और जोश दिखाई पड़ने लगा। जय माँ भवानी के जयकारों से आसमान गूँज उठा। पूजा के तुरंत बाद प्रतियोगिता की तैयारियाँ शुरू कर दी गयीं, सभी लोग गुट बना-बनाकर अभ्यास करने लगे।

फिरंगी ने अपने क़ाफ़िले से 2 लोगों को शहर भेजते हुए कहा, ''जादू कोई चमत्कार नहीं। बस तुम्हें उसमें छुपे विज्ञान को समझना होगा।''

सूर्य की प्रथम किरणें, तलवार की धार से टकराकर छिन्न-भिन्न हो जाती थीं। एक गोल घेरे के चारों तरफ़ बैठे ठग अपने-अपने साथियों का गुणगान कर रहे थे वहीं एक तरफ़ लकड़ी के ठूँठ पर हिरण की ख़ाल पर बैठे जगीरा और उसके साथी अपनी मूँछों को ताव देते थे जैसे ही तलवार टकराने की आवाज़ आती सब एक स्वर में चिल्लाते और फिर अगले ही क्षण साँस रुक जाती थी, कभी कोई घायल हो जाता तो कभी कोई हार मान लेता था।

घंटों आपस में खेल चलता रहा, जीतने वाले को फिर से मैदान में आने का मौक़ा मिलता, किसी की ललकार स्वीकार करने का मौक़ा मिलता। आख़िर वह घड़ी आ ही गयी जब सभी ठगों को हराकर दोनों बदमाश आपस में लड़ने लगे। उलेमान और सुलेमान दोनों के नैन-नक़्श एक जैसे थे। लालिमा से भरा हुआ एक जैसा गोल चेहरा, सुगठित शरीर व अधखिली मूँछें उनके नवयौवन को दर्शाती थी। दोनों एक-दूसरे से बढ़कर थे, वे एक-दूसरे पर घातक वार करते और ढाल से उसे सह लेते। दोनों थक कर चूर हो चुके थे परंतु हौसला उनकी तलवार की चमक की तरह सूर्य को भी आईना दिखाता था। दोनों की लड़ाई देखने के बाद जगीरा ने ख़ुद मैदान में उतरने का निर्णय लिया; मैदान जयकारों से गूँज उठा। बेहतरीन मिश्र धातु से निर्मित रत्न जड़ित तलवार जो उसने पिछले अभियान में एक सैयद को मारकर प्राप्त की थी, को लहराते हुए जगीरा ने दोनों को ललकारा। पहले-पहल एक दूसरे को जानने समझने की जुगलबंदी होती रही, फिर वार-प्रतिवार और फिर एक-दूसरे पर हावी होने की प्रथा। एक तरफ़ हुनर और अनुभव था तो दूसरी तरफ़ नया जोश और ताक़त थी। काफ़ी देर तक जगीरा दोनों की तलवारबाज़ी की परीक्षा लेता रहा, दोनों पूरे दमख़म से जगीरा पर वार करते परंतु जगीरा हर बार अपनी ढाल से उन्हें रोक लेता। जगीरा के सामने दो नौसिखयों का खेल देखकर सभी हँस रहे थे, तभी फिरंगी के दोनों आदमियों ने प्रवेश किया और इशारा पाकर फिरंगी के पास पहुँच और उसके

कान में कहा, "मछली मिल गई है बस चारा डालना है।" उसी समय सुलेमान ने वार किया जो जगीरा के कान को लगभग छूते हुए निकल गया और मौक़ा मिलते ही उलेमान ने जगीरा की गर्दन पर तलवार रख दी। चारों तरफ़ तालियों की गड़गड़ाहट होने लगी जबकि कुछ लोग दाँत पीसकर रह गये।

जगीरा ने दोनों को तलवार भेंट करते हुए कहा कि आज से यह तलवार तुम्हारी हुई। अपने सरदार की रक्षा और माँ भवानी की आज्ञा अनुसार यह हमेशा अपने पास रखना। दोनों ने एक साथ कहा, "हमारे सरदार और अन्य लोगों की रक्षा करना हमारा कर्तव्य होगा, अवसर देने के लिए शुक्रिया।"

खेल समाप्त हो चुका था। जगीरा, फिरंगी, ख़ान और मंगल एक पेड़ के नीचे बैठे थे। हुक्क़े के चारों ओर हार जीत पर चर्चा हो रही थी जगीरा का कहना था कि मेरा ध्यान कहीं और चला गया था वहीं फिरंगी का कहना था कि "हाँ, तुमसे उनका कोई मुक़ाबला नहीं परंतु वह बेहतरीन तलवारबाज़ है, यह हमें स्वीकार करना ही पड़ेगा।"

"हाँ, बिल्कुल वह दोनों बेहतरीन तलवारबाज़ हैं और हमें ऐसे ही लोगों की ज़रूरत है।"

"हमारे पास दो बेहतरीन सोथा भी हैं जो आज शुभ समाचार लाये हैं। सुबह शुभ मुहूर्त देखते ही मैंने उन्हें शहर भेज दिया था।" फिरंगी ने कहा

"मुझे तुम्हारे शुभ समाचार का इंतज़ार है, मैंने तुम्हें कानाफूसी करते हुए देख लिया था।"

वास्तव में शिकार पुराना है। हम कई दिनों से उनका पीछा कर रहे थे परंतु हमारी संख्या काफ़ी कम थी। वह एक जादूगर है और अभी नागपुर में है। जहाँ तक हमें ज्ञात है वह किसी भी शहर में एक सप्ताह रुकता है, अपना जादू दिखाता है और किसी दूसरे शहर में निकल जाता है। उनकी संख्या 20 से ज़्यादा ही होगी, यह लोग यात्रा के लिए ऊँट और घोड़े रखते हैं।

जादूगर! जगीरा की आँखों में मानो रौशनी आ गयी, उसने अपनी उँगलियों को जादुई अंदाज़ में लगाते हुए कहा, "ठग जाति में शायद ही किसी ने ऐसे प्रतिष्ठित व्यक्ति का शिकार किया होगा।"

"सुना है ऐसे व्यक्ति का शिकार करने से उसकी काली शक्तियाँ पीछा करती हैं।" मंगल ने कहा।

जगीरा मन ही मन जादूगर की शक्तियाँ को अनुभव कर रहा था। उसने कहा, ''हमें कार्य को अंजाम देने के लिए उचित योजना बनानी होगी। हमें वहाँ जाकर पता करना होगा कि वह कितने आदमी हैं और कितने संसाधन उनके पास हैं। कब यहाँ से यात्रा के लिए निकलने वाले हैं। अगर उनके कुछ आदमी हमारे साथ शामिल हो जायें तो हमारा काम आसान हो जायेगा।''

फिरंगी ने मुँह से धुआँ छोड़, हवा में धुएँ के बादलों को देखते हुए कहा, ''हमें आज शाम शहर जाकर उनका जादू देखना चाहिए, उसके बाद कोई रास्ता निकालने के बारे में सोचना चाहिए।''

* * *

दिन का तीसरा पहर बीत चुका था, वृक्ष की छाया वृक्ष का साया छोड़ दूर जा रही थी। हवा का प्रभाव ऐसा था कि संतरी फूल झड़ते थे। शहर भर में जगह-जगह रसीले और मीठे संतरे के टाल भरे पड़े थे। मुख्य और मशहूर दुकानों पर रईस और अंग्रेज़ लोग ख़रीददारी करते हुए नज़र आते थे। सड़कों पर मुख्यत: हाथ-गाड़ी, घोड़ा-गाड़ी और कभी-कभी कोई मोटर जिसमें कोई अंग्रेज़ या रईसजादा धुआँ उड़ाते हुए निकल जाता था।

शहर के बीचोबीच संतरा बाज़ार था, लकड़ी से बनी हुई दुकानें और लिपाल की छत्तें, छज्जे थे। यहाँ से निकलकर मुख्य बाज़ार जहाँ कपड़े और ज़ेवरात का कारोबार होता था। यहाँ से दूसरी तरफ़ कच्चे-पक्के मकान आसपास नज़र आते थे, यह शहर का बाहरी हिस्सा था जहाँ भीड़-भाड़ न थी।

नागपुर ब्रिटिश साम्राज्य का अंग होने के कारण शहर के एक तरफ़ अंग्रेज़ों के लिए दफ़्तर बनाये गये थे। एक तरफ़ भारतीय कला और साहित्य मंच के नाम से एक विशाल कक्ष, साहित्य की विशालता को दर्शाता था जहाँ अक्सर नाट्यशास्त्र और कलमशास्त्र का आयोजन होता था। लेकिन आज भवन के आगे 'जादूगर सम्राट सूर्या' के नाम से कुछ इश्तिहार लगे हुए थे। भवन के आगे कुछ लाल सिपाही खड़े थे, काफ़ी चहल-पहल के बीच कुछ अमीर लोग पालकी या घोड़ा-गाड़ी से आकर सीधे अंदर घुस जाते थे वहीं कुछ साफ़-सुथरे कपड़े पहने भारतीय एक अन्य रास्तों से अंदर जाते थे। सिर्फ़ अंग्रेज़ और पढ़े-लिखे साफ़-सुथरे कपड़े पहने लोगों को ही अंदर जाने दिया जाता था, इसलिए वे सभी वापस लौट आये।

मंगल, भवन के सामने किसी तलाश में घूम रहा था। रात के तक़रीबन 8:00 बजे थे, रास्ता लगभग सुनसान नज़र आता था, सिवाय किसी नशेड़ी के जो शराब के नशे में बकता हुआ निकल जाता था। साहित्य भवन से किसी को बाहर आते-जाते न देख मंगल श्री वापस चलने वाला ही था तभी एक पतला लंबा भद्र पुरुष अंदर से बाहर आता हुआ दिखाई दिया। हाथ में ख़ाली थैला लटकाये हुए, चाल में एक तरह की तेज़ी थी जो उसे तेज़ गति से सीधे भठियार की दुकान तक ले गयी। मंगल उसके पीछे-पीछे किसी मौक़े की तलाश में था परंतु उसने कोई मौक़ा नहीं दिया। उसने दो बोतल शराबी थैली में रखी और पहले से भी अधिक तेज़ गति से वापस भवन पहुँच गया।

अगले दिन सभी नये और साफ़-सुथरे कपड़े में 2 रुपये का टिकट लेकर भवन के अंदर पहुँचे। भवन दो हिस्सों में बँटा हुआ था: दायीं तरफ़ कुर्सियाँ थीं जिस पर अंग्रेज़ और अमीर भारतीय बैठे थे। गद्देदार कुर्सियाँ और जलपान का उचित प्रबंध था। बायें तरफ़ आम भारतीय लकड़ी की कुर्सियाँ पर मुस्कुराते हुए नज़र आते थे। जगीरा, आज़म ख़ान और मंगल श्री सबसे आगे की कुर्सी पर बैठे थे और अन्य साथी सबसे पीछे।

भव्य मंच, चमकीली झालरों और रंग-बिरंगी रौशनी से जगमग था, एक मधुर संगीत सबको शांत सुनने के लिए मजबूर कर रहा था। अंग्रेज़ लोग अपनी पत्नी या महिला मित्र को साथ लेकर, जो किसी परी जैसे जालीदार परिधानों में उनके साथ बैठी थी, उत्साहित थे। वहीं दूसरी तरफ़ बैठे भारतीय लोग अंग्रेज़ लोगों से आँखें मिलाने की हिम्मत न रखते थे परंतु मौक़ा मिलते ही उन गोरी मैम को एक नज़र निहार लेते थे जो किसी स्वर्गीय आकर्षण जैसा था।

कुछ देर बाद चमकीले वस्त्र में एक बड़ा-सा काला जादुई कपड़ा अपने पीछे हवा में लहराते हुए जादूगर सम्राट प्रकट हुआ। लंबा क़द, बड़ी-बड़ी घुमावदार मूँछें, बड़ी-बड़ी गोल आँखों के बीच, लम्बी चपटी नाक, सिर पर काले रंग की पगड़ी में चमकदार हीरा, नागमणि-सी शोभा बढ़ा रहा था। उसके हाथ में एक जादुई छड़ी थी, एक रहस्यमयी संगीत के साथ जादुई भाव व्यक्त करते हुए हुए उसने जादू की छड़ी को धीरे-धीरे चारों तरफ़ घुमाया मानो उसने सभी को नज़रबंद कर दिया हो। मानो अब के बाद सब वही देखेंगे जो वह दिखाना चाहता है।

हर क्षण उत्साह बढ़ता जाता था, हर क्षण कुछ ना कुछ नया घटित हो रहा था, लोगों की नज़रों को उसने बंदी बना लिया था। दर्शकों की उत्सुकता तब बढ़ गयी जब जादूगर ने कहा कि अब हम हमारा आख़िरी और सबसे शानदार दृश्य पेश करेंगे।

सदन में एकदम सन्नाटा छाया हुआ था। लकड़ी का एक संदूक़ मंच पर लाया गया जिसे रस्सी से बाँधकर ऊपर खींचा जा सकता था। एक तीखी चरमराहट के साथ वह संदूक़ खुला और जादूगर अपनी छड़ी के साथ उसमें बैठ गया। रस्सी के सहारे संदूक़ को ऊपर उठाया गया। संदूक़ हवा में तैर रहा था, सभी किसी जादू का इंतज़ार कर रहे थे कि तभी जादूगर पीछे से लोगों से हाथ मिलाते हुए आ रहा था। सभी कौतूहल के साथ मुड़कर उसे देख रहे थे ठीक बीच में पहुँचकर उसने एक अंग्रेज़ी मेम के हाथों को चूमा और मंच की तरफ़ बढ़ा। उसने सबका अभिवादन किया और लोगों की तालियों की गड़गड़ाहट के साथ ही मंच से ग़ायब हो गया। सदन तालियों से गूँज उठा तभी संदूक़ अचानक से नीचे गिरा और गिरते ही चारों तरफ़ से खुल गया और जादूगर फिर से लोगों के सामने प्रकट हुआ। इस तरह से यह रोमांचकारी दृश्य-क्रम समाप्त हुआ।

विशाल कक्ष के बाहर लोग जी भर कर तारीफ़ें कर रहे थे। वे विभिन्न दृश्यों को याद करके अचंभित हो रहे थे जो उन्हें आश्चर्यचकित कर रहे थे। जगीरा अपने साथियों से, ''हमें एक ऐसी ही दृश्य व्यवस्था को अंजाम देने की ज़रूरत है जहाँ हम सलीक़े से अपना काम भी कर जायें और किसी को शक भी ना हो।''

ख़ान- ''इसके लिए सबसे पहले हमें जादूगर की वास्तविक शक्तियों का अंदाज़ा लगाना होगा।''

मंगल श्री ''सभी सेठ व अमीर लोग अभी तक बाहर नहीं आये हैं, शायद वे सब जादूगर को सम्मान स्वरूप देने वाले हैं।''

ख़ान- ''हाँ और ऐसा हर रोज़ होता है, अवश्य ही उसके पास काफ़ी माल होगा।''

ख़ान के यह शब्द उनके उत्साह वर्धन के लिए काफ़ी थे। इसे सुनकर सभी की आँखों में वह अद्भुत चमक थी जो जादूगर के पास होने वाले माल को देख सकती थी।

भीड़ कम होने लगी थी। एक तरफ़ उनके अस्तबल में सात घोड़े और

ऊँट नज़र आ रहे थे वहीं दूसरी तरफ़ एक बैलगाड़ी थी। सभी उस तरफ़ बढ़े, ''उनकी संख्या 20 से ज्यादा ना होगी।'' ख़ान ने घोड़ों को देखते हुए उनकी संख्या का अंदाज़ा लगाते हुए कहा।

''हाँ, मगर हमें जादूगर तक पहुँचने के लिए कोई रास्ता खोजना होगा। क्यों ना हम सेठ बनकर जायें? और भेंट के बहाने उससे बात करें।''

''हूँ, हम ऐसा कर सकते हैं।'' जगीरा ने कहा।

तभी जादूगर मुख्य कक्ष के रास्ते से अपने मेहमानों को छोड़ने के लिए बाहर आया। उन्हीं काले चमकीले परिधानों में, उसके दोनों तरफ़ उसकी शान और शौक़त को दर्शाती दो लड़कियाँ थीं। वह एक-एक कर सभी को हाथ हिलाकर विदा कर रहा था। कोई किसी मोटर में, कोई पालकी में, हाथ हिलाकर चला जाता था।

जगीरा और उसके साथी जादूगर को देखते-देखते उसकी तरफ़ खिंचे चले आये मगर मंगल अभी भी बैलगाड़ी के पास ही था। एक पतला लंबा आदमी बैलों के लिए चारा लाया और बैलगाड़ी में रखकर चला गया। वह बिल्कुल जादूगर जैसा दिखता था। मंगल जगीरा के पास पहुँचा देखा कि जादूगर अपने मेहमानों को विदा कर अंदर जा रहा था। मंगल चकरा गया, उसे लगा कि वह कोई स्वप्न देख रहा है। वह आंख बंद करके ठीक से विचार कर रहा था कि जिस आदमी को उसने बैलों के पास देखा वह कौन था? अगर वह जादूगर नहीं था तो वह कौन था? मन ही मन सोच रहा था कि हो सकता है कि वह जादूगर ना हो, शायद यह मेरा भ्रम हो परंतु यह वही आदमी था जिसे कल रात भठियारे तक जाते हुए देखा था; शायद आज रात मुलाक़ात हो।

जगीरा, मंगल, ख़ान सब के सब चतुर सोथा थे परंतु संध्या समय तक जादूगर के बारे में या उसकी अगली यात्राओं के बारे में कोई जानकारी ना मिली। मंगल ने फिर से कल रात की तरह आज भी वहीं रुक कर भेद जानने की ठानी। सूर्य की अनुपस्थिति में रात्रि का अंधकार अपने आप पर अभिमान कर रहा था। किसी मशाल की रौशनी पाकर उसका अहंकार कुछ कम हो जाता मगर फिर से उस अंधकार को अंधकारमय होना ही पसंद था, ठीक उसी तरह जैसे एक शिष्य अपने गुरु की अनुपस्थिति में अपने ज्ञान का अभिमान करता हो। रात्रि के लगभग 8:00 बज चुके थे मंगल अभी भी दबे पाँव वहाँ घूम रहा

था। परंतु वहाँ कोई उम्मीद भरी चहल-पहल नज़र नहीं आती थी। वहीं कोने पर एक पान की दुकान थी जिसे पनवारी बंद करने ही वाला था कि मंगल वहाँ जा पहुँचा।

"एक कनपुरिया देना।"

पनवारी ने पान चबाते हुए कहा, "माफ़ कीजिएगा साहिब! अब नाही हो पायेगा। आप पता नहीं किस तलाश में इधर-उधर घूमत रहे। मगर हमार अभी-अभी शादी हुआ है देर भई तो बीवी खाना ना खिलायेगी।"

"अच्छा तो तुम शादीशुदा हो? कहते ही मंगल झेंप गया, सोच रहा था ये कैसा सवाल है?

"नहीं।"

"तो?"

"तो क्या?" पनवारी पान बनाने लगा।

तभी भवन की तरफ़ से एक पतला लंबा आदमी तेज़ गति से आता हुआ दिखाई पड़ा जैसे ही वह पान की दुकान के पास से गुज़रा, दियासलाई की रौशनी में उसके चेहरे की मायूसी को देखकर उसे पहचानने में मंगल ने ज़रा भी देर नहीं की। मंगल ने पान वाले की तरफ़ देखा वह व्यस्त था, एक क्षण बाद मंगल चुपके से वहाँ से निकल गया। वह उसका पीछा करते हुए लगभग 50 क़दम की दूरी पर था। कुछ समय बाद कानों में आवाज़ सुनाई पड़ी, पनवारी ने 'रमसी' में कहा, "मगर यात्रियों को जानता हूँ।" मंगल समझ गया कि वह एक ठग है।

रात्रि अंधकार में दोनों क़दमताल मिलाते हुए भठियार पहुँचे, वहाँ की झिलमिलाती रौशनी को देखकर अंधकार ख़ुद को कोसता था। जगमगाते दिये, मोमबत्ती से निकलती रंग-बिरंगी रौशनी, बेरंग और रंगीन लोगों की जिंदगी में नये रंग भरती थी। वहाँ हर कोई दुख और पीड़ा के बोझ तले दबा हुआ आता और अमृत पीकर मानो ख़ुद दुखों पर सवार हो जाता हो।

मंगल दरवाज़े पर खड़ा था। एक पल के लिए असमंजस में था कि सामने रखी बोतलों में आज किसका दीदार करूँ मगर अगले ही पल देखता है कि पतला लंबा आदमी एक कोने में बैठा है, ख़ाली पड़े गिलास में थोड़ा पानी डालता है और भठियार की तरफ़ तरसी निगाहों से देखता है। भठियार उसे देखकर भी

जगीरा

अनदेखा करता है मानो उसकी तड़प को और बढ़ाना चाहता हो। कुछ देर बाद, साक़ी एक ताम्र पात्र में मदिरा लेकर उसके पास पहुँचती है। वह नशीली निगाहों से बेचैन होकर कहता है-

"तड़प ताड़ी में, मोहब्बत साक़ी से,

ला मेरे आशिक़, मुहब्बत पिला।"

साक़ी झूमते हुए अपने ही अंदाज़ में कहती है-. ...

"खो दूँगी मैं मुहब्बत, पिलाकर मुहब्बत का प्याला,

लाओ मेरे हिस्से की तड़प, मेरे हिस्से नहीं हाला।"

... और एक मिट्टी के पात्र में मदिरा उसके हाथों में थमाकर चली जाती है। वह प्याले को अपने होठों से लगा, जाती हुई साक़ी को निहारता रहता है। उसकी चाल-ढाल, रंग-गुण एक ही पल में निहार कर प्याला ख़त्म कर देता है। वहीं दूसरे कोने में बैठे जगीरा और ख़ान का इशारा पाकर मंगल उस पतले लम्बे आदमी के ठीक सामने जा बैठा।

मदिरालय में शराबियों के बीच परस्पर जो सम्मान व आत्मीयता होती है वह सम्मान व आत्मीयता अक्सर बड़े-बड़े विद्वानों से भरी सभा में भी नहीं होती, यही आत्मीयता ही मंगल व जादूगर के बीच संवाद की कड़ी थी। उसे मिट्टी के बर्तन में सस्ती शराब पीते देख मंगल ने अनुमान लगा लिया कि यह जादूगर जैसा दिखता जरूर है मगर जादूगर नहीं होगा। साक़ी ने झुक कर सलाम किया। मंगल उसे अपलक देखता रहा, चेहरे पर नक़ाब लगाये, आँखें मदहोश, मानो नशा ख़ुद किसी नशेड़ी की तलाश में हो। उसकी नंगी कमर पर बँधे मयूरपंख को छूने के बहाने उसकी कमर को छूते हुए मंगल ने कहा, "मयूरी" और साक़ी अपनी आँखों की मदहोशी वहीं छोड़कर चली गयी।

'मयूरी' का नाम सुनते ही उसकी आँखें चमकने लगीं, उसने ग़ौर से मंगल की तरफ़ देखा, संभावना के क्षणों में मंगल ने भी अजनबी निगाहों से उसे देखा कुछ क्षण बाद धीरे से कहा, "जादूगर!"

मंगल की आवाज़ में निहित प्रश्न का जवाब उसने मुस्कुराकर गर्दन हिलाते हुए दिया और फिर आसपास देखने लगा।

"क्या सच में! मैं जादूगर के सामने बैठा हूँ? विश्वास नहीं होता। इतने

महान जादूगर के सामने'' मंगल ने हाथ फैलाते हुए कहा।

उसने अपने होठों पर उँगली रखते हुए, 'स्स्सस् सस्शह़ह़ह' का इशारा किया।

"मैंने कल ही आपका जादू देखा, तब से मैं हैरान हूँ, आप जादूगर सम्राट हैं!"

वह अपनी तारीफ़ से ख़ुश था, मगर उसमें संकोच शामिल था। वही संकोच जो ख़ुद की झूठी तारीफ़ सुनकर मुस्कुराते हुए होता है।

प्रसिद्ध मयूरी का प्याला लिये साक़ी उपस्थित हुई। मंगल ने उसकी आँखों में आँखें डालकर प्याले को छुआ, जिसे छूते ही साक़ी ने ऐसा भाव व्यक्त किया मानो मंगल ने उसे छू लिया हो। मंगल ने प्याला रखते हुए कहा, ''एक और, हमारे प्रतिष्ठित साथी के नाम।''

वर्षों में मिटाये जाने वाले भेद प्याले की मुहब्बत चंद मिनटों में मिटा देती है। जाति-पाति, ऊँच-नीच के भेद प्याले की मुहब्बत की आगे गौण नज़र आते हैं।

"मुझे अपने दोस्तों को यह बताकर हैरान करने में ख़ुशी होगी कि मुझे दुनिया के महान जादूगर सम्राट सूर्या के साथ बैठकर, जीवन के ख़ूबसूरत हिस्से को जीने का मौक़ा मिला।"

कथित जादूगर ख़ामोश रहा।

मंगल एक चतुर सोथा है, जानता है कि ख़ामोशी हमेशा बहुत कुछ कहना चाहती है। जानता है कि जब मयूरी का असर अपनी चरम सीमा पर होगा, तब ख़ामोशी अपनी सीमा लाँघ चुकी होगी। तारीफ़ों और बातों के बीच मयूरी और साक़ी का आना-जाना लगा रहा, मगर वह ख़ामोश रहा। नशे की हालत में एक दो बार अर्धनग्न साक़ी को देखकर उसके होंठ फड़फड़ाये, उसमें सिर्फ़ भाव था।

भठियार की दुकान में काफ़ी शोर था। लोग सिर्फ़ एक-दूसरे को ही सुन पा रहे थे। तभी दूसरी तरफ़ से बोतल टूटने की आवाज़ आती है। एक हट्टा-कट्टा आदमी, सिर पर सफ़ेद पगड़ी बाँधे ज़ोर-ज़ोर से चिल्लाता है।

"बड़ा आंदोलनकारी बनता है, अब अंग्रेज़ों की लाठियाँ खा रहा है। ऐसी औलाद से.....'' टूटी हुई बोतल को एक बार फिर ज़मीन पर मारते हुए कहा,

जगीरा

''क्या-क्या नहीं सोचा था, बाहर विदेश जाकर पढ़ेगा। यहाँ ग़ुलामी में क्या रखा है?'' उसने हाथ से इशारा करते हुए शराबियों से पूछा। शोर कुछ कम हो चुका था। वह दीवार के सहारे ख़ुद को सँभालते हुए बोला, ''मगर नहीं! आज़ादी चाहिए! आज़ादी। ... मेरे बेटे। ..... आज़ादी'' बड़बड़ाते हुए बाहर जाने लगा और दरवाज़े पर गिर पड़ा। फिर बड़बड़ाते हुए, ''नशा पागल कर देता है। नशा सिर्फ़ शराब में नहीं होता, शराब तो बस (हिचकियाँ लेते हुए) ... बस बदनाम है।''

साक़ी मयूरी के दो प्याले लिये उपस्थित थी। जादूगर ने झट से एक प्याला ख़त्म किया और दूसरे की तरफ़ देखने लगा।

''मैं जादूगर नहीं हूँ।'' उसने अपनी नज़रें चुराते हुए कहा।

''तुम्हारे चेहरे का तेज तुम्हारी प्रसिद्धि की गवाही देता है।''

''काश मैं होता! जीवन आसान होता है अगर सपने न हो तो। मैंने जवान उम्र में सपने देखने का नशा कर लिया था; नशा सिर्फ़ शराब में नहीं होता।''

मंगल उसके ज्वालामुखी फूटने के इंतज़ार में ख़ामोश रहा।

वह रुककर फिर बोलने लगा, ''कई साल पहले मेरे पिताजी ने मुझे शहर भेजा था। तब मैं भी आंदोलनों का हिस्सा हुआ करता था, इसलिए कुछ करने के बहाने शहर पहुँचा। जादुई दुनिया मुझे बहुत आश्चर्यचकित करती थी इसलिए जादूगर बनने का जुनून सवार हुआ और सीखने लगा, पिताजी ख़र्च भेजते रहते थे। फिर अचानक पिताजी, अंग्रेज़ी गोली का शिकार हुए और माँ प्लेग की भेंट चढ़ गयी। ... और मैं जादू सीखते-सीखते, न जाने कब नौकर बन गया।''

मंगल ने सांत्वना देते हुए प्याला आगे किया। उसने उसे एक ही घूँट में ख़ाली कर दिया। अब उसका मन शराब से भर चुका था, उसका ग़म अब तैरने लगा था, छलकने लगा था।

''पर तुम तो जादूगर हो मैंने तुम्हें स्वयं देखा है।'' मंगल ने कहा।

उसने नशे में शिथिल होते हुए कहा, ''जादू क्या है? सिर्फ़ एक दृश्य व्यवस्था। जहाँ बहुत कुछ दिखाया जाता है, जिसके पीछे बहुत-कुछ छुपाया जाता है। मैं वहीं छिपा हुआ हिस्सा हूँ, जो अपने हिस्से का वेतन पाता हूँ।''

दोनों शांत रहे, थोड़ा रुककर उसने गिलास पटकते हुए कहा, ''मैं बस

जादूगर नहीं हूँ।''

मंगल का इशारा पाकर साक़ी फिर से उपस्थित हुई पर अब नशा, शराब और साक़ी में बराबर था। जादूगर ने गिलास को चुना।

''मैं बहुत मज़बूत आदमी हूँ साहब, कभी नहीं रोता। माँ मर गयी, मुझे बहुत दुख हुआ मगर मैं रोया नहीं।'' उसने अपने होठों पर उँगली रखते हुए कहा, ''बाप मर गया, मगर मैं रोया नहीं।'' थोड़ी देर चुप रहने के बाद उसने फिर कहा, ''साहब, जब सपने मरते हैं तो आदमी भी मरता है और मैं रोज़ अपनी ही मौत मरता हूँ पर मैं..... मैं बहुत मज़बूत हूँ, मैं रोता नहीं।'' उसने अपने माथे से पसीना पोंछते हुए कहा।

''आदमी जब तक जीवित है उसे अपने सपनों के लिए लड़ते रहना चाहिए और तुम तो नौजवान हो जानते हो, तुम्हारे सपनों का गुनहगार तो वह तुम्हारा हमशक्ल जादूगर हुआ जो तुम्हारे नाम की कमाई भी अकेले खाता है। जिसने तुम्हें सिर्फ़ नौकर समझा और तुम एक बेहतरीन कलाकार होकर भी दलित जीवन जीकर नशा करके भुलाना चाहते हो।''

''कोई रास्ता नहीं, यह 'मयूरी' ही मार्ग है।''

तुम एक मामूली नौकर होकर अपनी कला का गला घोंट रहे हो। अगर नौकरी का चश्मा उतारकर देखो तो जीवन में बहुत से मार्ग हैं। हम हीरा और हाथी-दाँत के व्यापारी हैं, आज ही यहाँ के राजमहल में बेहतरीन हीरों का लेनदेन किया है आप भी हमारे साथ शामिल हो जाइये। हीरों के व्यापार में आप जैसे कलाकार के शामिल होने से हमारे हीरों की चमक बढ़ जायेगी।

शराब का नशा इंसान के बाहरी आवरण पर हमला करता है। जिसे इंसान जीवन भर गढ़ता रहता है, बाहरी आवरण हटते ही उसका वास्तविक चेहरा सामने आने लगता है। जादूगर के चेहरे पर कोई आवरण नहीं था। बोला, ''साहब, मैं तो बस इसे पीता हूँ और यह मुझ पर अपना अधिकार समझती है। मैं कारोबार कर सकता हूँ मेरे पिताजी भी कारोबारी थे।''

''अच्छा हम जादूगर साहब से भी मिलने आयेंगे कुछ लेनदेन हो जायेगा''

''मगर हम तरसों जा रहे हैं।'' उसने अपने होठों से थूक बिखेरते हुए कहा।

''कहाँ?''

"सावनेर, वहाँ के ज़मींदार बहुत मानते हैं हमें।"

* * *

सुबह की पूजा के बाद जगीरा ने एक विचार सभा का आयोजन किया। जगीरा बैलगाड़ी के जुए पर बैठा था, मंगल ठीक उसके सामने एक गधे पर अपने शरीर को लादे खड़ा था, आसपास ही अन्य ठग भी शामिल थे।

फिरंगी – "परसों जादूगर यहाँ से निकल रहा है। मेरा विचार है कि आज हम व्यापारी बनकर उनसे मिलें, वहाँ हम उसे सावनेर चलने के लिए हमारे साथ शामिल कर सकते हैं।"

मंगल – "अगर वह हमारे साथ चलने को राज़ी न हुआ तो?"

फिरंगी – "तो उन पर हमला करना ही आख़िरी उपाय होगा।"

जगीरा – "नहीं, जादूगर लगभग हर सप्ताह अपना ठिकाना बदलता है। इतनी यात्राएँ करने वाला इंसान ठगों और उनके तौर-तरीक़ों के बारे में अवश्य ही जागरूक होगा। उसे हमारे साथ शामिल होने का लालच देना मतलब उसे संभावित ख़तरे के लिए सावधान करने जैसा है।"

मंगल – "वह अपने साथ सैनिक भी रखता है, हो सकता है उसके पास बंदूक़ भी हो; बड़े-बड़े लोगों से उसके संबंध जो हैं।"

जगीरा – "उसे यात्रा के दौरान ऊँट या घोड़े में से एक पसंद होगा। अगर वह घोड़े पर यात्रा करता है तो वह अवश्य ही एक बेहतरीन तलवारबाज़ भी होगा। अगर वह ऊँट पर सवारी करता है, तो उसके पास बंदूक़ अवश्य होगी क्योंकि वह सिर्फ़ एक जादूगर है इसलिए वही राजा है और वही सेनापति। अपने लोगों पर एक साथ ध्यान करने के लिए वह अवश्य ही ऊँट पर सवारी करेगा।"

फिरंगी – "उसके पास छ: ऊँट थे, जिसमें से कुछ सावनेर सामान पहुँचाने के लिए भेज चुके होंगे या भेजने वाले होंगे।

जगीरा- "हमें इस काम को कुछ इस तरह से अंजाम देना होगा कि उसको अपनी मौत की आख़िरी क्षणों तक भनक न लगे। ख़ान, फकीरचंद और सुलेमान तुम सब कल सुबह से ही सावनेर मार्ग पर उचित स्थान की तलाश करना और वहीं क़ब्र का भी इंतज़ाम करना। वह लोग तेज़ी से व भीड़भाड़ वाले मुख्य मार्ग से यात्रा करेंगे, कहीं तंग पथरीले रास्ते या घने जंगल में वे हमारा आसानी से

शिकार बन सकते हैं। हम सब कल उनकी शक्तियों का सही आकलन करेंगे। जब तक इस काम को अंजाम न दें तब तक शहर में भनक भी नहीं लगनी चाहिए कि ठग यहाँ पहुँच चुके हैं। इसलिए तब तक कोई भी ठग ऐसी किसी भी गतिविधि को अंजाम न दे। जादूगर के पास अवश्य ही बड़ा ख़ज़ाना होगा।''

चारों सावनेर के रास्ते पर निकल पड़े। जगीरा और मंगल पनवारी के पास पहुँचे, दुकान पर कई लोग थे, पनवारी पान बनाने में व्यस्त था। कुछ देर बाद मंगल ने 'रमसी' में कहा, ''सुना है आपका पान बेहद लाजवाब होता है।''

पनवारी ने मंगल को पहचानने में ज़रा भी देर नहीं की, उसने रमसी में कहा, ''आजकल नये-नये पान आ रहे हैं, महँगे से महँगे।''

जगीरा ने मंगल की तरफ़ देखा, पनवारी के थोड़ा क़रीब आकर एक पैर आगे बढ़ाकर झुकते हुए कहा, ''जादुई पान का ज़ायक़ा कैसा रहेगा?''

''बड़ा हाथ मार रहे हो साहब, ख़रीद तो लोगे, खा न पाओगे।''

''क़ीमत अदा की जाने वाली हर चीज़ ख़रीदी जा सकती है। मगर हम लुटेरे हैं, हम क़ीमत नहीं लगाते।''

''मगर मैं पनवारी हूँ, लूट का एक चौथाई से कम नहीं लूँगा।'' उसने अपनी मूँछों को ताव देते हुए कहा।

''अगर शिकार आसानी से मिल जाये तो आप इससे ज़्यादा के अधिकारी होंगे। सुना है जादूगर ख़ज़ाना दबाये बैठा है।''

तीनों बात करते-करते एकांत में पहुँचे, पनवारी ने कहा, ''माल बहुत है उसके पास। बड़े-बड़े सेठ उसे क़ीमती उपहार देकर जाते हैं। पर.....''

''पर क्या?''

''जादूगर बहुत शातिर दिमाग़ आदमी है। वह किसी पर विश्वास नहीं करता, वह सिर्फ़ दिन में ही यात्राएँ करता है।''

''कितने आदमी होंगे?'' जगीरा ने पूछा।

''कल तक तो 20 के लगभग थे अब सुना है परसों यहाँ से जा रहे हैं। कल ही अपने कुछ लोगों को सामान के साथ भेज देंगे।''

''क्या वह चौकन्ना है?'' मंगल ने पूछा।

"शायद नहीं, पिछले 3 महीनों से यहाँ किसी ठग-लुटेरे की कोई ख़बर नहीं।"

जगीरा ने कुछ देर विचार करने के बाद पनवारी से कहा, "हमें तुम्हारी मदद की ज़रूरत होगी।"

"हाँ! हुज़ूर, मैं क्या कर सकता हूँ?"

"हमें एक अंग्रेज़ी आदेश पत्र चाहिए, जिसमें अंग्रेज़ी मोहर लगी हो, जिसमें लिखा हो कि अज्ञात कारणों के तहत आदेशात्मक कार्यवाही के अनुसार हमें तुम्हारी तलाशी चाहिए। बस इतना ही।"

मंगल कुछ समझ नहीं पा रहा था। पनवारी, जगीरा की चाल समझ, मन ही मन मुस्कुरा रहा था।

"संभव है, आपका काम बहुत जल्दी हो जायेगा। वह देखो, उधर..."उसने हाथ का इशारा करते हुए कहा, "अंग्रेज़ों का पुलिस थाना, यहाँ के भ्रष्ट अफ़सरों से मेरी ख़ास उठ-बैठ है। मोहर लगाना आसान है लिखना हमें पड़ेगा"

"आप बस इतना काम कर दीजियेगा, आपकी हिस्सेदारी सुनिश्चित हुई।"

जगीरा ने मंगल को समझाते हुए कहा कि उनके लोगों में घुसने का यही तरीक़ा है। किसी सुनसान जगह पर तलाशी के बहाने।

अब हमें, अंग्रेज़ी पोशाक चाहिए होगी।

"अगर उन्होंने हमें पहचान लिया तो?"

"सामने होकर, पहचान छुपाना मुझे भी गवारा नहीं। उसके सामने मेरे तलवार ही काफ़ी होगी।"

"उसके पास सैनिक भी होंगे!"

"हम मौक़े की तलाश में रहेंगे। अपनी पहचान उजागर करने तक का समय हमारे पास होगा, मेरे ख़याल से यह काफ़ी होगा।"

"मुझे नहीं लगता कि यह लाल पोशाक बाज़ार में मिलेगी। अंग्रेज़ अफ़सर अपने सिपाहियों के लिए अपने कारख़ाने से बनवाते हैं। बहरूपिया होने की कई वेशभूषा मेरे पास हैं मगर यह लाल पोशाक..."

"मगर हमें यह हर हाल में चाहिए।"

दोनों बाज़ार होते हुए अपने डेरे तक आ पहुँचे परंतु पोशाक ख़रीदने का कहीं कोई ज़रिया नहीं था। जगीरा किसी चोरी या किसी लाल पोशाक की हत्या की साज़िश कर रहा था।

संध्या समय था। जगीरा ने अपने साथियों को धूल उड़ाते हुए आते देखा, ख़ान ने स्थिति का वर्णन किया और सभी जगीरा के टैंट में जा पहुँचे, जगीरा ने अपना पुराना मानचित्र निकाला और उसे ध्यान-मग्न होकर देखने लगा।

ख़ान- (मानचित्र में इशारा करते हुए) "यहाँ से यहाँ तक का रास्ता काफ़ी तंग है, दोनों तरफ़ पहाड़ियाँ हैं और घना जंगल भी।"

फकीरचंद – "मगर क़ब्र के लिए पहाड़ियों के पीछे का स्थान उचित रहेगा क्योंकि मार्ग पर यात्रियों का आना-जाना लगा रहता है इसलिए कम से कम समय में उन्हें पहाड़ी के पार पहुँचाया जा सकता है।"

जगीरा – "हमें उचित समय देखकर कुछ पेड़ भी काटने होंगे जिससे रास्ता बंद हो जाये, हमें कल फिर से मुआयना करना होगा।"

"हाँ, हमारी संख्या काफ़ी है, हम यह सब आसानी से कर सकते हैं।"

विनायक – "मेरे पास तमंचा है, मैं अकेला 10 के बराबर हूँ।"

जगीरा – "हाँ, तुम्हारी ख़ास ज़रूरत होगी हमें, क्या तुम निशाना लगाना जानते हो?"

"हाँ! मैंने कोशिश की है, शायद मैं कर सकता हूँ।" और वह अपने साथियों की तरफ़ से देखने लगा।

जगीरा- "हमें एक लाल पोशाक की ज़रूरत है, यह बेहद ज़रूरी है। हम अंग्रेज़ी पोशाक से उनके क़रीब पहुँच सकते हैं और उन्हें रुकने पर मजबूर कर सकते हैं।"

फिरंगी कुछ ही देर में अपने टैंट से एक लाल पोशाक ले आया, जिसे देखकर जगीरा चौंक गया।

जगीरा – "यह क्या, इतने दिनों पुलिस तुम्हारे पीछे पड़ी थी और तुम इसे अपने साथ रखे हुए हो!"

फिरंगी – "हाँ सरदार, जब उस अंग्रेज़ को मारा तभी से यह मेरे साथ है मगर मैं इसे ठगों की पोशाक कहना पसंद करूँगा क्योंकि इसे पहनकर ठगी

करना जितना आसान है उतना आसान तो हाथ में बंदूक़ लेकर भी नहीं है। यह पोशाक डर का ही एक रूप है जो हम भारतीयों के ज़ेहन में घर कर चुका है। मैंने कितनी ही बार इसे पहनकर लोगों को मूर्ख बनाया है, पैसे लिये, लूटपाट की, मनचाहा काम करवाया है।”

“अगर पकड़े जाते तो यह पोशाक तुम्हें अपराधी घोषित करवाने में कोई कसर नहीं छोड़ती।” मंगल ने कहा।

“हाँ, बिल्कुल! मगर 10 लोगों के साथ ज़िन्दा रहने के लिए या तो आपके पास धन होना चाहिए या कोई डर रूपी हथियार, बल हमेशा काम नहीं आता। एक ठग के पास यह लाल पोशाक, एक बेहतरीन हथियार होता है।”

“हा हा हा तो क्या हमारा बल निरर्थक है?” मंगल ने कहा।

“नहीं-नहीं, बल साहस के साथ सार्थक है, हथियार के साथ डरावना, डर के साथ मृतक और प्यार के साथ विजेता होता है।”

फिरंगी की ज्ञान भरी बातों पर सभी हँस रहे थे।

* * *

अगले दिन सूर्योदय होते ही जादूगर अपने साजो-सामान के साथ निकल पड़ा। गर्मियों के दिन थे, यात्रा रात में ज़्यादा सुखद होती थी परंतु लूटमार और ठगी के डर से जादूगर ने दिन में यात्रा करने का निर्णय लिया। सूर्य उदय होने से पहले ही पूजा के बाद शुभ संकेत मिलते ही विनायक, सुलेमान अन्य लगभग 20 ठगों के साथ सावनेर के रास्ते पर संभावित ठिकाने पर निकल पड़े। ख़बर मिलते ही जगीरा भी कुछ अन्य लोगों के साथ अपने शिकार के लिए निकल पड़ा। सभी के पास बेहतरीन तलवारें थीं, सभी जादूगर का पीछा कर रहे थे। रास्ते में यात्रियों की संख्या ज़्यादा नहीं थी।

जगीरा ने अपने साथियों से कहा, “माँ भवानी के आशीर्वाद से आज अपनी समझदारी, सूझ-बूझ व साहस दिखाने का समय आ गया है।”

मंगल – “हाँ सरदार! हम अवश्य ही कामयाब होंगे। हमें यह काम कुछ ही क्षणों में अंजाम देना होगा, मुख्य रास्ते पर अन्य यात्री भी होंगे।”

शंकर पांडे - यह हमारी चालाकी और सूझबूझ पर आधारित होगा, उनके दल पर हमला करने से पहले हमें जादूगर तक पहुँचना होगा। हम सब यात्री के

रूप में शामिल होंगे।”

जगीरा - “मैं उस जादूगर को मारना पसंद करूँगा, उसकी जादुई शक्तियाँ मुझे अपनी और खींच रही हैं। मैं उसे मारने को लालायित हूँ।”

ख़ाँ – “अगर ऐसा है तो हम भविष्य में अवश्य ही मालामाल होने वाले हैं। क्या सच में ऐसा होता है?”

जगीरा – “सुना है कि नाग को मारकर नागमणि मिलती है, उसी तरह जादूगर को मार कर उसकी शक्तियाँ।”

सभी लगभग 1 कोस दूर से ही जादूगर के दल का पीछा किये हुए थे। वे किसी संकेत-चिन्ह की तलाश में थे जो उनकी रणनीति का हिस्सा था। मौसम गर्म होने लगा था, यात्रियों की संख्या भी कम होने लगी थी। ज़्यादातर आसपास के गाँव के लोग शहर के लिए सुबह निकलते थे। शहर से दूर निकलते-निकलते रास्ता दुर्गम होता जाता था, पथरीला और सुनसान, पेड़ पौधों से बनी गुफाएँ, घने जंगल में घुसती जाती थीं।

घने जंगल में कच्चे रस्ते पर पेड़ पर एक रुमाल टँगा हुआ दिखाई दिया, जिसके चारों कोने नीचे लटक रहे थे। यह ठगों के लिए एक ख़ास संकेत था। जगीरा ने लाल वस्त्र धारण किए, अपनी तलवार को अपनी कमर पर सजाया और तेज़ी से आगे बढ़ा। बाक़ी ठग अपनी गति से यात्री बनकर चले जा रहे थे।

जादूगर तेज़ी से अपनी यात्रा पर था। वह चमकीले वस्त्र पहने, सिर पर एक लाल पगड़ी पहने एक ऊँट पर सवार था। उसके दायें-बायें आगे-पीछे चार ऊँट थे और सभी पर भारी माल लदा हुआ था। उसके सिपाही घोड़ों पर थे, एक जनाना घोड़ागाड़ी सबसे आगे थी और सिपाही सबसे पीछे। जगीरा के नज़दीक पहुँचते ही जादूगर के सिपाहियों ने उसे रोका परंतु एक अंग्रेज़ सिपाही समझकर सहम गये। एक सिपाही ने जादूगर को सूचित किया कि एक अंग्रेज़ अधिकारी मिलने पहुँचा है मगर जगीरा के अनुमान अनुसार उसकी यात्रा नहीं रुकी, वे चलते रहे।

रास्ता दुर्गम होता जाता था। दोनों तरफ़ छोटी-छोटी पहाड़ियाँ थीं जिसे काटकर रास्ता बनाया गया था। जगीरा के अन्य साथी भी पहुँच चुके थे, वे सामान्य यात्रियों की तरह पीछे-पीछे थे। जगीरा ने दोनों तरफ़ देखा, यही उचित स्थान था। कुछ इंतज़ार के बाद उसने जादूगर के सिपाहियों ने चिल्लाते हुए

कहा, ''यह अंग्रेज़ी आदेश के ख़िलाफ़ माना जायेगा, तुम्हें दूसरे शहर में जाने या अपना काम जारी रखने की अनुमति छीनी जा सकती हैं।'' कहकर वह दल में घुस गया।

जादूगर के सिपाही सावधान थे, उन्होंने तलवारें कसकर पकड़ ली थीं। वे आवाज़ें निकालकर आपस में इशारे कर रहे थे ताकि दूसरे को लगे कि हमारे सामने सुरक्षा बल है। जगीरा अपना घोड़ा जादूगर के पास ले आया और वह पत्र निकालकर जादूगर की तरफ़ बढ़ा दिया। जादूगर ने उसे सिर्फ़ देखा और पूछा, ''क्या आदेश है?''

जगीरा ने अपनी गति कम करते हुए कहा, ''कर्नल जॉन के अनुसार आपकी तलाशी का आदेश है। शक है कि आप स्वतंत्रता संग्राम की लड़ाई में साथ देते रहे हैं। इस आदेश के अनुसार जब तक हम यहाँ से आपके किसी भी मामले में शामिल न होने का पत्र सावनेर नहीं भेज देते तब तक आप वहाँ शहर में नहीं घुस पायेंगे।''

जादूगर कुछ नहीं बोला। वह सामने देखता रहा और आगे बढ़ता रहा। उसका यह व्यवहार देखकर जगीरा की धड़कन बढ़ती जा रही थीं, उसे शंका होने लगी कि कहीं वह ख़ुद तो जाल में नहीं फँस गया है, तभी जादूगर के पीछे क़तार में घोड़े पर बैठे एक साधारण वस्त्र धारी, जिसने मुँह पर कपड़ा बाँधा हुआ था, ने कहा ''मैं कर्नल जॉन को अच्छे से जानता हूँ। तुम कौन हो?'', जगीरा वहीं रुक गया। वह घुड़सवार भी वहाँ आकर रुका, उसने ऊपर से नीचे तक जगीरा को देखा और फिर अपने सिपाहियों की तरफ़ देखा, वे सावधान थे।

जगीरा – ''श्रीमान, मैं जानता हूँ आप आप इसमें बिल्कुल भी शामिल नहीं हैं, श्रीमान, जॉन ने मुझे इस बारे में बताया था। कल ही कुछ उग्रवादियों को हथियारों के साथ पकड़ा गया है, कर्नल लीमन के अनुसार उन्हें ऐसा करना पड़ा, उनकी तरफ़ से मैं माफ़ी माँगता हूँ। मुझे मेरा कार्य पूरा करने दिया जाये।''

घुड़सवार ने अपने मुँह से कपड़ा उतार दिया, वह जादूगर था। जगीरा ने ऊँट पर बैठे आदमी की तरफ़ विस्मय से देखा, वह उसका हमशक्ल था।

उसने अपना परिचय देते हुए कहा, ''मैं जादूगर सूर्या।''

जगीरा ने पत्र उसे सौंपा। जादूगर ने उसे देखा, पढ़ा और फिर पीछे मुड़कर संशय भरी निगाहों से सिपाहियों को देखा, क़ाफ़िला रुक गया। एक लंबी साँस

लेकर जादूगर ने कहा, ''ठीक है।'' और घोड़े से नीचे उतर आया।

''मैं आपका ज़्यादा समय नहीं लूँगा।'' कहकर जगीरा ने तलाशी शुरू की। ऊँटों को बैठाया गया। जगीरा सामान में इधर-उधर कुछ ढूँढ़ रहा था, उसने देखा पहाड़ के दोनों तरफ़ उसके साथी पहुँच चुके हैं, वे उसके आदेश का इंतज़ार कर रहे हैं। तलाशी लेकर जैसे ही जगीरा पीछे मुड़ा, उसने देखा कि जादूगर अपनी बंदूक़ ताने खड़ा है। जादूगर ने जगीरा के पैरों की तरफ़ इशारा करके बंदूक़ का आख़िरी छोर उसके माथे पर रखते हुए कहा, ''कंपनी के सिपाही जूतियाँ कब से पहनने लगे! कौन हो तुम?''

जगीरा ने अपने आपको सँभालते हुए कहा, ''मैं जगीरा जोगी, आप ग़लती कर रहे हैं। कंपनी यह गुस्ताख़ी माफ़ नहीं करेगी।''

''तुम किसी ठग कंपनी से लगते हो, तुम लोगों से निपटना मैं अच्छे जनता हूँ। मुझे शक तभी हो गया था जब वह मूर्ख शराब के नशे में धुत होकर आया था।''

उसने बंदूक़ को थोड़ा दायीं तरफ़ घुमाया और गोली चला दी। जो उसके हमशक्ल साथी के सीने में ख़ून के धब्बे के रूप में समा गयी। वह फिर से उसमें बारूद भरने लगा, जगीरा एकटक उसे आश्चर्य से देखता है।

''मैं अंग्रेज़ी सिपाही हूँ, आप सरकार की तौहीन कर रहे हैं।''

उसने अपनी बंदूक़ मज़बूती से पकड़ते हुए कहा, ''ठग और तुम्हारी कंपनी में क्या अंतर है? जानते हो? नहीं! तुम जानोगे भी कैसे, तुम इसका हिस्सा जो हो। मैं बताता हूँ- तुम दोनों में बस एक आवरण का अंतर है। ठग बिना किसी आवरण के ठगते हैं और तुम यह लाल आवरण पहनकर। आज अगर यहाँ से ज़िन्दा लौट जाओ तो बता देना ठग कंपनी को कि मेरे देश के लोग ग़द्दार नहीं हैं, तुम्हारी तरह।''

जगीरा साहस के साथ पीछे मुड़ा, नीचे झुकते हुए कहा, ''तलाशी दो।'' यह सुनते ही विनायक ने पहाड़ी के पीछे से निशाना साधा, उसका निशाना चूका, गोली जादूगर को लगभग छूते हुए जादूगर के ही एक सिपाही के सीने में जा लगी। सिपाही आपस में लड़ भिड़े, जगीरा ने जादूगर की टाँगें खींचीं, वह गिर पड़ा। दोनों में तलवारबाज़ी होने लगी। ठग जादूगर के दल के साथ लड़ रहे थे, ठगों की संख्या ज़्यादा थी इसलिए जिसे मौक़ा मिलता वही शिकार के गले में

फँदा डालकर गिरा देता था। देखते-देखते वहाँ लाशों के ढेर लग गये, घुड़सवारों ने भागने की नाकाम कोशिश की मगर सभी मारे गये, सिवाय जादूगर के; वह अपनी विद्या में निपुण था। दोनों एक-दूसरे पर वार कर रहे थे, जादूगर अकेले साहस के साथ लड़ रहा था। जगीरा ने उसके कौशल को देखते हुए कहा, "तुम एक सम्मानजनक मौत के अधिकारी हो इसलिए मैं तुम्हें लड़ने का मौक़ा देता हूँ, आखरी साँस तक।"

"तुम एक ठग हो, ईश्वर तुम्हें कभी माफ़ नहीं करेगा।"

जादूगर जानता था कि अब उसका ज़िन्दा रहना नामुमकिन है, हारकर या जीतकर कैसे भी नहीं, परंतु वह कायर नहीं था वह लड़ता रहा, एक-एक कर जादूगर के सभी मोहरों पर पर्दा गिरता गया।

कुछ ही पलों में जादूगर के आदमियों का सफ़ाया कर उसके मृत शरीर को पहाड़ी के उस पार पहुँचा दिया गया। जादूगर और जगीरा की तलवारें एक बार फिर टकरायीं परंतु इस बार तलवारों की टकराहट से ज़्यादा एक चीख़ सुनाई पड़ी जिसे सुनते ही जादूगर एकदम सुन्न हो गया। उसके हाथों ने तलवार थामने से इंकार कर दिया।

विनायक महिलाओं को रास्ते से दूसरी तरफ़ जंगल में ले जाकर छेड़छाड़ कर रहा था, वे सहायता के लिए चिल्ला रही थीं। जादूगर ने अपनी तलवार गिरा दी, जगीरा ने अपनी तलवार हवा में लहराते हुए उसकी आँखों में देखा, उसकी आँखों में जीवन का मोह न रह गया था, उन महिलाओं की रक्षा न कर पाने का दर्द उसकी आँखों में झलक रहा था। वह हताश घुटनों के बल गिर पड़ा, जगीरा ने अपनी तलवार को म्यान में रखा अपना रुमाल निकाला और उसके पीछे जाकर उसे गले में डाल दिया, जादूगर ने कोई प्रतिरोध नहीं किया। जीवन के आख़िरी क्षणों में उसके जीवन की दृश्य व्यवस्था एकदम शांत परन्तु भयानक थी। जगीरा ने रुमाल को दोनों हाथों से पकड़ा और अपना पैर मोड़कर उसकी गर्दन पर ज़ोर से मारा, एक ही झटके में चटख आवाज़ के साथ उसकी जीवन व्यवस्था समाप्त हुई। उसे भी उठाकर पहाड़ी के पार पहुँचा दिया गया। उनके वहाँ से हटते ही ज़मीन पर ख़ून के निशान रेत से ढँक दिये गये। दोनों तरफ़ का रास्ता बंद कर दिया गया था, जगीरा का इशारा पाते ही दो ठग दोनों दिशाओं में दौड़े।

जगीरा पहाड़ी के पीछे जंगल में पहुँचा, विनायक ख़ून से लथपथ था, उसने

महिलाओं को बड़ी बेरहमी से मारा। किसी स्त्री को दुख, पीड़ा महसूस करता देख उसे सुकून मिलता था, शायद यह उसके भूतकाल की पीड़ा का परिणाम था या वर्तमान में किसी स्त्री द्वारा न अपनाये जाने का भय।

गाड़ीवान वहीं एक तरफ़ यह सब देख रहा था, एकदम सुन्न एक पेड़ सहारे पड़ा था। ऊर्जा विहीन, प्राण गंगा किनारे, हाथ ज़मीन पर, गर्दन लटकाये, साँसों की गति बढ़ाने की कोशिश में था। जगीरा ने तलवार की नोक से उसकी गर्दन को घुमाया, वह कुछ बोलने की कोशिश कर रहा था परंतु उसके प्राण उसके हलक़ में अटके हुए थे। उसने मौत को सामने देखकर हाथ जोड़े, कंपकंपाते होठों से कुछ कहा और जगीरा के पैरों में गिर पड़ा। पास में ही खड़े एक ठग ने गले मे रुमाल डालकर उसके प्राणों को कंठ मुक्त कर दिया।

पहाड़ी के पीछे घने पेड़-पौधे व झाड़ियाँ थीं। वहीं एक बड़ी-सी शिला के ठीक नीचे एक गहरी क़ब्र खोदी गयी थी। मिट्टी में नमी न थी, जगीरा ने उचित स्थान के चुनाव के लिए वेल्हा को एक मुस्कुराहट दी। सभी मृत शरीर के कपड़े, आभूषण उतार लिये गये। सबसे पहले जादूगर को क़ब्र में रखा और फिर एक-एक कर सभी को गड्ढे में दफ़ना दिया और बड़े-बड़े पत्थरों और झाड़ियों से ढँक दिया ताकि कोई जंगली-जानवर न पहुँचे। क़ीमती सामान निकालकर कपड़ों को जला दिया गया।

सभी एक-एक कर मुख्य मार्ग पर यात्रियों के साथ शामिल हो गये। सामान से लदे ऊँट-घोड़ों पर बैठकर सभी अपने गंतव्य की ओर बढ़े।

जगीरा अपने घोड़े पर सवार, सीना चौड़ा किये तेज़ गति से अपने गंतव्य की ओर गतिमान था। उसे अपने आप पर गर्व था, क्योंकि ठगों के इतिहास में ऐसी कोई लूट नहीं हुई थी जिसमें किसी ठग को लूट के साथ-साथ जादुई शक्तियाँ मिली हों। जादूगर की रंग-बिरंगी अंगूठियाँ अपनी उँगलियों में पहनकर वह बार-बार जादुई अंदाज़ में उँगलियाँ घुमाकर जादुई शक्तियों को महसूस कर रहा था।

काला कौआ

लूट का कार्य बहुत ही थका देने वाला था। डेरे में पहुँचते ही ठगों ने क़ीमती सामान को अलग किया और बाक़ी सामान को जला दिया। कई सौ हीरे और मोतियों की मालाएँ एक गठरी में बाँधकर रख दी गयीं। हज़ारों की संख्या में सोने और चाँदी के सिक्कों को पिघलाकर धातु में बदलने का कार्य शुरू कर दिया गया। मंगल माँ भवानी की पूजा समाप्त कर सबको गुड़ बाँट रहा था। कुल मिलाकर लूट का माल इतना था की घायल ठग भी अपना दर्द भूलकर जश्न मना रहे थे।

पिंजरे में बंद एक कौआ जो ऊँट के गले में बँधा हुआ था, उस पर सबसे आख़िर में नज़र पड़ी। उसके पैरों में एक सोने की ज़ंजीर थी, जगीरा ने उसे ज़ंजीर के साथ ही आसमान में छोड़ दिया। इतने धन के साथ-साथ एक दूरबीन भी जादूगर के सामान में थी, यह कई कोस दूर तक की चीज़ों को देखने में सक्षम थी। सभी ठग इस जादुई यंत्र को बारी-बारी से देखते और आश्चर्यचकित होकर रह जाते थे।

संध्या समय भीषण गर्मी का प्रकोप कुछ कम होने लगा था, मंद-मंद पूर्वी हवा बहने लगी थी, प्रकृति सोने-सी चमक रही थी। कुछ ठग ऊँटों और टट्टुओं को बेचने शहर गये हुए थे, वहीं कुछ ठग संभावित परिस्थितियों का अनुमान लगाने शहर भर में घूम रहे थे। जगीरा व कुछ अन्य ठग अपने-अपने टैंट में सुस्ता रहे थे।

एक बार फिर से कौए की काँव-काँव सुनकर जगीरा ने टैंट से बाहर निकलकर देखा कि वह ज़ोर-ज़ोर से चिल्ला रहा था मानो अपने मालिक की मौत का बदला लेना चाहता हो। जगीरा ने उसे फटकारा मगर वह न उड़ा, मिट्टी के बर्तन में पानी रखा, पानी पीकर वह शांत उसके कँधों पर आ बैठा। सोने की ज़ंजीर उसके पाँव में बंधी थी न जाने क्यों, जगीरा ने उसे ज़ंजीर से मुक्त कर दिया। वह जगीरा के अंगूठे को अपने पँजों से जकड़े हुए था। जगीरा ने उसे समझने के लिए उसकी आँखों में देखा, उसकी गोल काली चमकती आँखें चारों तरफ़ घूम रही थीं, उनमें विरोध, विद्रोह, घृणा नहीं बल्कि आत्मीयता, प्यार, स्नेह नज़र आ रहा था। जगीरा ने अपना हाथ उठाया, वह उसके हाथ को

पीछे धकेलते हुए आसमान में उड़ने लगा। नीले आसमान में उड़ता पंछी अपने आपको स्वतंत्र महसूस कर रहा था। जगीरा एक अजीब-सी स्वतंत्र मुस्कुराहट के साथ उसे आसमान में उड़ते देखता रहा, सोचता रहा कि सोने की ज़ंजीर भी किसी की स्वतंत्रता नहीं ख़रीद सकती, उड़ना उसका स्वाभाविक गुण है जिसे छीनकर क़ैद नहीं किया जा सकता। उसके इस स्वभाविक गुण को जगीरा ग़ौर से देखे जा रहा था, मन ही मन सोच रहा था कि यह जादुई शक्ति ईश्वर ने हमें क्यों नहीं दी।

तभी मंगल ने जगीरा का ध्यान भंग किया-

''सरदार, वह पनवारी अपने हिस्से की दावेदारी लेने आया है।''

वह एक सुंदर नौजवान था, उम्र लगभग 25 साल रही होगी। ढलते सूरज की रौशनी में उसके चेहरे की लालिमा बढ़ती जाती थी। सफ़ेद धोती और बिना बाज़ू का कुर्ता, उसके हाथ पर बँधा काला धागा उसकी ख़ूबसूरती में चार चाँद लगाता था। उसका सुडौल शरीर और त्वचा देखकर लगता था कि वह कसरत आदि का शौक़ रखता होगा। उसकी अपरिपक्व मूँछें उसकी चढ़ती जवानी को दर्शाती थीं।

शायद ठगों से वह काफ़ी समय से सम्पर्क में रहा इसलिए उनके तौर-तरीक़े जानता था। उसने जगीरा के सामने पहुँचकर कहा, ''जय माँ भवानी।''

जगीरा ने भी हाथ जोड़कर प्रत्युत्तर दिया।

''सुना है, बड़ी कामयाबी मिली है।'' उसने कहा।

जगीरा ने हँसकर कहा, ''पान बड़ा मीठा बनाते हैं आप।''

वह हँसते हुए बोला, ''बड़ी चर्चा चल रही है शहर भर में, जादूगर के शुभचिंतक ने रास्ते में उसका इंतज़ार किया जब वह नहीं पहुँचा तो उसने दरोगा को बताया, यहाँ थाने में भी चर्चा हो रही है।''

''यह तो स्वभाविक है, कुछ नया बताइये।''

''नया यह है कि अब अंग्रेज़ सरकार सख़्त हो गयी है, ख़ासकर इस घटना के बाद।'' उसने चिंतित मुद्रा बनाते हुए कहा।

जगीरा ने अपनी उँगलियों में पहनी अंगूठियों को देखा और फिर जादुई अंदाज़ में उँगलियाँ घुमाते हुए कहा, ''और?''

"और, तीन दिन पहले कि वह घटना जब कुछ स्वतंत्रता सेनानी हथियारों के साथ पकड़ लिये गये थे। अंग्रेज़ी सरकार ने उन्हें आतंकी घोषित कर दिया है, सज़ा-ए-मौत की तैयारियाँ चल रही हैं और आज की घटना ...।" उसने फिर धीरे से कहा, "सुना है पुलिस सुपरिटेंडेंट का तबादला करने का आदेश निकला है। अब नये सुपरिटेंडेंट कोई अंग्रेज़ अधिकारी ही होंगे।"

"तो, हमें सावधान रहना होगा।" जगीरा ने कहा।

"हाँ, बिल्कुल।" उसने कहा।

जगीरा आलस्य के मारे शांत बैठा था। मंगल ने पूछा, "इस बारे में और क्या संज्ञान है।"

"जो सरकारी काग़ज़ मैंने निकलवाया था वह उसी थाने से था। दस स्वर्ण मुद्राएँ लीं दरोगा ने कोरा काग़ज़ देने के लिए, ख़ुशी की बात यह है कि इस बारे में सिर्फ़ मैं जानता हूँ।" उसने हँसकर कहा।

जगीरा ने हँसी का जवाब गंभीरता से देते हुए कहा, "मगर तुम तो हमारे आदमी हो।"

"हाँ, बिल्कुल। मैं तो बस आगाह कर रहा था ताकि भविष्य में कोई परेशानी न हो।"

"इसके लिए तुम्हें उचित इनाम मिलेगा।" जगीरा ने कहा।

जगीरा समझ गया कि यह दरोगा और अंग्रेज़ों का डर दिखाकर हमें ऐंठना चाहता है, वह रकम लेकर भेद भी खोल सकता है। ऐसी कितनी ही बार ठगों के साथ विश्वासघात हुआ है। मन ही मन सोच रहा था कि इसे विश्वासघात का मौक़ा क्यों दिया जाये।

जगीरा ने मंगल से उसके लिए स्वर्ण मुद्राएँ लाने को कहा, मंगल ने झट से दो थैली मुद्राएँ लाकर उसके सामने रख दीं, हर लाल थैली में सौ स्वर्ण मुद्राएँ थीं।

जगीरा के टैंट में दोनों आमने-सामने बैठे थे। जगीरा अपने बिस्तर पर, जो टैंट के एक तरफ़ था और पनवारी ठीक टैंट के मध्य में एक लकड़ी के ठूँठ पर बैठा था। उसने थैलियों को हाथ लगाये बिना ही कहा, "मगर हमने पाँच सौ निश्चित किया था।"

जगीरा ने मंगल की तरफ़ देखा वह पनवारी के पीछे तैनात था। जगीरा ने हँसकर कहा, ''और लाओ।''

मंगल ने दो और थैलियाँ उसके सामने फेंकते हुए कहा, ''थैलियाँ मिलती रहेंगी, आप कोई नयी ख़बर दीजिए।''

पनवारी इस पर भी ख़ुश न था उसने कहा, ''क्या तुम नहीं जानते कि मैं तुम सबका भेद जानता हूँ।''

जगीरा मन ही मन सोचने लगा कि विकसित शरीर में विकसित दिमाग़ अनिवार्य नहीं होता। दिमाग़ी विकास एक सतत प्रक्रिया है जो अनुभवों से विकसित होता है। ठगों के बीच में साहस और दगाबाज़ी की बात करना मूर्खता है।

जगीरा ने गंभीर होते हुए कहा, ''हाँ बिल्कुल जानते हैं। क्या तुम जानते हो कि हम ठग हैं? हम क़ीमत नहीं लगाते।''

जगीरा का इशारा पाते ही मंगल ने दो और थालियाँ उसके सामने फेंकी, वह मुस्कुराया। एक थैली को उठाकर सिक्कों की खनक से उसकी जाँच की और सही पाकर वहीं पर रख दिया।

''यह आख़िरी तुम्हारे अगले सुझाव के लिए।'' मंगल ने कहा।

वह मनचाहा धन पाकर बेहद ख़ुश था परंतु अपनी ख़ुशी वहाँ ज़ाहिर न कर पा रहा था।

शंकर पांडे भी हुक़्क़ा गुड़गुड़ाते हुए वहाँ आ पहुँचा। उसने एक लम्बा कश लेकर, हुक़्क़ा जगीरा के सामने रख दिया। जगीरा ने हुक़्क़े की नली अपने दाँतों के बीच दबाकर हल्का-सा खींचा, उसकी आवाज़ और स्वाद को सही पाकर एक लंबा कश लिया और धुएँ का बादल आसमान में छोड़ते हुए हुक़्क़ा पनवारी की तरफ़ घुमा दिया। उसने लगातार दो छोटे-छोटे कश लिये और बोला, ''पुलिस सुपरिटेंडेंट 'चंद्रभान' कुछ ही दिनों में यहाँ से जाने वाले हैं, उनका तबादला बॉम्बे हुआ है। वह निहायती रिश्वतखोर व मतलबी इंसान हैं। काफ़ी धन इकट्टा किया है मगर उसे लूटना अंग्रेज़ी सरकार के मुँह पर तमाचा मारने जैसा होगा।''

जगीरा हुक़्क़ा गुड़गुड़ाते हुए बोला, ''हूँ।''

वह फिर बोला, ''कुछ दिन पहले जिन स्वतंत्रता सेनानियों को आतंकी

घोषित किया गया है उनके समर्थन में एक सभा होने वाली है, सभा के बाद काफ़ी धन इधर से उधर होगा। हम उसमें आसानी से शामिल हो सकते हैं।''

जगीरा ने हुक़्क़ा पनवारी को देते हुए कहा, ''क्या इसके अलावा कोई और जो हमारे लूटने लायक़ हो।''

उसने धुआँ छोड़ते हुए कहा, ''छोटे-छोटे व्यापारी इतने बड़े दल के लिए ऊँट के मुँह में जीरा।''

उसके पास कोई और तरकीब न थी, यह देखकर जगीरा ने मंगल की तरफ़ देखा, इशारों में बात हुई। जगीरा जो अभी तक शांत मुद्रा में बैठा था, उठ बैठा। उसका चेहरा लाल था,उसने कहा, ''ठग, सिर्फ़ लोगों को लूटते हैं।, देश को नहीं। तुम जैसे नौजवान को उन देशभक्तों के साथ होना चाहिए और तुम... कायर''

पनवारी उसकी आँखों में ख़ौफ़ देखकर चकरा गया। उसने हुक़्क़ा नीचे रखते हुए कहा, ''मत भूलो मैंने तुम्हारी सहायता की है, कितने ही ठगों के गिरोह यहाँ से गुज़रते हैं, मैं सबकी ख़बर रखता हूँ।''

जगीरा ने उसके क़रीब आकर कहा, ''ख़बर रखने वालों की ख़बर हम रखते हैं, तुमने सोचा भी कैसे कि तुम यहाँ आकर इतने सारे सोने के सिक्के ले जाओगे।''

वह उठ खड़ा हुआ, अपने आसपास दो और लोगों को देखकर बोला, ''मैंने सिर्फ़ अपना हिस्सा पाया है। क्या मैं इसका हक़दार नहीं?''

''तुम एक नौजवान हो, अगर धूर्त ना होते तो मैं तुम्हें ठग बनने का अवसर अवश्य देता।'' जगीरा ने कहा।

कौवा फिर से झोंपड़ीनुमा टैंट के सबसे ऊँचे नुकीले हिस्से पर आ बैठा। जगीरा ने उसकी मधुर आवाज़ सुनते ही अपनी उँगलियों को दाँत पीसते हुए जादुई अंदाज़ में घुमाया। यह देखते ही शंकर ने अचानक से उसके गले में रुमाल डाल दिया, वह मज़बूत था, वह काफ़ी लंबे समय तक तड़पता रहा। कुछ देर तक उसके गले से घर-घर की आवाज़ें आती रहीं और फिर आख़िर बेमौत मारा गया। मंगल ने सिक्कों की थैलियाँ उठाकर ख़ज़ाने में रख दीं।

जगीरा टैंट से बाहर निकला। कौवा उसके हाथ पर आ बैठा। उसके

चमकीले काले पंखों को सहलाते हुए जगीरा ने कहा, ''न जाने इस दुष्ट ने कितने ठगों को इस तरह लूटा होगा, यह इसी लायक़ था।''

शंकर ने उसकी तलाशी ली, कुछ रुपये उसकी जेब में थे। मंगल ने कपड़े उतारने के लिए उसे अपने पैर से उल्टा करते हुए कहा, ''जादूगर की आत्मा को शांति मिलेगी, यह आख़िरी मोहरा भी मारा गया। अब हमें चिंता करने की ज़रूरत नहीं।''

जगीरा ने कौवे को टैंट के एक कोने पर बैठाते हुए कहा, ''हमें इस बार इतने कम समय में पहले की किसी भी यात्रा की तुलना में अधिक धन इकट्ठा किया है, इतना कि हम महीनों आराम से बैठकर खा सकते हैं। शायद हमें अगली लूट की कोई जल्दबाज़ी न होगी।''

''हाँ सरदार, सही कहा। अगली लूट से पहले हमें अपनी सुरक्षा पर भी ध्यान देना होगा। सरकार अवश्य ही इस मामले की छानबीन करेगी, सुपरिंटेंडेंट का तबादला हो चुका है। जादूगर की पहुँच बड़े-बड़े लोगों में थी, ऐसे आदमी का ग़ायब हो जाना अमीरों को अवश्य ही चिंतित करेगा।'' मंगल ने कहा।

''मेरा ख़याल यह है कि, ... क्यों ना हम उन स्वतंत्रता सेनानियों में शामिल हो जायें, हम उनकी सभा में जायेंगे, रहेंगे, सुनेंगे। हमारे पास जवाब देने को होगा कि हम उनके साथ हैं।'' शंकर ने कहा।

''ऐसा करके तो हम अवश्य ही पकड़े जायेंगे और फिर जल्द ही हमारा भेद खुल जायेगा।'' जगीरा ने कहा।

मंगल - ''तो क्यों ना हम धीरे-धीरे निकलने की तैयारी करें?''

जगीरा - ''हाँ, मगर ऐसे नहीं, कायरों की तरह तो बिल्कुल भी नहीं।''

शंकर - ''तब क्या?''

जगीरा - ''हम उनका सामना भी करेंगे और लूटेंगे भी।''

क्षितिज में धरातल पर उतरते सूरज की रौशनी में अभागी लाश को दफ़नाने की तैयारियाँ हो चुकी थीं। जगीरा अपने टैंट के बाहर अपनी घुमावदार मूँछों पर ताव देते हुए विचारमग्न, दूसरे हाथ में अपनी धोती समेटे हुए धीरे-धीरे इधर-उधर चलायमान था। मंगल और शंकर उसके विचार की प्रतीक्षा में कान लगाये इंतज़ार में थे। कुछ समय बाद जगीरा ने कहा, ''क्या नाम बताया था उसका?''

"चंद्रभान।" मंगल ने तुरंत जवाब दिया।

"हाँ वही, कम से कम एक सप्ताह तो वह यहीं होगा, तब तक वह तैयारियाँ करेगा यहाँ से जाने की।"

"मगर, उसके साथ सुरक्षा पुलिस भी रहती है। वह अंग्रेज़ अफ़सर है।"

"हाँ रहनी भी चाहिए! उसके साथ शामिल होने के दो रास्ते हैं: एक तो यह कि हम कोई अधिकारी बनकर उससे बात करें और मौक़ा मिलते ही उसे लूट लें, दूसरा यह कि हम आम मज़दूर बनकर उसके यहाँ काम करें और मौक़ा मिलते ही उसे लूट लें।"

मंगल – "हम उसे रेलगाड़ी में भी लूट सकते हैं। नागपुर से बम्बई तक का सफ़र वह अवश्य ही रेलगाड़ी में करेगा।"

शंकर "संभव है वह रेलगाड़ी से यात्रा न करें, वह बच्चों के साथ मोटर में भी तो जा सकता है।"

मंगल "मगर वह सरकारी सुविधा का लाभ लेना चाहेगा, फिर भी संभावना है कि वह रेलगाड़ी से ना जाये तो बेहतर रास्ता वही है जो हमारे सरदार का सुझाव है।"

जगीरा "हम कोई अधिकारी या सरकारी आदमी बनकर उसे एक बार मूर्ख बना सकते हैं, परन्तु सामान्य कर्मचारी बनकर हम उसकी थाह ले सकते हैं और फिर परिस्थितियों के अनुसार हम विचार करेंगे।"

अगले दिन सुबह सभी अपने अपने काम पर निकल गये। फकीरचंद किसी मंदिर में पुजारी बनने की राह खोज रहा था, आज़म ख़ान ने एक मस्जिद में जगह बना ली थी। जहर सिंह बाज़ार में घूम-घूमकर पान बेचता था और लोगों और व्यापारियों की टोह लेता था। मंगल, जगीरा और विनायक कुछ अन्य ठगों के साथ नौकरी की तलाश में शहर को निकल पड़े थे।

* * *

शहर के ठीक पूर्व दिशा में भीड़भाड़ से दूर एक रिहायसी इलाक़ा था। शहर के लोगों, शहर की गलियों को देखकर, शहर की धूल भरी छवि को धूमिल करता यह इलाक़ा अत्यंत साफ़-सुथरा एवं सुंदर था। बड़े-बड़े पक्के रंग-बिरंगे मकान वहाँ स्थापित थे, एक शृंखला में बने एक जैसे मकानों में शहर के अमीर व

सरकारी लोग आराम की ज़िन्दगी जीते थे। हर घर के आगे चारदीवारी के भीतर छोटा-सा बगीचा था, घर की बाहरी दीवारों पर रंग बिरंगे फूलों से सुसज्जित लताएँ शोभा बढ़ाती थीं। इसी शृंखला में गली के आख़िरी छोर पर एक बड़ा-सा मकान था, जिस पर लिखा हुआ था- 'मि. चंद्रभान, सुपरिंटेंडेंट ऑफ़ पुलिस'

इसकी दीवारें लाल-नीले फूलों वाली लताओं से सजी हुई थीं। घर के मुख्य द्वार का मार्ग लाल पत्थरों से बनाया गया था, जिसके दोनों तरफ़ सुंदर बग़ीचे बने हुए थे। बाहर से मकान बिल्कुल मॉडर्न स्टाइल में बनाया गया था। जगीरा ने दरवाज़े के अंदर झाँक कर देखा, दो माली बगीचा सँवार रहे थे। मुख्य द्वार के सामने एक घोड़ा तैयार था, मिस्टर चंद्रभान अपने दफ़्तर जाने की तैयारी में थे इसलिए माली पौधों के बीच छोटी-मोटी घास को उखाड़ रहे थे। जगीरा और उसके साथियों को देखकर चौकीदार ने आकर पूछा, ''क्या चाहिए?''

जालीदार दरवाज़े के ऊपर से झाँकते हुए जगीरा ने कहा, ''काम!''

चौकीदार ने घर की तरफ़ देखा, फिर माली की तरफ़ और फिर जगीरा की तरफ़ देखते हुए कहा, ''काहे मज़ाक़ करते हो भाई साहब, काहे मुँह से निवाला छीन रहे हो।''

''भैया, काम की तलाश में निकले थे, शहर पहुँचते ही जो कुछ था वह भी लुटा बैठे।'' जगीरा ने पेट पर हाथ फेरते हुए कहा, ''पेट का सवाल है साहब। मालिक से पूछी ना, कछु काम मिल जाये तो आपका भला होगा।''

''हमें बख़्श दो भैया, यहाँ ख़ुद ही कुछ दिन के नौकर हैं।'' उसने हाथ जोड़कर कहा।

सुपरिंटेंडेंट साहब लाल जोड़े में, कपड़े ठीक करते हुए बाहर निकले। साथ में उनकी पत्नी उन्हें दरवाज़े तक छोड़ने आयी। सफ़ेद छोटा-सा कुत्ता जीभ लटकाये हाँफता हुआ पीछे-पीछे था। साहब पत्नी से बातें करते हुए घोड़े पर सवार हुए, चौकीदार ने दरवाज़ा खोला और वे दरवाज़े पर खड़े लोगों को अनदेखा करते हुए तेज़ी से निकल गये। रानी साहिबा से काम की गुहार की मगर वे भी अनदेखा करते हुए अंदर चली गयीं। चौकीदार ने बताया कि यहाँ कोई काम नहीं है, साहब का तबादला हुआ है और वे यह सरकारी मकान छोड़कर बम्बई जा रहे हैं।

दोपहर तक घूमते-घूमते कुछ ठगों को वहीं कॉलोनी में बग़ीचे साफ़ करने

का काम मिल गया था बाक़ी सब किसी न किसी बहाने शहर घूमते रहे।

एक सराय के सामने पानी पीकर सुस्ताते हुए मंगल ने जगीरा से कहा, ''घर में घुसे बिना थाह लेना बहुत मुश्किल होगा।''

''हाँ, मगर नौकरों को मारकर भी हम ऐसा नहीं कर पायेंगे।'' विनायक ने कहा।

''हमें कोई और रास्ता ढूँढ़ना चाहिए।'' मंगल ने कहा।

सराय के आसपास आज कुछ ज़्यादा ही चहल-पहल थी, तपती धूप में भी लोग यहाँ-वहाँ घूम रहे थे। कुछ लोग आपस में बातें करते, इधर-उधर आशंकित निगाहों से देखते और निकल जाते थे। यह देख जगीरा को आज की सभा का ध्यान आया। उसने एक अजनबी से पूछा, ''आज सभा कहाँ आयोजित हो रही है?''

उसने हाथ से इशारा करते हुए कहा ''उधर, पुराने खंडहर में''

ढूँढ़ते-ढूँढ़ते तीनों उस पुराने खंडहर गें जा पहुँचे। तीनों किसी लूट के रास्ते की तलाश में थे, मगर यहाँ सिर्फ़ नौजवानों का जमावड़ा था, जिनकी नस-नस में आज़ादी का नशा था। सभा लगभग तीसरे पहर में शुरू होने वाली थी, अभी कुछ समय बाक़ी था। नौजवान आपस में बातचीत कर रहे थे, कुछ ग़ुस्से में अंग्रेज़ी सरकार को गालियाँ दे रहे थे तो कुछ विचारमग्न थे। खंडहर में एक तरफ़ टूटा हुआ चबूतरा था जिसके सामने लगभग पचास साठ लोग खड़े थे। कुछ समय पश्चात चार युवा चबूतरे पर उपस्थित हुए, सभी ने शांत होकर हाथ उठाकर मुट्ठी बंद करके समर्थन दिया। नीचे खड़े लोगों में से कुछ चिल्लाये, ''भारत माता की जय'' परंतु मंच से इशारा पाते ही शांत हो गये। तभी मंच पर खड़े युवाओं ने अपना भाषण शुरू किया-

''साथियों आप सभी जानते हैं कि किस तरह हमारे साथियों को आतंकी घोषित कर अंग्रेज़ी सरकार हमें दबाना चाहती है। हमारे आंदोलन को कुचलना चाहती है। मगर हमारे इरादों को यह लाल चींटियाँ दबा नहीं सकतीं। यह युवा संगठन अहिंसा के विचारों का समर्थन करता है मगर यह मार्ग आज़ादी पाने का नहीं बल्कि सत्ता पाने का मार्ग है; आज़ादी के लिए खौलता ख़ून चाहिए, अहिंसा की बातें नहीं। कुत्ते को पुचकारकर उसे शांत किया जा सकता है मगर उसके काटने की प्रवृत्ति को नहीं बदला जा सकता। अगर अहिंसा के मार्ग पर चलकर

सत्ता भारतीयों को मिल भी गयी तो वह आम आदमी, किसान, ग़रीब मज़दूर के किसी काम की नहीं होगी क्योंकि यह अंग्रेज़ लोग किसी न किसी तरह अपना हस्तक्षेप जारी रखेंगे। क्या ऐसी आज़ादी के लिए लोगों ने अपनी जान दी है? गोरों ने हमें टुकड़ों में बाँट दिया है धर्म, जातियों में नफ़रत पैदा कर दी है। क्या हम इन अंग्रेज़ों से पहले कभी धर्म और जाति के नाम पर लड़े हैं? बिल्कुल नहीं। अंग्रेज़ डरते हैं, हमसे नहीं बल्कि हमारी एकता से, हमारी संगठन शक्ति से....''

तभी पीछे से एक जोशीली आवाज़ आती है, ''भारत माता की'' और साथ में कुछ प्रत्युत्तर भी।

मंच से भाषण जारी रहा, ''आप सभी के सहयोग से हमने काफ़ी चंदा इकट्ठा कर लिया है अब हमें..''

तभी मुख्य द्वार से घोड़ों पर सवार गोरों की फ़ौज दाख़िल होती है, लाठी-डंडे बरसाते हुए आगे बढ़ते हैं, लोग लाठियाँ खाते हुए चिल्लाते हैं, कोसते हैं, कुछ भाग जाते हैं। मंच पर खड़े लोग यह सब देखते रहते हैं, हृदय में धधकती ज्वाला लिये सब एक दूसरे का हाथ पकड़े खड़े रहे। आख़िर में लाल घोड़े पर घुड़सवार वहाँ पहुँचा, मंच पर खड़े लोगों की आँखों में नफ़रत की आग को देखते हुए उसने अपने सिपाहियों को इशारा किया, कुछ सिपाही खंडहर में छिपे धन और हथियार ढूँढ़ने लग गये।

अपने घोड़े को इधर-उधर घुमाते हुए उसने कहा, ''तुम लोगों को आज़ादी चाहिए?''

चारों में से एक ने कहा, ''तुम अपना काम करो, हम अपना करते हैं।''

''तो अब तुम मुझे सिखाओगे ..... मुझे ... देखो, मैं तो कहता हूँ कि पढ़ो-लिखो, कुछ बनो, ज़िन्दगी का आनंद लो, क्यों इस चक्कर में पड़े हो, जोशीले नौजवान हो, अंग्रेज़ी सरकार को तुम्हारी ज़रूरत है।''

दूसरे ने कहा, ''तुम्हारी तरह अपनी आत्मा को बेचकर गुलाम ज़िन्दगी जीने से अच्छा है हम संघर्ष में मारे जायें।''

तीसरे ने कहा, ''इतिहास में तुम्हें एक गुलाम लिखा जायेगा जो अंग्रेज़ों की गुलामी करते हुए अपने ही लोगों पर अत्याचार करता है।''

वह घोड़े की गर्दन पर हाथ फिराते हुए हँसा, ''इतिहास .... हा हा हा...

बेटा इतिहास लिखा जाता है। क्या समझे, यह लिखा जाता है और तुम्हें कौन लिखेगा, तुम ठहरे आतंकी, हथियारों के साथ।'' उसने सिपाहियों की तरफ़ इशारा किया जो छुपे हुए हथियारों को निकालकर ला रहे थे।

खंडहर में एक तरह का मातम था, लोग तरह-तरह की अटकलें लगा रहे थे। जगीरा और मंगल सभी की बातें सुन रहे थे। धन लुट चुका था, उनके लिए वहाँ कुछ नहीं रखा था।

तभी किसी ने कहा, ''यह सुपरिटेंडेंट बदला ले रहा है, अंग्रेज़ी सरकार ने तबादला कर दिया।''

किसी और ने कहा, ''यह देशद्रोही है, हमारे धन को अपने पास रखेगा और हथियार अंग्रेज़ों को सौंप देगा।''

जितने मुँह उतनी बातें। एक ने कहा, ''इस ग़द्दार को जीने का कोई हक़ नहीं है, गोली मार देनी चाहिए इसे।''

दूसरे ने कहा, ''इसके घर साँप छोड़ देने चाहिए, ज़हरीले साँप ही इसके ज़हर को ख़त्म कर सकते हैं।''

जगीरा ने उनकी बातें सुनी और अपने साथियों को चलने के लिए कहा। सड़क पर वे उन चारों नौजवानों को लेकर जाते हुए दिखाई पड़ रहे थे, लोगों की भीड़ के बीच, लोगों के गुस्से के बीच। जगीरा सड़क पर हुजूम बनकर उमड़े लोगों का डर नाप रहा था, सोच रहा था कि काले-गोरे सब इंसान ही हैं तो उनके पास ऐसा क्या है जो वे अधिकार किये बैठे हैं, हमारे पास क्या कमी है जो हम गुलाम हुए बैठे हैं।

तभी विनायक ने पूछा, ''हम जा कहाँ रहे हैं?''

मंगल ने कहा, ''यहाँ भी कुछ हाथ नहीं लगा।''

''हम जा रहे हैं एक अधूरा काम पूरा करने।'' जगीरा ने कहा।

मंगल - ''कौन-सा अधूरा काम?''

जगीरा - ''वही जो यह नहीं कर पा रहे।''

मंगल - ''क्या अब हम इनके लिए काम करेंगे? क्या ठग भी कभी.....?''

जगीरा - ''आख़िर हम ठग ही तो हैं।''

मंगल और विनायक समझने की कोशिश कर रहे थे कि जगीरा के दिमाग़ में क्या चल रहा है, तभी सामने से एक काली वस्तु तेज़ी से उनकी तरफ़ बढ़ती हुई दिखाई दी, विनायक झुका, वह उसके सिर को छूते हुए निकल गयी। पीछे मुड़ते ही वह कौवा जगीरा के कंधे पर आ बैठा, जगीरा ने मुस्कुराते हुए उसकी तरफ़ देख कर कहा- ''यह हमारा नया ठग।''

कौए ने काँव-काँव करते हुए जगीरा के सिर में चोंच मारी।

जगीरा - ''हाँ, जानता हूँ तुम बलशाली हो।''

कौए ने एक बार फिर उसके सिर में चोंच मारी।

जगीरा - ''हाँ-हाँ जानता हूँ, तुम्हारे पास शातिर दिमाग़ भी है।''

वह उड़ा और कुछ दूर जाकर वापस जगीरा के कँधे पर आ बैठा।

जगीरा - ''हाँ-हाँ जानता हूँ तुम उड़ते भी हो, ठगों के इतिहास में तुम एक अनोखे ठग कहे जाओगे।''

कौए की हरकतों पर सभी हँस रहे थे। तभी विनायक ने कहा, ''कौए अँधे होते हैं।''

मंगल ने कहा, ''कौए अपने काले रंग में अपनी प्रतिभाएँ और चालाकियाँ छुपाये रहते हैं। उसके पंख किसी ठग की तरह शातिर होते हैं। मैं उसे 'अंधक' कहकर पुकारना पसंद करूँगा।''

विनायक - ''अंधक... क्या कौए सच में अंधे होते हैं?''

जगीरा - ''दुनिया में हर वो जीव अँधा है जो इंसानी समझ से परे है। वास्तव में यह हमारी दिमाग़ी समझ का अंधापन है।''

बातें करते हुए तीनों अपने ठिकाने पर आ पहुँचे।

* * *

दिन का आख़िरी पहर बीतने को था, सूर्य अपने केसरिया वर्ण में ढलने लगा था। जगीरा, विनायक और मंगल घोड़ों पर सवार हुए और शहर के उस तरफ़ निकल पड़े जहाँ कई दिनों से 'सपेला' जाति के कुछ लोग ठहरे हुए थे। शहर से दूर ख़ाली मैदान में दस बारह टैंट लगे हुए थे। जाति के अधिकतर लोग शहर गए हुए थे, उन तीनों को घोड़े पर सवार देखकर एक बुज़ुर्ग बाहर निकला

जगीरा

और हाथ जोड़कर खड़ा हो गया।

घोड़ों पर सरकारी आदमी का ख़ौफ़ खाकर बुज़ुर्ग हाथ जोड़कर पोपले मुँह से सिर्फ़ इतना बोला, ''साहब।''

''नागपुर के कई बड़े रईसों के घर ज़हरीले साँप पाये गये हैं। शक है कि इस काम में तुम लोग शामिल हो।'' जगीरा ने कहा।

''साहब, माफ़ करना। हम साँप अवश्य रखते हैं मगर ऐसा काम हमारी जाति में कोई नहीं करेगा।''

''क्या यह बात कचहरी जाकर साबित कर पाओगे?''

बुज़ुर्ग घुटनों के बल बैठा और बोला, ''साहब थाने-कचहरी का मुँह हमारे पूर्वजों ने भी नहीं देखा, हमें बख़्श दो साहब, बड़ी मुश्किल से बच्चों का पेट भरते हैं। थाने-कचहरी का दाग़ हम न सह पायेंगे।''

जगीरा ने कहा, ''अफ़सर लोग तुम तक पहुँचे उससे पहले ही यहाँ से ग़ायब हो जाओ, वरना कोर्ट कचहरी में साँप की तरह नाचते नज़र आओगे।''

''आपका आदेश सर आँखों पर साहेब।''

''और हाँ, कितने साँप हैं तुम्हारे पास?''

''सौ के लगभग।''

''क्या सभी ज़हरीले हैं?''

''नहीं साहब, दस बारह जो कल परसों पकड़े हैं, वही ज़हरीले हैं। ज़हर उतार कर शहर ले जाते हैं, तमाशा करने।''

''उम्मीद है आज रात को ही निकल जाओगे।''

उसने क़ानून के फँदे से बचते देखकर गर्व से कहा, ''हाँ साहब।''

''मगर.... सभी ज़हरीले साँपों को यहीं छोड़कर।''

वह हाथ जोड़े सुनता रहा।

''रात को एक अधिकारी ज़हरीले साँपों को ज़ब्त कर लेगा और जब तक यहाँ से दूर न निकल जाओ तब तक तुम्हारे पास कोई ज़हरीला साँप नज़र नहीं आना चाहिए।'' जगीरा ने तेज़ आवाज़ में उसे चेतावनी देते हुए कहा।

''जी साहिब, भगवान भला करे आपका।'' उसने बड़े ही निश्छल भाव से

आँखों में दर्द समेटते हुए कहा।

रईसी मकानों के बीच गली का एक छोर शहर से जुड़ा हुआ था, जुड़ाव पर दो चौकीदार दिन-रात तैनात रहते थे। गली का दूसरा छोर हरे भरे खेतों से, प्रकृति के दामन से जुड़ा हुआ था। गली के इस खुले छोर से रात्रि के अंधकार में, समय के आख़िरी पहर में 'मि. चंद्रभान' के बग़ीचे में कई साँप छोड़ दिये गये थे। सुबह जब दिन के पहले पहर में मालियों ने देखा, तो उन्हें पकड़ने की कोशिश की परंतु साँपों की संख्या अधिक थी। मि. चंद्रभान की पत्नी एक धार्मिक महिला थी जो अपने आँगन में जीव हत्या की इजाज़त क़तई नहीं देती थी। कारणवश सपेरों को बुलाने के लिए माली को भेजा गया मगर वह भी ख़ाली हाथ लौट आया। माली के आने से पहले ही जगीरा, विनायक और मंगल काम की तलाश में वहाँ पहुँच चुके थे। बिना किसी मिन्नत के, साँप पकड़ने के काम के रूप में उन्हें रख लिया गया। काम जोख़िम भरा था, मगर यही रास्ता उन्होंने चुना था।

शाम होते-होते उन्होंने कई साँप पकड़े और उन्हें थैलियों में बंद कर लिया। कई जगह साँपों की तलाश में खुदाई की, पूरे घर की तलाशी भी ली मगर उनकी नज़र उनके धन पर थी। जब एक बड़े लंबे पीले रंग के साँप को पकड़ा तो जगीरा ने कहा कि यह एक जुड़वाँ साँप है, इसे यूँ ही पकड़कर नहीं छोड़ा जा सकता। मालकिन ने जुड़वाँ साँप के बारे में कई कथाएँ सुनी थीं, सुना था कि दोनों को अलग करने पर वे पूरे परिवार को डस लेते हैं। वह डर के मारे अपने बच्चे को लिये घर में बंद थी।

संध्या समय मिस्टर चंद्रभान अपने दफ़्तर से लौटे, वे हट्टे-कट्टे इंसान थे, तोंद बाहर निकली हुई थी। उम्र कोई पैंतीस-चालीस साल थी परन्तु इस उम्र में भी वे पचास से कम नहीं लगते थे। सुख-सुविधाओं व भोग विलास में मग्न, तेज़ी से जीवन जी रहे थे। आज जब घर लौटे तो उनके गर्दन पर पट्टा बँधा हुआ था, ठीक से बोल भी नहीं पा रहे थे। उनके साथ में एक अधिकारी ने बताया कि सुबह युवा मोर्चा वालों से हाथापाई में यह चोट लगी। मिस्टर चंद्रभान साँपों की हरकत को उन कथित आतंकियों की चाल समझते थे। वे जगीरा और उसके साथियों को शक की निगाहों से देखते रहे मगर जब उनकी पत्नी ने बताया कि कैसे उन्होंने अपनी जान पर खेलकर कई साँप पकड़े हैं तो वे शांत हुए। उन्होंने झल्लाते हुए पत्नी से कहा, ''जाते-जाते यह संकट और बदनामी भी गले पड़ गयी।''

''धैर्य रखिए, सब ठीक हो जायेगा। क्या ज़रूरत है तुम्हें किसी से निजी दुश्मनी मोल लेने की? जितनी तनख़्वाह पाते हो उतना काम करो बस।''

''तुम नहीं समझोगी पार्वती।''

''मैं सब समझती हूँ, इतना धन लेकर कहाँ जाओगे।''

''ये आराम की ज़िन्दगी ऐसे ही नहीं मिलती और फिर यह...'' उसने अपने बेटे की तरफ़ इशारा करते हुए कहा कि ''इसे यहीं गुलामी की बेड़ियों में जकड़े रहने दोगे क्या?''

''तो यह दुश्मनी, यह सब आराम और धन अपने बेटे के नाम पर, कुछ तो शर्म करो। अपने गुनाहों में बच्चे को तो शामिल मत करो।''

''हाँ, आज यह जिस अंग्रेज़ी स्कूल में पढ़ता है वह इसलिए नहीं कि वह इसके लायक़ है वह सिर्फ़ इसलिए कि उसका बाप अंग्रेज़ों के यहाँ सरकारी नौकर है। अंग्रेज़ी पढ़-लिखकर अच्छी नौकरी करेगा और यहाँ रखा ही क्या है।''

''अंग्रेज़ी पढ़कर सिर्फ़ नौकर तैयार होते हैं। इस गुलामी से निकलकर जीवन भर मानसिक गुलामी में धकेलना चाहते हो, मैं ऐसा कभी नहीं होने दूँगी।''

''क्या तुम भी .... घर आते ही शुरू हो जाती हो। तीन दिन की बात और है फिर बम्बई में बड़ा मकान होगा, पहाड़ों के बीच।'' उसने अपने दिव्य नेत्रों से उस बड़े मकान को देखते हुए कहा।

धार्मिक इंसान दूसरों का भला-बुरा सोचता है, पार्वती अब कुछ नहीं बोली। वह जानती थी की बहस मुद्दों, विचारों पर होती है, कर्तव्य, निष्ठा और स्वाभिमान पर नहीं।

''रेलगाड़ी की टिकट मिल गयी है, आज से तीसरे दिन शाम 8:00 बजे की रेल है, सुबह तक पहुँच जायेंगे।'' उसने अपने जूते उतारते हुए कहा।

''अगले दिन सुबह जगीरा और उसके साथी फिर से साँपों की तलाश में पहुँचे। मिस्टर चंद्रभान सुबह-सुबह अपने सफ़ेद कुत्ते के साथ टहलकर आये। जगीरा और उसके साथी एक कोने में ज़मीन खोद रहे थे, उन्हें गहनता से काम करते देख मिस्टर चंद्रभान ने पास आकर कहा, ''क्या नाम है तुम्हारा?''

मालिक के सामने चेहरे पर तमीज़ से भरी नौकरों वाली मुस्कान के साथ

जगीरा ने कहा, "मैं जगीरा, यह विनायक और ये मंगल।"

"कहाँ से हो?"

साहब काम की तलाश में गाँव से निकले थे, तीस-पैंतीस लोग हैं, बम्बई जाना था परंतु रास्ते में लुटेरों ने लूट लिया। तब से सब यहीं दिहाड़ी मज़दूरी करते हैं मालिक।"

"रहते कहाँ हो?"

"उस तरफ़ ख़ाली मैदान में, घर तो छूट ही गया मालिक।" जगीरा ने हाथ जोड़कर कहा।

"परंतु तुम सपेरे तो नहीं हो, फिर यह सब..?" साहब ने थोड़ा कड़क होकर शंका ज़ाहिर करते हुए कहा।

"हाँ साहब, बीन के आगे साँप नाचता है सिर्फ़ डर के मारे और पेट की भूख भी इंसान को ऐसे ही नचाती है। पेट भरने के लिए यह संकट मोल न लें तो क्या करें साहब; भूखे मरने से तो अच्छा है जान दाँव पर लगाकर मर जायें।"

"ठीक है ठीक है, मेरा कुछ काम करोगे?"

"हाँ साहब! भगवान भला करे आपका।"

"मैं बम्बई जा रहा हूँ। मेरा सामान यहाँ से बम्बई पहुँचाया जायेगा, यह सरकारी काम है, तुम्हें बस यह सामान तैयार करवाना है, मेरे आदमी ख़ुद आकर ले जायेंगे।

दिन भर काम चलता रहा, कभी साँप पकड़ते, कभी सामान बाँधते। ठगों ने अमीरों की छोटी-छोटी चीज़ों को ज़िन्दगी में पहली बार देखा था। वे सब यह सोचकर हैरान थे कि अमीरों ने आधुनिकता को अपनाया है या आधुनिकता ने अमीरों को। जानवरों की ख़ाल से बने महँगे कपड़े, महँगे चमड़े के जूते, महँगी सजावट, ऐशो-आराम के लिए अनगिनत साधन ठगों के किसी काम के नहीं थे, उनकी नज़र धन पर थी। मिस्टर चंद्रभान को दफ़्तर से छुट्टी मिल गयी थी। गली में अतिरिक्त सुरक्षा व्यवस्था की गयी थी, दो सिपाही वहाँ आसपास खड़े रहते थे।

ठीक दोपहर का समय था। सभी लोग खाना खाकर सुस्ता रहे थे तभी एक ठग हाँफता हुआ वहाँ पहुँचा, चौकीदार से बात करके वह जगीरा के पास

पहुँचा।

"सरदार, डेरे में दरोगा आया है।" उसने हाँफते हुए कहा।

"क्या?"

"हाँ सरदार! साथ में कई सिपाही भी हैं।"

"क्या वे हमें पहचानते हैं?" जगीरा ने चिंतित होकर पूछा।

"शायद नहीं, हाल ही हुई घटनाओं के आधार पर तलाशी लेना चाहते हैं।" उसने कहा।

"दरोगा आया है तो हाथ खुजायेगा ही। अगर कुछ भी किया तो हम पर शक गहरा हो जायेगा।" मंगल ने कहा।

"हमें सोच समझकर क़दम बढ़ाना होगा।" कुछ देर बाद विचार करने के बाद जगीरा के दिमाग़ में सुपरिटेंडेंट का ख़याल आया।

जगीरा ने तुरंत मिस्टर चंद्रभान को याद किया जो अपने कमरे में आराम फरमा रहे थे। आवाज़ सुनकर बाहर आये जगीरा ने हाथ जोड़कर कहा, "साहब, हम ग़रीब लोग। दरोगा हमारे ग़रीब-ख़ाने की तलाशी ले रहे है, हमें बुलाया है।"

"तो इसमें डरने की क्या बात है?"

"मालिक, भूखे पेट में भूख के अलावा और क्या हो सकता है, झोपड़ी में तो खाना भी शाम को तब मिलता है जब कुछ कमाते हैं।" जगीरा ने कहा।

"उन्हें अपना काम करने दो, डरो मत, कुछ नहीं होगा।" कहकर अंदर जाने लगे।

"साहब।" जगीरा ने तेज़ आवाज में पुकारा। चंद्रभान ने दरवाज़ा पकड़कर जगीरा की तरफ़ देखा।

"साहब, इज़्ज़त की रोटी खाने को यहाँ साँपों से लड़ रहे हैं। कोर्ट-कचहरी ही जाना होता तो कहीं लूटमार ना करते, रहम करिए मालिक, आपके दो शब्द हम ग़रीबों की जान बचा सकते हैं।"

मि. चंद्रभान के लिए यह एक सामान्य स्थिति थी मगर मालकिन यह सब सुनकर उन्हें मन ही मन कोस रही थी। पत्नी के चेहरे पर जटिल भाव देखकर मिस्टर चंद्रभान अपने कमरे में गये। उनका लगभग ज़रूरी सामान बाँध दिया

गया था, मेज पर कुछ काग़ज़ात और किताबें रखी थीं। उन्होंने उन किताबों से एक पीले रंग वाली किताब से एक पीला पेज निकाला और दराज़ में रखी, काग़ज़ में समेटी एक क़लम से अपना संदेश लिखकर एक लिफ़ाफ़े में डालकर जगीरा को थमा दिया। जगीरा ने उन्हें खिड़की से यह सब करते हुए देखा। वे बिना कुछ कहे अंदर चले गये और जगीरा अपने साथी के साथ अपने दल की ओर निकल पड़ा।

जगीरा के मन में संशय हुआ, चिट्ठी में ऐसा क्या लिखा है कि मि. चंद्रभान ने कुछ बोला भी नहीं। उसने रास्ते में ही उसे खोलकर देखा। एक खुले लिफ़ाफ़े में पीले रंग का कोरा काग़ज़ था।

"सरदार, यह तो कोरा काग़ज़ है!" साथी ठग ने कहा।

"मैंने देखा था, इसमें कुछ लिखा ज़रूर गया है।"

जगीरा को डर था कि कहीं उसका भेद तो नहीं खुल गया है। कहीं गुप्त संदेश मेरे हाथों से भिजवाकर मुझे पकड़ने की चाल तो नहीं। उसने हाथ जोड़कर माँ भवानी को याद किया और आसमान की तरफ़ देखा, अंधक उसके सिर पर मंडरा रहा था। वह धीरे से आकर शांत होकर साथी ठग के कँधे पर जा बैठा। जगीरा को उसकी काली, गोल चौकन्नी आँखों में एक उजाला दिखाई पड़ा। जगीरा ने चिट्ठी अपने साथी को दी और उसे जाने को कहा और कहा, "थानेदार को बोलना। हमारे दल का मुखिया मिस्टर चंद्रभान के साथ काम में व्यस्त हैं, अभी नहीं आ सकता।"

"अगर उन्हें कोई शक हुआ तो?"

"तो जो मैं कहूँ वही करना, वे हमला नहीं करेंगे।"

"अगर ऐसा होता तो वे कर चुके होते।"

साथी ठग टैंट पहुँचा, जगीरा उसका पीछा करते हुए पेड़ की आड़ से देखता रहा। लगभग चार सिपाही घोड़ों पर सवार थे, कुछ पैदल सिपाही पेड़ के नीचे छाया में चूल्हे के पास बैठे थे, जिसके नीचे धन गाढ़ा गया था। एक सिपाही ने लिफ़ाफ़ा खोला और पत्र देखने लगा, जगीरा संशय में था कि क्या होगा। उनकी संख्या दस से ज़्यादा नहीं थी, हथियार के रूप में उनके पास सिर्फ़ लाठियाँ थीं; जगीरा ने मन बना लिया था कि किसी भी परिस्थिति में हमला कर देंगे। सिपाही पीला पत्र देखकर घोड़े से उतरा और पानी मँगाया, उसने पत्र पर पानी

डाला और उसे कुछ देर हवा में लहराया, उसके बाद उसने उसे पढ़ा और कुछ क्षणों बाद उसने चारों तरफ़ देखा, स्थिति का जायज़ा लिया और अपने साथियों को लेकर बिना कुछ कहे वहाँ से चला गया।

उनके जाने के बाद जगीरा टैंट में पहुँचा, उनका धन सुरक्षित था मगर सामान अस्त-व्यस्त था। अपनी अंगूठी और सिक्कों को पेड़ के तने की खोल में सुरक्षित पाकर मुस्कुराते हुए अपने काम पर लौट आया मगर उसके मन में यह सवाल अभी भी था कि उस पत्र में क्या लिखा था। किसी अनहोनी के डर में दिन गुज़रता गया।

रात्रि के पहले पहर में जगीरा और उसके साथी टैंट के बाहर बैलगाड़ी के पास बैठे थे। जगीरा सारथी की तरह बैलगाड़ी के जुए पर बैठा था, दिनभर की तपश और उमस के बाद रात्रि में बहती ठंडी हवा में ठगों की यह सभा आनंदमई थी। गीत संगीत के साथ हुक्के और गाँजे का धुआँ हवा में मिश्रित होकर शहर की ओर बढ़ता जाता था। जगीरा ने अपने साथियों को संबोधित करते हुए कहा, ''साथियों यह समय बेहद चौकन्ना रहने का है, हालाँकि दरोगा को यहाँ कुछ नहीं मिला मगर मुझे लगता है उन्हें हम पर शक है, शायद वो हमारा पीछा भी करें। इसलिए कुछ दिन सब शांत रहें और अपने काम में व्यस्त रहें। हमारा अगला शिकार होगा सुपरिटेंडेंट मि. चंद्रभान, परसों वो यहाँ से जा रहे हैं, अगर सब कुछ ठीक-ठाक रहता है तो बहुत माल मिलने की संभावना है। उसके बाद हम यहाँ से निकलने की कोशिश करेंगे।''

सुबह उठते ही जगीरा ने फकीरचंद को पकड़ा, उसे एक ठूँठ पर बैठाया और उसके चेहरे को ग़ौर से देखा।

''सरदार, क्या बात है?''

''कुछ नहीं फकीरा, बस तुम्हारे अंदर एक सुपरिटेंडेंट ढूँढ़ रहा हूँ, लगता है मिल गया।'' जगीरा ने मुस्कुराते हुए कहा।

जगीरा ने अपने हाथों से उसके बाल काटे, उसकी बड़ी-बड़ी दाढ़ी को काटकर अलग कर दिया।''अब तुम देखने में पूर्णत: जेंटलमैन लगोगे।'' जगीरा ने कहा।

''मगर मैं पकड़ा जाऊँगा, मेरी बोलचाल में एक सुपरिटेंडेंट की अंग्रेज़ी आवाज़ और रौब कहाँ से आयेगा?''

‘‘चिंता मत करो फकीरा, उसका इंतजाम हम कर चुके हैं। कल हमारे साथियों ने कुछ लोगों के साथ मिलकर चंद्रभान के साथ मारपीट की, जिसमें उसके गले की एक हड्डी टूट चुकी है। गले में पट्टा पड़ा है, अब बोल नहीं सकता। उसने तुम्हें किसी भी तरह की परेशानी से बचा लिया है।’’

बाक़ी ठग फकीरा को नये रूप में देखकर हँस रहे थे। फकीरचंद उठा और पानी के बर्तन में झाँका और फिर झाँकता रहा, ख़ुद को मिट्टी के बर्तन में देख वह अपनी जवानी के दिनों में तैरने लगा, जब उसे छोटी - छोटी मूँछें रखना पसंद था, जब वह अपने मूँछों पर ताव लगाता हुआ गाँव, शहर की गलियों में घूमा करता था। कुश्ती के मैदान में चुप रहकर भी केवल मूँछों पर ताव देकर दुश्मन को दहशत में डाल देता था। आज फिर वही छोटी-छोटी मूँछें और एक शानदार रौब लौट आया था, फकीरा एकटक मिट्टी के बर्तन में झाँकता रहा और ख़ुद को आँकता रहा।

* * *

मालकिन की ज़िद थी कि वे जब तक यहाँ हैं तब तक सपेरे भी यहीं रहें। वह अपने बेटे को गले से लगाकर रखती थी। अगले दिन जगीरा और उसके साथी फिर से काम पर पहुँचे, जगीरा के साथी अपने काम में व्यस्त थे मगर जगीरा का ध्यान मि. चंद्रभान के कमरे में था, वह पीली किताब उसी मेज़ पर रखी हुई थी। दिन भर कई चिट्ठी पत्री आती रहती थीं, मि. चंद्रभान उनका जवाब देते। मगर पीले काग़ज़ का इस्तेमाल कभी-कभी ही करते थे। संध्या समय मालकिन ने अपने सभी नौकरों की छुट्टी कर दी, उन्हें कुछ अतिरिक्त पैसे भी दिए, बच्चों के लिए कपड़े और साड़ियाँ भी।

मिस्टर चंद्रभान ने जगीरा और उसके साथियों से कहा, ‘‘तुम कल हमारा सामान स्टेशन तक पहुँचाकर आओगे।’’

जगीरा मन ही मन मुस्कुराते हुए कहा, ‘‘हाँ साहब।’’

रात को जगीरा ने देखा कि कहे अनुसार ‘आज़म ख़ान’ एक ताँगा ख़रीद लाया है, जो चारों तरफ़ से बंद है, जिसमें जनाना सवारी भी सफ़र कर सकती है।

आज़म ख़ान ने जगीरा से कहा, ‘‘सरदार अगर उन्होंने ताँगा नहीं लिया

जगीरा

तो ?"

"वह अवश्य लेंगे, वे पैदल स्टेशन थोड़े जायेंगे"

"मगर ज़रूरी नहीं वे हमारा ही ताँगा लें।"

"इस काम के लिए वे अवश्य ही हमें पुकारेंगे अगर फिर भी कोई बदलाव हुआ तो हम समय पर विचार करेंगे। अगर फिर भी हमें विचारने का मौक़ा न मिले तो तुम उनकी गाड़ी का पीछा करना, आगे की व्यवस्था हम कर चुके होंगे।"

अगली सुबह जगीरा ने देखा कि मिस्टर चंद्रभान ने अपना सामान बाँध लिया है। मेज़ पर रखी वह पीली किताब भी नहीं दिखाई दी, शायद वह उस काले रंग के संदूक़ में थी जिसमें से मि. चंद्रभान बार-बार किताबें और ज़रूरी कागज़ात रख रहे थे। मि. चंद्रभान ने अपना घोड़ा बेच दिया था, जिसे वे उसे आख़िरी दिन लेने आये। कुछ ज़रूरी सामान भी उन्होंने बेच डाला जो आख़िरी दिन लेने आये। जगीरा और उसके साथी पूरा दिन काम में व्यस्त रहे।

दिन के आख़िरी पहर के ठीक आख़िरी क्षणों में मि. चंद्रभान ने जगीरा से एक घोड़ा-गाड़ी लाने को कहा जिसमें वे अपने सामान से भरे संदूक़ को ले जा सकें।

आज़म ख़ान वहीं घोड़ा गाड़ी लिये तैयार था, इशारा पाते ही अन्य ठग रणनीति के अनुसार अपने निर्धारित ठिकाने के लिए निकल पड़े। जगीरा और आज़म ख़ान घोड़ागाड़ी लेकर द्वार पर उपस्थित हुए।

मालकिन ने घर छोड़ते-छोड़ते काफ़ी समय व्यतीत किया। मि. चंद्रभान और मालकिन के पास चार छोटे-बड़े संदूक़ थे। तब तक पुलिस की तरफ़ से दो वर्दीधारी नौजवान भी वहाँ आ पहुँचे थे, वे उन्हें स्टेशन तक पहुँचाने आये थे। सामान गाड़ी में रखा, साहब और मालकिन बेटे को गोद में लिये गाड़ी में बैठीं। दोनों सिपाही गाड़ी के पीछे खड़े थे। जगीरा गाड़ी चालक के साथ आगे बैठा था। मालकिन देर तक अपने मकान को देखती रही और फिर अपना सामान टटोलने लगी, कहीं कुछ रह तो नहीं गया।

सूर्य के धरातल में समाते ही अँधेरा क़ायम होना शुरू हो गया था। स्टेशन शहर से निकलते ही आधा कोस दूर था, शहर से देखने पर वह एकदम जगमगाता हुआ विशाल जुगनू मालूम पड़ता था। शहर से निकलकर स्टेशन तक का मार्ग

सुनसान और अंधकारमय था। घोड़ागाड़ी शहर से निकलते ही तेज़ गति से आगे बढ़ी मगर थोड़ी देर बाद अचानक रुक गयी।

मि. चंद्रभान ने आवाज़ दी, ''क्या हुआ, रुक क्यूँ गये?''

''आगे रास्ता ख़राब है साहब।''

गाड़ीवान और जगीरा नीचे उतरे, देखा कि कुछ लोग कस्सी और कुदाल लेकर ज़मीन खोद रहे थे, वे उनसे बातें करने लगे। रास्ते पर आने-जाने वाले लोग भी वहाँ इकट्ठे होते गये।

कुछ देर बाद मिस्टर चंद्रभान अपने दोनों सिपाहियों के साथ वहाँ पहुँचे, देखा कि दो लोग कस्सी से ज़मीन खोद रहे हैं, गाड़ीवान उन पर चिल्ला रहा है, आसपास दस-बारह लोग इकट्ठा हो गये हैं। सभी आपस में बातें कर रहे थे, एक ने कहा, ''तुम रास्ता ख़राब कर रहे हो।'' तो दूसरे ने कहा, ''यह कौन-सा समय है यह सब करने का?''

मिस्टर चंद्रभान अपनी कमर पर हाथ रखे, सीना चौड़ा कर रौब से कहा, ''यह सब क्या हो रहा है? किसके कहने पर यह सब किया जा रहा है।''

कस्सी को कँधे पर रखकर उसने कहा, ''साहब, शहर में नये सुपरिंटेंडेंट साहब आने वाले हैं। रास्ता ख़राब है, सो जल्द से जल्द ठीक करने का आदेश मिला है।''

मिस्टर चंद्रभान कुछ बोल पाते इससे पहले ही उनके मुँह पर कपड़ा रखकर पास की झाड़ियों में उठा ले गये। उसके सिपाहियों का गला घोटकर वहीं रखा हुआ था। दस बारह लोग अभी भी बहस कर रहे थे। जिनमें से लगभग सभी ठग थे, कहा-सुनी के बाद रास्ता ठीक कर दिया गया, कुछ समय बाद एक-एक कर सभी इधर-उधर निकल गये।

फकीरचंद मिस्टर चंद्रभान के कपड़े पहनकर तैयार था, उसने ऐसा सूट-बूट जीवन में पहली बार पहना था इसलिए मन ही मन मुस्कुरा रहा था। जगीरा ने अंधेरे में उसे मि. सुपरटेंडेंट के रूप में ऊपर से नीचे तक देखा और उसके कँधे पर थपकी देते हुए कहा, ''मिस्टर जेंटलमैन।'' और वह दो अन्य ठग जो अब सिपाही बने हुए थे, के साथ स्टेशन की ओर पैदल ही निकल गया।

विनायक, गाड़ी चालक के साथ आगे बैठा था, दो ठग घोड़ा-गाड़ी के पीछे

सिपाहियों की तरह खड़े हुए थे। चालक ने ज़ोर से कहा, ''साहब चलें?''

विनायक ने ज़ोर से कहा, ''आगे बड़ो, सामने ही स्टेशन है।'' और गाड़ी सरपट दौड़ती हुई कच्चे सुनसान रास्तों पर धूल उड़ाते हुए निकल गयी। ठगों ने बच्चे और मालकिन को भी धर दबोचा।

मि. चंद्रभान झाड़ियों के बीच एक पेड़ के सहारे बैठा हुआ था उसके हाथ बँधे हुए थे, मुँह में रुमाल ठूँसा हुआ था। उसके नंगे बदन पर चींटियाँ अपना खाना तलाश रही थीं, वह झुँझलाकर बार-बार पैर पटक रहा था। जगीरा उसके पास आकर अपने पँजों पर बैठा, अपना चाकू निकालकर उसकी नोक आँखों के ठीक बीचोंबीच रखकर घुमाते हुए कहा,'' तुम्हें पता है, उस पीले ज़हरीले साँप का दूसरा साथी क्यों नहीं मिला?''

मिस्टर ने रुँधे हुए गले से बड़बड़ाते हुए कुछ कहा, जगीरा ने उसके मुँह से रुमाल निकाल दिया। उसने कहा, ''तुम।''

''हाँ मैं।''

''देखो, तुम ये ठीक नहीं कर रहे, क्या चाहिए तुम्हें?''

''साँप।''

''साँप?''

''उस पीले साँप का साथी।''

''तो..... तो.. उसमें मैं क्या कर सकता हूँ, तुम जानते नहीं मैं कौन हूँ?''

''जानता हूँ, अच्छी तरह से, तुम उस पीले साँप के साथी हो, बेहद ज़हरीले साथी।''

''बकवास बंद करो।'' उसने चिल्लाते हुए कहा।

जगीरा ने उसके माथे पर चाकू से दबाव डाला, उसका सिर पेड़ से जा लगा। उसने कहा, ''देखो, तुम्हें जो चाहिए मुझे बताओ। मेरी अंग्रेज़ अधिकारियों से अच्छी उठ-बैठ है। सारे काम करवा सकता हूँ, क्या चाहिए बताओ।''

जगीरा हँसा और कहा, ''हम ठग हैं, हम क़ीमत नहीं लगाते।'' अपने बायें हाथ की उँगलियों को जादुई अंदाज़ में घुमाते हुए कहा, ''हमें जो चाहिए वह हम छीन लेते हैं।''

जगीरा ने चाकू की नोक माथे से नाक से होते हुए गर्दन तक लाते हुए कहा, ''तुम्हारी पत्नी कहती है कि जुड़वा साँपों में से एक को कभी नहीं मारना चाहिए, ऐसा करने पर दूसरा साँप बदला लेता है।'' उसने गंभीर होते हुए कहा, ''मगर हमने तो एक को मार दिया इसलिए अब हमें दूसरे को भी मारना पड़ेगा। तुम समझ रहे हो न, तुम्हें बहुत जल्द मरना होगा।''

मिस्टर ने बँधे हुए हाथों से जगीरा के सामने हाथ जोड़कर कहा, ''मुझे माफ़ करो जगीरा। तुम जो कहोगे मैं वही करूँगा। मेरे बीवी-बच्चे वहाँ इंतज़ार कर रहे हैं, मुझे जाने दो।''

''हाँ, हम माफ़ करेंगे मगर किस ग़लती के लिए? तुम्हें अपने गुनाह बताने होंगे।'' कहते हुए चाकू की नोक हल्के से उसकी गर्दन में घुसा दी, डरा सहमा लहू मानो कोटर से झाँकने लगा।

वह बड़बड़ाया, ''मैं.. मैं. मैंने वो वो कई स्वतंलता संगठनों का पैसा ज़ब्त किया है और हमने आपस में...'' उसकी बात ख़त्म होने से पहले ही जगीरा ने कहा, ''और?''

''और... और... वो और मैंने अंग्रेज़ अफ़सरों को ख़ुश करने के लिए कई बार भारतीय लड़कियों को मजबूर किया और.. और।'' उसके होंठ मधुमक्खी के पँखों की तरह फड़फड़ा रहे थे। चींटियाँ उसके चेहरे को नोचते हुए नाक में घुसने लगी थीं और वह बार-बार साँप की तरह फुँकार कर रहा था।

जगीरा ने अपने चाकू को ज़मीन में गाड़कर उसके शरीर की ओर देखते हुए कहा, ''मैं, मेरे साथियों को ख़ुश करने के लिए क्या करूँ?... ये सब कहते हैं कि मालकिन बड़ी सुंदर है।''

वह गिड़गिड़ाया, ''देखो, तुम जो कहोगे मैं वही करूँगा, उसे कुछ मत करना वह गर्भ से है।''

''चिंता मत करो, तुम्हारा बेटा ठग-लुटेरा नहीं बनेगा। तुम सिर्फ़ इतना बताओ कि तुमने उस पत्र में क्या लिखा था जिसे तुमने मेरे हाथों भिजवाया था, हम तुम्हें माफ़ कर देंगे।''

''उसमें कुछ नहीं बस यही लिखा था कि कौवा काला होता है।''

''क्या मतलब?''

‘‘इसका मतलब था कि कौवा अपने अंदर हर रंग समाये रखता है, सावधान रहो और नज़र रखो।’’

‘‘तुमने ऐसा क्यों लिखा?’’

‘‘यह हमारी गुप्त भाषा है, जिसमें गुप्त सन्देश भेजे जाते हैं। मुझे तुम पर विश्वास नहीं था इसलिए मैंने ऐसा ... ‘‘

‘‘तो क्या वह हम पर नज़र रखे हुए हैं।’’

‘‘हाँ, शायद।’’ उसने कहा।

‘‘तो तुम्हें बचाने क्यों नहीं आये?’’

‘‘शायद तुमने उन्हें शंका करने की गुंजाइश नहीं छोड़ी।’’

जगीरा ने उसके सामने से उठते हुए कहा, ‘‘शायद वे तुम्हें मरते हुए देखना चाहते हैं। माफ़ कर दो इसे।’’

इतना कहते-सुनते ही एक ठग ने उसके गले में रुमाल डाल दिया। उसने पैर पटकते हुए कुछ ही क्षणों में दम तोड़ दिया, उसकी नाक से बहता ख़ून किसी साँप के ज़हर की तरह उसके घड़ाकार पेट पर गिरा रहा था। उसे ठिकाने लगाने के लिए ‘वेल्हा’ (क़ब्र के लिए उचित स्थान का चुनाव करने वाला) ने एक पुराने खंडहर में बने कुएँ को चुना जो यहाँ से काफ़ी दूर जंगल को पार करके था। उसके शरीर से बड़े-बड़े पत्थर बाँधकर उसे कुएँ में फेंक दिया गया।

फकीरचंद स्टेशन के बाहर घूम रहा था, इंजन की आवाज़ सुनते ही स्टेशन की तरफ़ दौड़ा। स्टेशन मास्टर उसका इंतज़ार कर रहा था, उसने हाथ मिलाया और कहा, ‘‘मैडम साहिबा दिखाई नहीं पड़ रहीं।’’

फकीरचंद, चंद्रभान के भेष में मुस्कुराया और गले में बँधी पट्टी की तरफ़ इशारा किया। साथ में खड़े दरोगा ने कहा, ‘‘मैम साहब मोटर में आयेंगी।’’ गाड़ी स्टेशन पर खड़ी थी। फकीरचंद दरवाज़े से अंदर गया और स्टेशन मास्टर की तरफ़ हाथ हिलाया।

फकीरचंद किसी उच्च श्रेणी के डिब्बे में पहली बार गया था। वहाँ की रौनक़, साफ़-सफ़ाई और चकाचौंध देखकर हैरान था, बड़े-बड़े लोग शांत बैठे उसे देख रहे थे। उसके मन में एक तरह की घबराहट-सी पैदा हुई, वह मन ही मन सोच रहा था कि काश मैंने भी पढ़ाई की होती। फिर विचार आया, ‘‘तो

शायद मैं भी भ्रष्टाचारी और दुष्ट होता और किसी ठग के हाथों बेमौत मारा जाता। वह दूसरी तरफ़ से दरवाज़े से उतरा और जैसा कि निर्धारित किया गया था, अपने टैंट जा पहुँचा।

जगीरा अपने घोड़े पर घोड़ा-गाड़ी को खोजता हुआ काफ़ी दूर निकल आया था मगर वह दिखाई नहीं पड़ रही थी। कुछ देर बाद आसमान से मधुर काँव-काँव सुनाई पड़ी, उसका पीछा करते हुए वह नदी किनारे पहुँचा। दो ठग वहाँ पहरेदारी कर रहे थे तभी जगीरा ने हलके उजाले में देखा कि विनायक नदी किनारे अपनी धोती से ख़ून के धब्बे साफ़ कर रहा था, शायद आज भी उसने दरिंदगी की। जगीरा ने घृणापूर्ण नेत्रों को वहाँ से हटाया, दूसरी तरफ़ देखा कि आज़म ख़ान बच्चे को गोद में लिए उसकी गर्दन सहला रहा था।

''यह क्या कर रहे हो तुम?''

''भय और रोने के कारण इसके गले में सूजन आ गयी है।''

''क्या यह ज़िन्दा है?''

''हाँ, मैं इसे ज़िन्दा रखना चाहता हूँ, यह बेहोश है।''

जगीरा ने उसे धक्का दिया, बच्चा उससे छूटकर ज़मीन पर गिरते ही होश में आया और सुबक-सुबक कर रोने लगा।

''सरदार, मेरी बहन को कोई बच्चा नहीं है, मैं इसे उसके लिए ले जाना चाहता हूँ। मैं इसकी ख़ुशियों के सपने देख चुका हूँ।''

''तुम बेवकूफ़ हो? यह हम सबकी मौत का कारण बन सकता है और यह कोई अनजान बालक नहीं है यह सब जानता है।''

''इसकी उम्र दस से ज़्यादा नहीं होगी।''

बच्चा आँखों में आँसू लिये दोनों को ऐसे देख रहा था मानो मन ही मन सोच रहा हो कि मेरा अस्तित्व क्या है? मेरी उपयोगिता महत्वपूर्ण है। अगर मेरी मौत ज़्यादा उपयोगी हुई तो मुझे मरना ही होगा।

जगीरा ने अपनी तलवार निकाली जिसे देखते ही ख़ान ने भी अपनी तलवार हवा में लहरायी। दोनों, बच्चे के दायें-बायें खड़े थे बीच में वह बालक दोनों की तरफ़ बारी-बारी से देखता और अपने आँसू पोंछता।

''आज़म ख़ान, तुम पगला गये हो, इस लूट के बाद सरकार हरकत में

आयेगी। क्या तुम ठग जाति के नाम को मिटा देना चाहते हो? इस भ्रम से निकलो।''

''मैं आज ही इसे लेकर यहाँ से निकल जाऊँगा, फिर कभी दिखाई नहीं दूँगा।''

''एक ठग और इतना संवेदनशील, यह तुम्हें शोभा नहीं देता, मैं तुम्हें ऐसा कभी नहीं करने दूँगा।'' कहकर जगीरा ने एक ही वार में बच्चे का मुंड, रुंड से अलग कर दिया, लुढ़कता हुआ उसका सिर नदी किनारे एक पत्थर से जा टकराया।

आज़म ख़ाँ यह देखकर मूर्तिवत खड़ा रहा, उसका बच्चे के प्रति मोह नदी किनारे लहरों से टकरा रहा था। वह घुटनों के बल गिर पड़ा, बच्चा अभी भी वहीं बैठा हुआ था। गोल-मटोल शरीर, गोरी त्वचा पर गर्दन से फूटी ख़ून की फुहार, लाल फूलों की तरह उसको छूती और उसी में समाहित हो जाती थी। धरती पर बैठा वह शरीर मानो पूरे ब्रह्मांड को कह रहा हो की तुम कायर हो।

जगीरा ने विनायक को आवाज़ दी, ''एकट भिल मंझो'' और नदी किनारे से सिर उठाकर बच्चे की तरफ़ फेंक दिया।

चंद्रकांता

लगातार दो दिन की यात्रा के बाद वे सभी 'डिब्रूगढ़' पहुँचे, परंतु डिब्रूगढ़ अब अंग्रेज़ों के अधीन हो चुका था। जानकारी मिली कि जब से मिस्टर सुपरीटेंडेंट चंद्रभान ग़ायब हैं तब से अंग्रेज़ों में हलचल मची हुई है। ऐसी स्थिति में जगीरा को वहाँ रुकना उचित न लगा। वे रातो-रात फिर सफ़र पर निकल पड़े, लगातार एक दिन और दो रात सफ़र के बाद वे सुलतानपुर पहुँचे।

यह भौगोलिक दृष्टि से पहाड़ी इलाक़ा था। यहाँ जीवन थोड़ा मुश्किल नज़र आता था मगर प्रकृति की गोद में आसान हो जाता था। सुल्तानपुर अभी पूर्णतया अंग्रेज़ों के अधीन नहीं था परंतु परोक्ष रूप से अंग्रेज़ ही शासक थे। सुल्तानपुर के नवाब 'साकेत अली' अपनी नवाबी के लिए एक निश्चित रकम अंग्रेज़ों से पाते थे और बदले में अंग्रेज़ों के सारे क़यदे-क़ानून अपने राज्य में लागू करवाते थे। किसानों से कर-वसूली करते और उसका हिसाब किताब अंग्रेज़ों को देते थे। कहने को तो नवाब थे परंतु पल्ले कुछ भी ना था, वे एक तरह से सरकारी कर्मचारी थे जिसका वेतन पाते थे, परंतु वर्षों से यह नवाबी शौक़ उस वेतन से पूरा न होता था और ऊपर से लिखा-पढ़ी में सामान्य ग़लतियों और परेशानियों पर भी अंग्रेज़ों की धौंस ने उनकी नवाबी को सिर्फ़ दिखावा मात्र बना दिया था। ऐसे में उनकी आय के अन्य स्रोत होना स्वाभाविक था। वे कालाबाज़ारी, लूटपाट और नशे को बढ़ावा देते परंतु किसी अपराधी के पकड़े जाने पर उसे सज़ा देने से भी नहीं चूकते थे।

जगीरा, राज्य की इस कमज़ोरी को जानता था, वह पहले भी एक बार यह सब कुछ कर चुका था। जगीरा जानता था कि राज्य में प्रवेश करते ही उनकी जाँच की जायेगी और धन मिलते ही उन पर मुक़दमा चलाकर उन्हें जेल में बंद कर दिया जायेगा। इसका इंतज़ाम उन्होंने नागपुर से ही कर लिया था, उन्होंने सोने-चाँदी के गहनों और सिक्कों को पिघलाकर एक परत बना ली थी जिस पर मिट्टी और चूने का लेप लगाकर उस पर चूल्हा बना दिया था।

सारा सोना-चाँदी, खाना बनाने के चूल्हे की तली में सुरक्षित रहता, वे अक्सर उस चूल्हे पर खाना बनाते और हमेशा सँभालकर रखते; सफ़र में वे

जगीरा

हमेशा दरिद्र नफ़र आते थे।

राज्य की सीमाएँ उजाड़ एवं शांत थीं, दूर-दूर तक छोटे-बड़े पत्थर और कँटीली झाड़ियाँ ही नज़र आती थीं। रास्ते पर रखा एक लाल पत्थर जिस पर सफ़ेद रंग से उर्दू और अंग्रेज़ी में लिखा गया था- 'सुल्तानपुर सीमा आरंभ'

लगभग पूरी रात यात्रा करने के बाद ठगों ने सीमा में प्रवेश कर चैन की साँस ली। सूर्य की प्रथम किरणें दूर पहाड़ों के ऊपर से होते हुए कँटीली झाड़ियों से गुज़रकर शरीर में चुभतीं तो ऐसा लगता मानो आगाह कर रही हों कि यह पथ मख़मली नहीं बल्कि काँटों से सुसज्जित, दुर्गम रास्ता है। पैरों में लुढ़कते बेआकार पत्थर ठोकर खाकर जब रुकते तो मानो संदेश देते यहाँ सब कुछ आसानी से नहीं मिलता, ठोकरें खाना ही उनके आकारमय होने का मार्ग है और वहीं पत्थरों के बीच काँटों से लदी झाड़ियाँ मानो संदेश देतीं कि जीवन हर परिस्थिति में संभव है।

सभी विश्राम करने के लिए उचित स्थान खोज रहे थे परंतु यहाँ पत्थरों के अलावा दूर-दूर तक कुछ दिखाई नहीं पड़ता था।

"इतना उदार नगर मैंने कभी नहीं देखा, यह मार्ग मेरे लिए बिल्कुल नया है।" विनायक ने कहा।

"शायद हम नगर से काफ़ी दूर हैं, हो सकता है वह उन पहाड़ियों के पीछे हो।" शंकर ने कहा।

उनकी बातों का जवाब देते हुए जगीरा ने कहा, "पिछली यात्रा में हमने यहाँ ख़ूब माल लूटा था। दुर्भाग्यवश यहाँ के नवाब बहुत ही लालची आदमी हैं, यहाँ के लोग अफ़ीम और गाँजे की खेती करते हैं, यही उनकी आय का मुख्य साधन है और शायद इसीलिए यह राज्य अंग्रेज़ों का कृपा पाल भी है।"

मंगल – "अंग्रेज़ यहाँ व्यवस्थित रूप से राज करते हैं।"

जगीरा – "व्यापारियों से व्यापार अंग्रेज़ बख़ूबी जानते हैं।"

तभी मंगल ने काँव-काँव की आवाज़ सुन आसमान की तरफ़ इशारा करते हुए कहा, "यह अंधक इतना क्यों चिल्ला रहा है?"

अंधक आसमान में गोल-गोल घूम रहा था, ठीक उसके नीचे एक खंडहर दिखाई पड़ रहा था। उसे देखकर जगीरा ने कहा, "शायद वहाँ पानी होगा।"

मंगल – "अगर हाँ, तो हमें वहाँ रुकना चाहिए, वहाँ कुछ पेड़ भी हैं।"

यह एक खुले मुख का कुंड था जिसमें पानी भरा हुआ था। पास में ही एक मंदिर था जिसे आक्रांताओं ने तोड़ दिया था, मंदिर के एक हिस्से में विश्राम करने लायक़ जगह थी। स्नान और पूजा के बाद खाने-पीने का दौर शुरू हुआ, जिसमें अंधक भी शामिल होता। उसके करतब, ठगों के लिए मनोरंजन का मुख्य माध्यम बन गया था। आजकल वे जब भी खाना खाते तो अंधक की पाठशाला व नृत्यशाला शुरू हो जाती थी। वे उसे मुख्य ठगों की पहचान करना सिखा रहे थे, वे किसी एक ठग का नाम पुकारते, अंधक हवा में कलाबाज़ियाँ करता हुआ उसके सामने पहुँच जाता और वह ठग उसे रोटी का टुकड़ा देता। इस तरह वह उनका मनोरंजन करता और उन्हें पहचानता। उसकी काँव-काँव अब कड़वी न होकर रमसी भाषा में कहे गए मधुर वचन लगते थे, उसका काला रंग उसकी शालीनता का प्रतीक बन गया था।

जगीरा अंधक को पाकर ख़ुद को आधुनिक समझने लगा था क्योंकि अंधक पलक झपकते ही आसमान की सैर कर सकता था। वह उन्हें पहचानता था, वह ठगों का शुभचिंतक था।

जादूगर को मारने के बाद से जगीरा में कुछ बदलाव होने लगे, उसे लगता कि उसके पास जादुई शक्तियाँ हैं। वह उन शक्तियों को महसूस करने की कोशिश करता, वह जादुई अंदाज़ में अपनी उँगलियों को घुमाता मगर कुछ भी जादुई नहीं होता था। थक हारकर जगीरा उन अदृश्य शक्तियों को उजागर करने का रास्ता खोजता रहता।

इस समय जगीरा, राज्य के किसी संदेशवाहक की तलाश में था। किसी भी राज्य में प्रवेश करने पर उस राज्य के गुप्तचर, अधिकारियों को इत्तला करते, आदेशानुसार उनकी छानबीन कर राज्य में रहने की अनुमति दी जाती थी। संध्या समय घोड़े पर सवार एक गुप्तचर वहाँ पहुँचा।

गुप्तचर – "सलाम!"

जगीरा ने हाथ जोड़कर उसका अभिवादन किया।

गुप्तचर - "सल्तनत-ए-साकेत में आपका स्वागत है।" उसने अपना भाला ज़मीन पर मारते हुए कहा।

"मैं जगीरा जोगी, हम व्यापारी हैं। आपके राज्य का व्यापार दूर-दूर तक

फैला है इसलिए हम भी खिंचे चले आये। नवाब साहब हमारे परम मित्र हैं, बस इतना संदेश पहुँचा दीजियेगा कि जगीरा जोगी अपनी सेवाएँ देने हाज़िर है।"

जगीरा ने ख़ुद को प्रिय-मित्र बताकर राज्य के अधिकारियों से रिश्वतखोरी और समय बर्बादी की संभावना को विराम दे दिया था। गुप्तचर आख़िरी सलाम करके अपने घोड़े पर सवार हुआ और चला गया।

अगले दिन तक इंतज़ार चलता रहा और फिर वही संदेशवाहक संध्या समय संदेश लेकर आया कि, "कल संध्या समय आयोजित नृत्यशाला में आपको आमंत्रित किया गया है।" गुप्तचर एक राजकीय चिन्ह से सुशोभित मोहर देकर वहाँ से चला गया।

✳ ✳ ✳

जादूगर के ख़ज़ाने से मिली एक रंग-बिरंगी पोशाक जिसपर मोती टंकित किये गये थे, जगीरा ने उसे पहनना उचित समझा, कमर में रतन जड़ित तलवार और कमरबंद बाँधकर वह महल पहुँचा। राजकीय मोहर देखकर राज्य के सिपाही उसे एक लंबे गलियारे से होते हुए महल की नृत्यशाला तक ले गये।

यह नृत्यशाला एक हरे-भरे रंग-बिरंगे फूलों से भरे बग़ीचे के बीचो-बीच थी। एक बड़े से चबूतरे पर कई गोलाकार व नक़्क़ाशी युक्त स्तंभों पर एक गोलाकार छत थी जिस पर ख़ूब कलाकारियाँ की गयी थीं। रंग-बिरंगे दर्पण वहाँ टंकित किये गये थे जो देखते ही रंगीन भ्रम पैदा करते थे। छत के ठीक बीचोबीच रंग-बिरंगा झूमर लटक रहा था जिसमें से रौशनी निकलकर छत पर उकेरी विभिन्न आकृतियों को जगमग करती थी। फ़र्श पर नीले रंग का मख़मली कालीन बिछा हुआ था। हर एक स्तंभ के नीचे एक आसन लगाया गया था, यह सफ़ेद रंग का आलीशान मख़मली आसन, लाल मख़मली तकिये से सुशोभित था। नवाब के तरफ़दार लोग पैर फैलाये, कोहनी तकिये पर टिकाये नर्तकियों के नृत्य में देह का वह कोना ढूँढ़ते जिससे उनकी आँखें तृप्त हो सकें। नर्तकी, उनके रंग-बिरंगे प्यालों में शराब उड़ेलतीं तो वे उसकी देह के किसी कोने में अंदर तक झाँककर आह भरते और फिर शराब उस आह को आनंद की चरम सीमा तक पहुँचा देती।

वहीं एक तरफ़ नवाब साकेत अली सबसे ऊँचे आसन पर, तकिए पर कोहनी टिकाये, पैर फैलाये, हाथ में मदिरा का प्याला लिये संगीत की थाप पर

ख़ुद को उकसा रहे थे। लगभग चालीस की उम्र में ही उनकी देह सिकुड़ सी गयी थी मानो किसी ने उनका जीवन रस निचोड़ लिया हो। वह सिर्फ़ आदतन और शौक़ स्वरूप ऐसी नृत्य शालाओं का आयोजन करते थे, क्योंकि यह उनकी शान का प्रतीक था।

नृत्यांगनाएँ जालीदार परिधानों से अपने शरीर को ढँके ज़रूरत के अनुसार अंग प्रदर्शन करती थीं। उनका नृत्य, सभ्य नृत्य की सीमा से बाहर था परंतु अश्लीलता की हदों को भी सरेआम पार न करता था।

सुर-ताल, नशा, नृत्य अपनी चरम सीमा पर था तभी जगीरा वहाँ दाख़िल हुआ। उसने रंगीन महफ़िल में क़दम रखने से पूर्व ख़ुद को देखा, आस्वस्त होकर मुस्कुराया, उसके वस्त्र बिल्कुल वहाँ बैठकर आनंद लेने लायक़ थे। उसके गले में मोतियों की माला और उँगलियों में हीरे की अंगूठियाँ उसे एक व्यापारी के रूप में स्थापित करने के लिए उसके पहनावे पर ख़ूब जँचती थीं।

जगीरा नर्तकियों के बीच से होते हुए सीधे नवाब साहब के सामने पहुँचा, उसने झुककर अभिवादन किया और अपनी तलवार निकालकर नवाब को भेंट की। नवाब साहब की बिना किसी विशेष प्रतिक्रिया के जगीरा पीछे हटते हुए एक स्तंभ के नीचे आसन पर जा बैठा। उसके बैठते ही एक नर्तकी ताम्रपात्र में एक विशेष पान लेकर हाज़िर हुई। उसने पानदान रखते हुए जगीरा की आँखों में आँखें डालकर उसे परखने की कोशिश की मगर जगीरा ऐसी निगाहों से भली भाँति परिचित था। उसने भी मुस्कुराकर जाना पहचाना प्रत्युत्तर दिया।

काफ़ी समय तक नशा, नृत्य और नूर का आनंद लेने के बाद एक सिपाही ने जगीरा को बाहर आने का इशारा किया। सुंदर बग़ीचे से, ढलता सूरज अत्यंत मनमोहक मालूम पड़ता था मानो किसी कलाकार ने धरती माँ के माथे की बिंदी में केसरिया रंग भर दिया हो। ठीक दूसरी तरफ़ महल था जो भगवा रौशनी में सोने जैसा प्रतीत होता था, भव्य कृतियाँ और नक़्क़ाशी उसे मोहित कर रही थीं। महल की जालीदार दीवारों के बीच कोई चहल-पहल मालूम पड़ती थी परंतु वह जगीरा की निगाहों की परख से बाहर थी। वह उस तरफ़ किसी सुंदरी की तरह मंत्रमुग्ध होकर सम्मोहित हो रहा था। तभी उसने एक भारी-भरकम परछाई को अपने तरफ़ बढ़ते हुए देखा।

जगीरा ने मुड़कर झुकते हुए कहा, "सलाम नवाब साहब।"

नवाब ने अपनी गर्दन हिलाई, वह नशे में था। उसका नीले रंग का जालीदार नवाबी परिधान, उसके नवाबी शौक़ को ज़मीन पर घसीट रहा था।

जगीरा – "सुल्तानिया महफ़िल के बारे में ख़ूब सुना था, आज देखा तो हैरान हूँ नवाब साहब।"

"नवाबी शौक़ बहुत महँगे होते हैं।" नवाब अपने हाथों को बाँधे, धीरे-धीरे टहलते रहे फिर कुछ क्षण पश्चात बोले, "कैसा चल रहा है धंधा?"

जगीरा – "आपकी मेहरबानी है साहब, आपकी छत्रछाया में एक मौक़ा और दें तो धंधा खिल उठेगा।"

"क़ीमत?"

"जैसा आप उचित समझें नवाब साहब।"

नवाब ने मुड़कर जगीरा की तरफ़ ऊपर से नीचे तक देखा और कहा, "यह हार बहुत ख़ूबसूरत है, असली मोती लगते हैं।"

"हाँ! नवाब साहब, यह बेहतरीन मोतियों का हार आपका ही है।" जगीरा ने मोतियों की माला उतारते हुए कहा, "यह गुलाबी मोती बहुत कम मिलते हैं, इनकी ख़ूबसूरती आपके गले में ही जँचती है।"

"अगर ऐसा है तो आपके व्यापार में कोई कठिनाई नहीं आयेगी, मगर सही क़ीमत पर।" नवाब ने अपने घिसटते हुए परिधान को सँभालते हुए कहा।

"जैसा आप उचित समझें साहब।"

"केवल दो हज़ार मुद्राएँ, हर महीने।"

हालाँकि यह रकम पिछली यात्रा से दोगुनी थी मगर फिर भी जगीरा ने इसे अठारह सौ मुद्राओं में स्वीकार किया क्योंकि ख़ुद को सुरक्षित करने और खुलकर लूटपाट करने का इससे बेहतरीन कोई उपाय नहीं था। वे नवाब की शरण में ख़ुद को सुरक्षित महसूस कर सकते थे, यह जगीरा और नवाब के बीच फ़ायदे का सौदा था। जगीरा वह मोतियों की माला नवाब साहब को भेंट कर अपने आश्रय की ओर लौटा।

***

नवाब के अधीन लगभग डेढ़ सौ गाँव थे। जगीरा ने रास्ते में आने-जाने

वाले व्यापारियों को निशाना बनाने का निश्चय किया। अगले दिन पाँच शिकार किये मगर कुछ बड़ा हाथ न लगा, इतने बड़े ठगों के गिरोह के लिए यह बेहद निराशाजनक एवं हताश करने वाला दिन था।

रात्रि समय चंद्रमा के धुँधले प्रकाश में जगीरा अपने तंबू के बाहर विचार-मगन टहल रहा था। अंधक कभी उसके कँधे पर बैठकर उसके कान में चिल्लाकर उसका ध्यान भंग करता तो कभी फुदक कर उसके क़दमों का अनुसरण करता। कुछ देर बाद मंगल हुक्क़ा गुड़गुड़ाते हुए वहाँ पहुँचा। धुआँ छोड़ते हुए बोला, ''हमें कोई बड़ा हाथ मारना चाहिए।''

जगीरा – ''इस राज्य के लिए हम बड़ी क़ीमत चुका चुके हैं, वह मोतियों की माला 1000 मुद्राओं से कम न थी। ऐसी छोटी-मोटी के लूट भरोसे, एक दिन हम ख़ुद ही लुट जायेंगे।''

अंग्रेज सिंह और विनायक भी वहाँ आ पहुँचे। अंग्रेज सिंह हुक्क़ा पकड़ते हुए बोला, ''अगर हम यूँ ही यात्रियों और व्यापारियों को लूटते रहे तो राज्य में ठगों के बारे में ख़बर फैल जायेगी और हम क़ीमत चुकाकर भी कोई लूट न कर पायेंगे। तो क्यों ना हम गाँव के गाँव लूटें?''

''क्या? पिंडारियों की तरह?'' जगीरा ने पूछा।

''हाँ, पिंडारियों की तरह।'' अंग्रेज सिंह ने कहा।

''मगर हमारी संख्या काफ़ी कम है।'' मंगल ने कहा।

जगीरा - हमारी संख्या कम है, पिंडारियों की संख्या डेढ़ सौ से दो सौ तक होती है, वे बहुत क्रूर भी होते हैं, लोग उनसे डरते हैं। तो....... हम पिंडारियों का डर दिखाकर उनको लूट सकते हैं।

''ज़रूरत पड़ने पर हम क्रूर भी हो सकते हैं। मैं पिंडारियों के साथ काफ़ी लूट कर चुका हूँ, अच्छे से जानता हूँ कैसे कम संख्या होने पर भी दहशत फैलाई जा सकती है। विनायक ने अपना पक्ष रखा।

जगीरा ने उसकी तरफ़ एक नयी उम्मीद भरी निगाहों से देखा।

विनायक ''क्यों न हम ऐसा करें कि हमारे कुछ आदमी गाँव में जाकर दहशत फैलाएँ कि पिंडारी यहाँ आने वाले हैं, ऐसा करके हम बिना किसी क्रूरता के अच्छी लूट कर पायेंगे।''

मंगल "मगर लोगों को मारना ठगों के सिद्धांतों के ख़िलाफ़ होगा, हमारी पहचान उजागर भी हो सकती है। क्या हमारे साथी ख़ून बहाना पसंद करेंगे?"

जगीरा "हमें यह करना ही होगा। शायद हमें हत्या करने की ज़रूरत ही ना पड़े, स्त्री और बच्चों की तो बिल्कुल भी नहीं। यही पिंडारी और ठगों का सिद्धांत है।"

विनायक –" पिंडारी, स्त्री और बच्चों को ही निशाना बनाते हैं, इसलिए लोग उनसे ख़ौफ़ खाते हैं।"

मंगल – "मगर हम ऐसा नहीं करेंगे, यह हमारे सिद्धांतों के ख़िलाफ़ होगा। हमारे साथी माँ भवानी की पूजा करते हैं वे ख़ून बहाने, स्त्री व बच्चों को निशाना बनाने में अपने आपको कमज़ोर पायेंगे।"

"लूट की गणना उन्हें हिम्मत देगी।" कहकर, जगीरा अपने टैंट में जाकर मानचित्र देखने लगा। वह मानचित्र पर उँगली घुमाते हुए मग्न था मानो होने वाली लूट की पूर्व गणना कर रहा हो। कुछ देर सोचने विचारने के बाद उसने कहा, "ठीक ऐसा ही होगा। कल हम पूर्व की तरफ़ कूच करेंगे।"

जगीरा मन ही मन भयभीत था कि यह निर्णय सफल होगा या नहीं। ठगों के सिद्धांतों के अनुसार, बनिज (शिकार) का ख़ून बहाना माँ भवानी को नाराज़ करना है। ठगों के इसपर भिन्न विचार हो सकते हैं, उनमें आपस में असहमति भी पैदा हो सकती है। ऐसे में बिना एकता और संघठन शक्ति के यह कैसे संभव हो पायेगा? क्या हमारे ठग यह सब कर पायेंगे? करवटें लेते हुए जैसे-तैसे रात गुज़ारी। रात्रि के आख़िरी पहर में अपनी बेचैनी को समेटे हुए, घोड़े पर सवार होकर सामने की पहाड़ी की ओर निकल पड़ा।

समझदार मनुष्य समस्या के समाधान के लिए एकांत का सहारा लेता है। घोड़े की मस्त चाल और सुबह की ताज़ा प्राणवायु का आनंद लेते हुए जगीरा ने आज की लूट की पूरी रूपरेखा तैयार कर ली थी। वह मुस्कुराता हुआ आगे बढ़ रहा था, सूर्य की किरणें अँधेरे को चीरते हुए पहाड़ों को पार कर धरा पर पहुँच चुकी थीं। घुमावदार रास्ते से गुज़रते हुए जगीरा ने पहाड़ी की चोटी पर पहुँचकर सूर्य दर्शन किये। सूर्य अपने पूर्ण रूप में न होकर धरती के आँचल में भगवामय होकर बिखरा पड़ा था, धरा की चहल-पहल उसे समेटकर फिर से आसमान में स्थापित करने के लिए प्रेरित कर रही थी।

पहाड़ी के ठीक एक तरफ़ राजमहल था तो दूसरी तरफ़ ठगों के तंबू खड़े हुए थे, जगीरा ने ऊँचाई से बारी-बारी दोनों तरफ़ देखा और मुस्कुराया। मन ही मन सोच रहा था कि राजा और रंक के बीच हमेशा एक चुनौतियों का पहाड़ होता है, राजा इस पहाड़ के उस तरफ़ दया दृष्टि से देखता है और रंक, उम्मीद और लालसा से; जगीरा ने उसे घृणा की दृष्टि से देखा।

सूर्य अब धरा का आँचल छोड़कर आसमान में स्थापित होने लगा था, जगीरा ने अपने तंबू में लौटने का निर्णय किया। जैसे ही वह पीछे मुड़ा उसने देखा कि पहाड़ी के एक तरफ़ ढलान पर कुछ सिपाही खड़े हैं, एक सुसज्जित जनाना गाड़ी भी है; उत्सुकतावश वह वहाँ पहुँचा।

एक शिला से झाँक कर देखा, नीचे एक कुंड था। आसपास कुछ महिलाएँ स्नान कर रही थीं वहीं दूसरी तरफ़ कई सैनिक तैनात थे। एक सुंदरी जिसका तन आधा-अधूरा ढँका हुआ था, उसके मुख पर लालिमा के प्रकाश से ऐसा लगता था मानो सूर्य धरा के गर्भ से उदय हुआ हो। पानी की बूँदें उसे छूकर ऐसे छिटक जाती थीं जैसे गर्म लोहे पर पानी की बूंदें; जगीरा एकटक उसे निहारता रहा।

सुंदरी ने स्नान किया, बालों में फूल लगाये, दासियों ने हाथ पकड़कर किनारे तक छोड़ा। कुंड के एक तरफ़ पहाड़ के अंदर गुफा थी, सुंदरी पूजा का थाल सजाकर गुफा के अंदर गयी। उसे आँखों से ओझल होते देख जगीरा पत्थर के पीछे से निकलकर आगे बढ़ा, गुफा के मुख्य द्वार पर एक शिवलिंग था। ब्रह्मांड के प्रतीक शिवलिंग पर जल चढ़ाकर पंचतत्व को पूर्ण करती वह सुंदरी अपने आप में प्रकृति की अद्भुत रचना को समेटे हुए मालूम पड़ती थी। संपूर्ण दृश्य को देखकर जगीरा ईश्वर को धन्यवाद कर रहा था, जीवन की सबसे ख़ूबसूरत सुबह को देखकर उसकी आँखें मौन थीं।

पूजा के बाद जैसे ही दासियों ने जगीरा को देखा, उन्होंने रक्षकों को पुकारा। क्षण भर में अपनी तलवार हवा में लहराते हुए उसे घेर कर खड़े हो गये। जगीरा ने अपनी कमर पर हाथ रखा, तलवार को वहाँ न पाकर वह रक्षकों की आँखों में देखने लगा। संभावित हमले को आँखों से पहचान लेना किसी तलवारबाज़ की सर्वोत्तम कला होती है, जगीरा उन्हें परख रहा था। तभी सेनापति ने कहा, ''इसे गिरफ़्तार कर लिया जाये।'' एक रक्षक अपनी तलवार हवा में लहराते हुए आगे बढ़ा, उसने जगीरा की गर्दन पर तलवार की धार रखते हुए कहा, ''चलो।''

जगीरा ने एक बार फिर सुंदरी को निहारा, वह उसकी आँखों में देख रही थी, जगीरा ने उसकी आँखों में ना जाने क्या देखा कि अपनी गर्दन झुका ली। वह सिपाहियों के घेरे में कुछ क़दम आगे बढ़ा और फिर अचानक फुर्ती के साथ एक सिपाही पर वार किया, उसकी तलवार छीनकर उसे गिरा दिया। अब जगीरा ने तलवार लहराते हुए सबको ललकारा। छ: सिपाहियों के बीच जगीरा अकेले मुक़ाबला कर रहा था। वह पूरी ताक़त से उन पर वार करता, वे उसके क़रीब आने से डरते। परंतु वे सिपाही थे, लड़ना उनका धर्म था, वे लड़ते रहे। जगीरा ने अब तलवार से एक भयंकर वार किया जो एक सिपाही की तलवार से टकराया और दोनों तलवारों के टुकड़े-टुकड़े हो गये। सिपाही जगीरा को पकड़ने के लिए दौड़े, जगीरा ने अपने सीने पर मुक्का मारते हुए ललकारा। तभी एक मधुर आवाज ने पुकारा, ''रुको।'' सिपाही पीछे हट गये।

सुंदरी ने क़रीब आकर कुछ पल जगीरा की आँखों में देखा और बिना कुछ कहे वहाँ से चली गयी। जगीरा पहाड़ी के ऊपर से उसे घोड़ागाड़ी में जाते हुए आँखों से ओझल होने तक देखता रहा। अंधक उसके कान में काँव-काँव करता रहा मगर जगीरा ने उसकी एक न सुनी। उसने जगीरा के कान को चोंच से पकड़कर खींचा, जगीरा वास्तविकता में लौटा तो देखा कि सूर्य आसमान में पूर्णतः स्थापित हो चुका था, उसने लौटने का निश्चय किया। वह घोड़े पर बैठा बार-बार उस सुंदर मुख की स्मृति का आनंद लेता और विचार करता कि वह कौन थी? क्या यह मेरा स्वप्न था? वह अपने चारों ओर देखता, हवा को महसूस करता, सूर्य की गर्मी को महसूस करता। घोड़े की चाल की आवाज़ सुनकर सुनिश्चित करता कि यह स्वपन्न नहीं था। वह अंधक से पूछता, "क्या यह स्वपन्न था?" अंधक उसे एक ही जवाब देता, "काँव - काँव -काँव।"

वह अवश्य ही राज परिवार से होगी या किसी अमीर ज़मींदार के परिवार से। इतनी शानो-शौक़त एक आम स्त्री के पास तो नहीं हो सकती। ख़्वाबों में खोये हुए वो अपने टैंट तक जा पहुँचा। जगीरा के चेहरे पर एक अजीब-सी अनजानी ख़ुशी झलक रही थी जिसे वह अपने साथियों से साझा करना चाहता था। मन ही मन मुस्कुराते हुए मंगल के पास पहुँचा, देखा कि मंगल हाथ पर हाथ धरे, बैलगाड़ी के जुए पर किसी शुभ संकेत की आस में कान लगाये शांत बैठा है; चेहरे पर मायूसी झलक रही है, माथे पर सिलवटें पड़ी हैं। जगीरा के क़रीब पहुँचते ही वह उठ खड़ा हुआ और अपनी मायूसी छुपाते हुए बोला, ''सरदार!''

जगीरा ने उसके चेहरे के भाव पढ़कर कहा, ''चिंता मत करो! साक्षात देवी के दर्शन करके आ रहा हूँ।''

''मैं कुछ समझा नहीं सरदार।''

''आज का दिन बड़ा ही शुभ है, हमें कूच करना चाहिए।''

जल्दी ही सभी ठग अपने मार्ग पर चल दिये। मंदिर फिर से खंडहर नज़र आने लगा। बातें करते हुए जगीरा ने अपने साथी मंगल और शंकर पांडे को सुबह की घटना के बारे में बताया। उसने बताया कि किस तरह से वह छ: सिपाहियों से लड़ा और सुंदरी ने उसकी आँखों में मुस्कुराकर देखा था।

* * *

गाँवों में पिंडारियों का ख़ौफ़ था, क्योंकि वे हर उस चीज़ को लूट लेते थे जो उनके रास्ते में पड़ती थी। लोगों को मारना, महिलाओं की इज़्ज़त लूटना उनका कृत्य होता था। जगीरा और कुछ अन्य साथी सबसे पहले गाँव में जाते, वहाँ के मुखिया से बातचीत करते और पिंडारियों का भय दिखाते कि या तो मुँह माँगी रकम दी जाये या फिर जान माल की हानि के लिए तैयार रहें।

गाँव के लोग अक्सर शांतिप्रिय होते हैं, वे डर के मारे पैसे इकट्टे करके जगीरा को दे देते। कहीं-कहीं ज़ोर-ज़बरदस्ती की भी ज़रूरत पड़ती थी तो कहीं-कहीं लोग यह मानने को तैयार ही नहीं होते थे कि वे पिंडारी हैं। ऐसी स्थिति में जगीरा, विनायक को मुखिया पिंडारी के रूप में पेश करता। विनायक के साथ लगभग बीस-बाइस लोग होते थे, वे भय दिखाते कि हमारे बाक़ी सैनिक पहुँचते ही होंगे, वे पूरे गाँव को उजाड़ देंगे और तब हम भी उन्हें रोक नहीं पायेंगे।

आसपास के छोटे-छोटे गाँव ख़बर सुनते ही या तो घर छोड़कर भाग खड़े हुए या धन लेकर जगीरा की शरण में जा पहुँचते। उनका कोई निर्धारित मार्ग न था, वे जिधर चाहते उधर निकल जाते और पद चिन्ह के रूप में चीख़-पुकार छोड़ जाते।

संध्या समय था, राजमहल के बग़ीचे के फूलों ने सूर्य को डूबते देख अपनी ख़ुशबू को पंखुड़ियों में समेटना शुरू कर दिया था। नवाब साहब बग़ीचे में टहल रहे थे तभी आज्ञा पाकर एक अंग्रेज़ सिपाही वहाँ उपस्थित हुआ, उसने अपनी जादूगरी काली टोपी काँख में दबाकर, झुककर अभिवादन करते हुए अंग्रेज़ी

स्वर में कहा, ''मैं जॉन स्लीमन।''

''जी जॉन साहब, फ़रमाइये।''

''कंपनी सरकार एक कुख्यात ठग को ढूँढ़ रही है, उसका नाम जगीरा है। ख़बर मिला है कि वह यहाँ पहुँचा है।''

''हो सकता है। आप हमसे क्या अपेक्षा रखते हैं?''

''हम आपको आगाह करना चाहता है, वह एक बहुत ही ख़तरनाक ठग है। हमारी संधि के तहत यह आपकी ज़िम्मेदारी है कि आप हमें किसी अपराधी को पकड़ने में कंपनी की मदद करें।''

''ठग लोग बहुत चालाक होते हैं, स्लीमन साहब।''

''हम जानता हैं, हम पिछले कई सालों से इस पर काम कर रहा है। वे अलग भाषा का प्रयोग करता है इसलिए उनको पहचानना बहुत मुश्किल है। सबसे हैरान करने वाला बात तो यह है कि वह कोई सबूत नहीं छोड़ता है, लाशें तक नहीं मिलता है। वह मुझे कई बार चकमा दे चुका है, इस बार पकड़ पाये तो बहुत बड़ी सफलता हाथ लगेगी।''

''हम आपकी हर संभव मदद करेंगे।'' नवाब ने कहा।

देर रात तक लूटपाट करते हुए ठगों का गिरोह काफ़ी लंबी यात्रा कर चुका था परंतु रात्रि का आख़िरी पहर बीतने से पहले ही जगीरा अपने घोड़े पर सवार होकर तेज़ गति से पहाड़ी की तरफ़ चल पड़ा। आज फिर उसी स्थान पर छुपते-छुपाते पहुँचा, देखा कि सुंदरी कुंड के किनारे अपनी सहेलियों और दासियों के साथ स्नान कर रही थी। उसकी आँखों में कुछ अस्थिरता थी मानो जंगल में विचरते किसी सुंदर हिरण ने कोई आहट सुनी हो। स्नान और पूजा के बाद सुंदरी ने अपनी सहेलियों और दासियों को नीचे गाड़ी में इंतज़ार करने को कहा और ख़ुद शिवभक्ति में लीन हो गयी। जगीरा धीरे-धीरे गुफा के द्वार तक पहुँचा, देखा कि सुंदरी हाथ जोड़कर ब्रह्मांड की आवाज़, 'ओउम' का जाप कर रही है। जगीरा ने हाथ जोड़कर शिव को प्रणाम किया।

सुंदरी ने ध्यान की मुद्रा में बैठे हुए कहा, ''किसी मर्द को क्या यह शोभा देता है कि वह किसी पराई स्त्री पर नज़र डाले?''

''तुम्हारे रूप-गुण पर फ़िदा होकर कोई इच्छा नहीं रखने वाला भी नामर्द

ही कहलायेगा। ''

''मर्दानगी में कंठ नीला पड़ जाता है।''

जगीरा कुछ नहीं बोला। सुंदरी ने खड़े होकर पीछे मुड़कर देखा, जगीरा गुफा के द्वार पर सामने की दीवार की तरफ़ मुँह किये खड़ा है। सफ़ेद धोती कुर्ता, सिर पर पगड़ी और घुमावदार नोक वाली चमड़े की जूतियाँ पहने हुए वह एक लंबा तगड़ा नौजवान है। सुबह की ताज़ा रौशनी में उसके मुख का तेज अभिमान करता है, गर्व से तनी हुई बड़ी-बड़ी घुमावदार मूँछें व शक्ति से फूला हुआ सीना उसे आकर्षित कर रहा था।

उसने धीरे से कहा, ''आपकी तारीफ़?''

''मैं जगीरा जोगी, एक व्यापारी हूँ।'' उसने संक्षेप में अपनी बात ख़त्म की, तभी अंधक वहाँ आ पहुँचा। वह जगीरा के कँधे पर बैठकर, सुंदरी की तरफ़ काँव-काँव करता रहा। जगीरा ने अपनी जेब से निकालकर मूँगफली के दाने उसे खिलाये। दोनों अंधक को देखकर मुस्कुरा रहे थे, तभी वह सुंदरी के सिर पर जा बैठा।

''तुम्हारा साथी बड़ा शरारती है।''

''हम इसे अंधक कहकर पुकारते हैं।''

''यह कैसा नाम है?''

''मेरे एक साथी ने कहा कि कौए अंधे होते हैं, उसने यह नाम रखा।''

''क्या सच में ऐसा होता है?''

''कौवे सुंदरता की परख रखते हैं।'' जगीरा ने कहा।

''क्या तुम मुझे जानते हो?''

अंधक, सुंदरी के आगे एक पैर पर नाचने लगा। उसने मुस्कुराते हुए पूजा की थाली से कुछ चावल के दाने उसके आगे बिखेर दिये, वह नाचते हुए दाना चुगने लगा। सुंदरी उसे देखते हुए भावुक होकर बोली, ''यह जीवात्मा कितनी सुंदर है, कितनी शालीन है, स्वतंत्र है। इसलिए क्योंकि इसकी सुंदरता को क़ैद करने वाला कोई नहीं है, सुंदरता क़ैद होकर सुंदरता नहीं रह जाती, वह घाव बन जाती है।''

"आप अवश्य ही किसी अमीर घराने से संबंध रखती हैं, मैं बस आपको इतना ही जानता हूँ।" जगीरा ने कहा।

"मैं चंद्रकांता हूँ।"

उसकी बात बीच में ही काटते हुए जगीरा ने कहा, "रानी साहिबा! आप!" जगीरा अपने दोनों हाथ बाँधकर झुक कर खड़ा हो गया।

"क्षमा रानी साहिबा। मुझे आशंका थी, रानी चंद्रकांता के अलावा इतना सुंदर और कौन हो सकता है।"

"तुम यह अधिकार खो चुके हो।" चंद्रकांता ने धीरे-धीरे गुफा के द्वार की तरफ़ बढ़ते हुए कहा।

"आपके रूप-गुण के बहुत से क़िस्से सुने हैं, मगर जैसा सुना उससे कहीं अधिक पाया है।"

"तुमने सिर्फ़ क़िस्से सुने हैं।" चंद्रकांता ने गुफा के द्वार पर आकर आसमान से बिखरती रौशनी में अतीत की कुछ किरणों को देखा और बोली, "सत्य सुनने की हिम्मत भी रखो।"

"सच क्या है रानी साहिबा, जितने मुँह उतने सच।"

चंद्रकांता कुछ देर इधर-उधर देखती रही, अंधक फुदक-फुदककर दाना चुग रहा था। जगीरा नज़र ज़मीन में गड़ाये हाथ बाँधे खड़ा था।

कुछ देर सोचने के बाद चंद्रकांता ने लंबी साँस लेकर कहा, "मैं नहीं जानती कि एक रानी को एक अंजान आदमी से अपने रहस्य बताने चाहिए या नहीं मगर मैं ख़ुद को ऐसा करने से रोक पाने में असमर्थ हूँ। तुम्हारी आँखें बयाँ करती हैं कि तुम इस राज्य से नहीं हो। तुम्हारा शरीर और हौसला बयाँ करता है, तुम सिर्फ़ व्यापारी नहीं हो, तुम अवश्य रणभूमि से संबंध रखते हो।"

रानी चंद्रकांता धीरे-धीरे गुफा के अंदर क़दम बढ़ाते हुए बोली, "सुंदरता को अक्सर लोग गले का हार बनाना चाहते हैं। तीन साल पहले जब मैं सत्रह साल की थी, हम दो कमरों के कच्चे मकान में रहते थे। पिताजी राजा के लिए बेहतरीन तलवारें बनाने का काम करते थे और बड़े भाई सेना में सैनिक थे। एक दिन राज्य के कुछ सैनिक तलवार ख़रीदने आये तो उनकी नज़र मुझ पर पड़ी, उस समय मेरे रूप और गुणों को देखकर लोग दुआएँ दिया करते थे। यह ख़बर

जब नवाब साकेत अली के कानों में पड़ी तो उन्होंने निकाह का प्रस्ताव भेजा।

जगीरा ने उन्हें बीच में रोकते हुए कहा, "मगर वह तो शादीशुदा हैं।"

"हाँ! मगर उसके लिए, स्त्री सिर्फ़ भोग की वस्तु है। मैं हिंदू हूँ, मेरे पिताजी ने किसी मुसलमान से निकाह करने से साफ़ मना कर दिया, यह जानते हुए भी कि वह यहाँ के नवाब हैं; वे स्वाभिमानी थे।"

चंद्रकांता रोने लगी, फिर ख़ुद को सँभालते हुए बोली, "नवाब ने कुछ सैनिकों को भेजकर मुझे उठाने का आदेश दिया, दुर्भाग्यवश बड़े भैया घर पर थे, वे अकेले सैनिकों से लड़े, दस सैनिकों को वहाँ से भागना पड़ा, परंतु वह घायल होकर शहीद हो गये। अगले ही दिन मेरे माँ-बाप को जेल में बंद कर दिया गया और मुझसे चौथी बीवी के रूप में निकाह करने का स्वांग रचा गया।"

"और आपके माँ-बाप?" जगीरा ने पूछा।

"साकेत अली के तरफ़दारों में उन्हें घिनौनी मौत दी।" उसने दीवार पर अपना सिर पटककर रोते हुए कहा, "मैं अभागी ख़ुद को खोकर भी उन्हें न बचा सकी।"

सिसकियाँ लेते हुए कुछ देर के मौन के बाद उसने कहा, "लोग कहते हैं कि मेरे चेहरे में चमक है, मैं उसके गले में माला के मोती की तरह चमकती हूँ। हाँ मैं चमकती हूँ, मगर यह मेरे अंदर की आग है जिसमें मैं धधक रही हूँ। यह आग उसे एक दिन अवश्य भस्म कर देगी।"

जगीरा ने उसके आँसू समेटने के लिए क़दम बढ़ाये परंतु अचानक से रुक गया। अंधक को सहलाते हुए वह फिर से बोली, "हम सब वही देखते हैं जो देखना चाहते हैं। मेरे भाई ने भी कभी तुम्हारी ही तरह सैनिकों से लड़ने का साहस किया था, तुम भी साहसी हो, शायद इसीलिए आज यह रहस्य तुम जानते हो।"

उसने गुफा के द्वार पर आकर अंधक को हवा में छोड़ते हुए कहा, "अगर तुम सच जानकर भी मुँह दिखाने की हिम्मत रखते हो तो मैं तुम्हारा यहीं इंतज़ार करूंगी। यही एक स्थान है जहाँ यह धधकता मोती शिव की शरण में आकर अपने गुनाहों का हिसाब माँगता है।" कहकर वह तेज़ गति से गाड़ी की तरफ़ बढ़ी। जगीरा एक बार फिर उसे आँखों से ओझल होते हुए देखता रहा।

जगीरा पहाड़ी से उतरते हुए, सवालों, भावनाओं के पहाड़ी शिखर पर चढ़ा जा रहा था। मन ही मन सोच रहा था क्या मैंने यहाँ पहुँचकर सही किया? मुझे अब क्या करना चाहिए? उसने मुझ पर विश्वास किया, इसलिए मुझे सब कुछ बयाँ किया। उसे फिर से मिलने का मतलब होगा नवाब के ख़िलाफ़ खड़े होना, उस नवाब के ख़िलाफ़ जिसकी मैं शरण में हूँ। जिसकी अनुमति पाकर मैं यहाँ हूँ ... उसके एक आदेश पर मुझे मौत के घाट उतार दिया जायेगा। अगर वह मुझे दुत्कार देती तो मुझे दुख नहीं होता, उसने भरोसा करके मुझे भावनाओं के समुंदर में धकेल दिया है। यह सोचते विचारते वह अपने गंतव्य पर पहुँचा, सूर्य आसमान में पूर्णत: स्थापित हो चुका था।

मंगल आज भी लूट के लिए कोई शुभ संकेत न मिलने पर उदास बैठा था। जगीरा को देखते ही मंगल ने कहा, ''सरदार, हमें अपनी यात्रा स्थगित कर देनी चाहिए। न जाने क्यों मेरे मन में आशंका हो रही है कि कोई संकट आने वाला है।''

''हम यहाँ हाथ पर हाथ रखकर बैठने नहीं आये हैं।'' जगीरा ने झुँझलाते हुए कहा।

''हमारे साथी, ठगों के नियमों का पालन करते हैं, वे लड़ नहीं पायेंगे। बिना किसी शुभ संकेत के उनका मनोबल टूट जायेगा।''

''लूट का माल उन्हें हिम्मत देगा।'' जगीरा ने अपनी उँगलियों को जादुई अंदाज़ में घुमाते हुए कहा, ''हमें संपूर्ण शक्तियों का इस्तेमाल करना होगा, हमें लूट के लिए कौन रोक सकता है।''

''सरदार, देवी माँ ने कोई शुभ संकेत नहीं दिया है, हमें पूजा करनी चाहिए।''

''देवी माँ अगर अप्रसन्न होती तो हम यहाँ नहीं होते। हमें आगे बढ़ना ही होगा। ''जगीरा ने दृढ होकर कहा।

जगीरा ने बैलगाड़ी पर खड़े होकर पुकारा, ''साथियों, देवी माँ ने मुझे साक्षात दर्शन देकर कहा है कि इस राज्य में जितना लूट सको, लूट लो, यह सब तुम्हारा है। आज हमें अधिकतम लूट मिलनी चाहिए। जगीरा के 'अधिकतम लूट' वाले शब्दों को सुनकर सभी ठगों ने एक साथ समर्थन करते हुए रमसी में कहा,'' .... हा ..... हू ....''

जगीरा, मंगल, शंकर पांडे, अंग्रेज सिंह और आज़म ख़ान, सभी घोड़ों पर सवार होकर अगले गाँव की तरफ़ बढ़े। विनायक व अन्य साथी शेष दल-बल के साथ पीछे-पीछे थे। वे गाँव में जाकर, डरा-धमकाकर लूटते और आगे बढ़ते जाते।

दोपहर का समय था, जगीरा किसी 'नसीबपुर' नाम गाँव में पहुँचा। देखा कि गाँव के लगभग मकान घास-फूस व मिट्टी के बने हैं। पथरीली ज़मीन और विचरती भेड़ बकरियाँ और मुर्गियों को देखकर जगीरा ने गाँव से मिलने वाली लूट का अंदाज़ा लगा लिया था। लुटेरों को देखते ही गाँव का मुखिया गिड़गिड़ाते हुए बोला, ''मालिक इस बंजर ज़मीन में लूटने को बचा ही क्या है?''

जगीरा ने अपने घोड़े से उतरते हुए कहा, ''फिर भी तुम्हें कुछ तो देना ही होगा। हम ख़ून-खराबा करके ऊब चुके हैं।''

''मालिक, यह बंजर ज़मीन और ऊपर से इंद्रदेव नाराज़, फिर कर चुकाते-चुकाते सब कंगाल हो चुके हैं। कोई क्या देगा मालिक, कंगाली में जान बची है, उसका कोई मोल हो तो...''

जगीरा ने अपनी तलवार निकाली और मुखिया के घर में जा घुसा।

''माफ़ करना मालिक, मैं गाँव के लोगों से बात करता हूँ।'' मुखिया ने हाथ जोड़कर कहा।

''मेरे साथी आते ही होंगे, उनके गाँव पहुँचने के बाद मैं भी उनको नहीं रोक पाऊँगा। भलाई इसी में है कि जितनी जल्दी हो सके ले आओ, ज़्यादा नहीं तो केवल पाँच सौ रूपये।''

मुखिया ने चौंकते हुए कहा, ''पाँच सौ रूपये! मालिक ... पूरा गाँव बिक जाये तो भी... ''

''क्या तुमने अपनी बहन-बेटियों को इतना सस्ता समझा है?''

मुखिया के मुँह से सिर्फ़ इतना निकला, ''मालिक'' और अपनी बेबसी समेटकर वहाँ से चला गया।

जगीरा नीम की छाँव में बैठा सोच रहा था। कभी शरबत, कभी लस्सी, कभी रबड़ी का आनंद लेता, गाँव का एक कहार उसके पाँव दबा रहा था। लोग घरों में दुबके खुसर-फुसर कर रहे थे।

जगीरा नीम तले ठंडी छाँव में लेटा, उँगलियों में पहनी अंगूठियों को देखकर सोच रहा था कि यह जादुई शक्तियाँ कब जागृत होंगी। कहीं यह शक्तियाँ मेरे पास ही तो नहीं जिनका मुझे एहसास ही ना हो? कहीं यह इन शक्तियों का परिणाम ही तो नहीं जो उस देवी के दर्शन हुए और उसने मुझ पर भरोसा किया, फिर मिलने का वायदा भी किया। उसका सुंदर मुख उसके मस्तिष्क में बार-बार टकरा रहा था, उसके मुख का तेज उसकी नींद भंग कर रहा था। बार-बार उसके मन मस्तिष्क में यह बात तैरती, ''मैं उसके गले का धधकता हुआ मोती हूँ, मैं एक दिन उसे भस्म कर दूँगी।''

जगीरा वहाँ से ध्यान हटाकर सोचने की कोशिश करता कि मुझे क्या करना चाहिए? क्या मैं उसे वहाँ से आज़ाद करवा सकता हूँ? उसके बाद क्या होगा? क्या वह मुझे अपनायेगी? यह किसी नवाब से सीधे दुश्मनी लेना है और फिर नवाब ..... . क्या नवाब को मारना मुमकिन होगा? यह सोचते-सोचते ही न जाने कब उसकी आँख लग गयी।

कुछ समय बाद विनायक अन्य साथियों के साथ वहाँ पहुँचा। जगीरा ने नींद से जागते ही पूछा, ''मुखिया कहाँ मर गया?''

मुखिया घबराया हुआ इधर-उधर घूम रहा था। जगीरा ने अगले गाँव जाने का निश्चय किया और विनायक से कहा, ''यहाँ जितना हो सके लूट लेना। ज़्यादा ज़ोर-ज़बरदस्ती करने की ज़रूरत नहीं है, कंगाल मालूम पड़ते हैं।''

यह कहकर जगीरा अपने साथियों के साथ निकल पड़ा। विनायक और उसके साथी गाँव पर टूट पड़े, वे तलवार की नोक पर रुपये और गहने लूटते हुए आगे बढ़ रहे थे। इसी दौरान विनायक एक घर में घुसा जिसकी ऊँची-ऊँची दीवारें थीं, आँगन में एक नीम का पेड़ था। मुखिया वहीं एक आदमी से पैसे के लिए झगड़ा कर रहा था, यह आदमी एक मेहनती किसान था। शरीर से मज़बूत व स्वाभिमानी। उसने अपनी ख़ून-पसीने की गाढ़ी कमाई मुखिया को देने से मना कर दिया था।

''देखो मुखिया, मैं एक पाई न दूँगा। उन कायरों को क्या मालूम, ख़ून जब पसीना बनकर बहता है तब जाकर धरती अन्न पैदा करती है और हमारी बिटिया भी तो सयानी हो गयी है, उसका विवाह भी तो...तुम जानते हो मुखिया।''

''पिंडारी हमारा गला काट देंगे 'मनवा' पैसे तो फिर आ जायेंगे।'' मुखिया

ने मनवा से कहा।

विनायक के घर में प्रवेश करते ही किसान की बीवी बच्चों को लेकर अंदर चली गयी। विनायक को देखते ही मुखिया ने कहा, ''मालिक, यह लीजिए, पैसे इकट्ठे कर लिये हैं, शेष अभी लाये देता हूँ।''

विनायक का इशारा पाते ही सुलेमान मुखिया को बाहर ले गया। विनायक ने मनवा के गर्दन पर तलवार की नोक रखते हुए कहा, ''लुटेरों से मोलभाव नहीं करते।''

मनवा झुँझलाया हुआ था, उसने मौक़ा देखकर विनायक पर वार किया और उसे गर्दन से धर दबोचा।

''हरामी, तुम्हारी यह औक़ात कि तुम मेरे घर में घुसो, हिम्मत है तो पहलवान से सामना कर।'' उसने अपनी पहलवानी का दंभ भरते हुए कहा।

विनायक के हाथ में तलवार थी मगर उसकी स्थिति ऐसी थी मानो किसी साँप को गर्दन से दबोच लिया हो। उसने रुँधे हुए गले से घरघराते हुए कहा, ''तुम जानते हो? हम पिंडारी हैं, अंजाम बहुत बुरा होगा।''

''आज मैं तुम्हारा ख़ून पी जाऊँगा जाहिल इंसान।'' मनवा ने उसके गले पर दबाव डालते हुए कहा।

तभी विनायक के चार-पाँच साथी वहाँ पहुँचे। एक ने मनवा के पाँव पर वार किया, वह गिर पड़ा, मगर उसने गर्दन नहीं छोड़ी। विनायक छटपटाता रहा, पैर पटकता रहा। ठगों ने मनवा को ख़ूब मारा, वह घायल हो चुका था। जैसे ही उसकी पकड़ ढीली पड़ी विनायक तैस खाते हुए उठा, मनवा को विनायक के साथियों ने पकड़ा हुआ था। विनायक ने उसके पेट पर लात मारते हुए कहा, ''आज तुम्हारी सारी पहलवानी यही मिट्टी में गाड़ दूँगा।''

मनवा ने उसकी तरफ़ थूकते हुए कहा, ''तुम कायर हो।''

विनायक ने अपनी भारी तलवार ज़मीन पर घसीटते हुए कहा, ''तुम हिम्मती हो सकते हो परन्तु जाहिल नहीं, तुम स्वाभिमानी हो सकते हो स्वार्थी नहीं, तुम दयालु हो सकते हो क्रूर नहीं मगर तुम एक बेवक़ूफ़ इंसान हो।''

विनायक घर की तरफ़ बढ़ा, दरवाज़ा अंदर से बंद था, दो ही वार में दरवाज़ा टूटकर गिर पड़ा। उसकी स्त्री डरी सहमी खड़ी थी, विनायक ने उसका

जगीरा

हाथ पकड़कर खींचा तो उसके बच्चे जो अंदर छुपे हुए थे चिल्लाये, ''माँ!''

विनायक उसे छोड़ अंदर घुसा, गेहूँ के गोदाम में उसकी लड़की और छोटा बेटा छुपे हुए थे, विनायक ने लड़की को बाहर खींचा। उसकी माँ उसे हाथ से मारती रही, बाहर उसका बाप छटपटा रहा था। विनायक लड़की की चुटिया पकड़कर उसे खींचते हुए बाहर निकला। माँ ने गहने उतारकर विनायक की तरफ़ फेंक दिये। मनवा गुस्से से लाल, बुद्धिहीन होकर बोला, ''अगर मर्द है तो मुझ से मुक़ाबला कर, छोड़ दे मेरी बच्ची को।''

उसने ने लड़की की गर्दन दबोचते हुए कहा, ''आज पहली बार किसी ने इतना दुस्साहस किया है। आज मैं साबित करके रहूँगा कि मैं मर्द हूँ। क्या तुम देखोगे?....'' उसने मनवा से कहा।

मनवा ने पैर पटकते हुए कहा, ''मैं तुम्हारा ख़ून पी जाऊँगा जाहिल इंसान। छोड़ दो इसे।''

विनायक हँसा, उसने एक ठग को इशारा किया, वह अंदर गया और उसके छोटे बेटे को उठा लाया। माँ बेसुध होकर गिर पड़ी, विनायक ने उसके बच्चे की गर्दन पर तलवार रखते हुए कहा, ''आज तुम ख़ून भी पियोगे। देखता हूँ कितनी पहलवानी बाक़ी है तुम्हारे पास।''

''नहीं-नहीं।'' मनवा ने देखा कि अर्थ का अनर्थ हुए जा रहा है। तब उसे होश आया कि ये समय वीरता दिखाने का नहीं समझदारी से काम लेने का है। उसने हाथ जोड़ते हुए कहा, ''मुझे माफ़ कर दो। मैं...... मैं सब देता हूँ जो भी मेरे पास है सब।''

''मैं एक जाहिल इंसान हूँ। मुझसे दया की उम्मीद रखना मूर्खता है।''

मनवा शिथिल होकर घुटनों पर बैठ गया और गिड़गिड़ाया, ''मैं तुम्हारी जूतियाँ चाटने को तैयार हूँ। मुझे माफ़ कर दो।'' वह विनायक के पाँव पड़कर गिड़गिड़ाया।

विनायक ने उसे ठोकर मारते हुए कहा, ''तुम्हारे ख़ून की गर्मी, ख़ून पीकर ही शांत होगी। क्यों साथियों?''

सभी एक स्वर में चिल्लाये, ''हा....हू''

विनायक ने तलवार हवा में उठायी, जिसे देखकर मनवा बच्चे की तरफ़

बढ़ा। उसने झट से बच्चे को कमर से पकड़ा तब तक विनायक उसका सिर धड़ से अलग कर चुका था, उसका रोता हुआ चेहरा अब ख़ून और मिट्टी में धूमिल हो चुका था। मनवा, अर्ध चेतना में उसके धड़ को सीने से लगाये थपकी दे रहा था। उसकी गर्दन से फूटी ख़ून की फुहार से वह लाल हो गया था। माँ बेसुध होकर दरवाज़े पर पड़ी थी, लड़की अभी भी अपनी अस्मिता को किसी ग़ैर की हाथों में समेटे रो रही थी।

एक ठग ने लात मारकर मनवा को आगे धकेला, बच्चे का धड़ ज़मीन पर गिर पड़ा। वह उसे अर्ध चेतना में एकटक देखता रहा, उसकी आँखें सूख चुकी थीं। उसके होंठ किसी पंछी के पँखों की तरह फड़फड़ा रहे थे जिसके पैर बाँध दिये गये हों।

''अब तुम्हें यह ख़ून पीना होगा।'' विनायक ने कहा।

मनवा ने बदहवास, हैरान होकर विनायक की तरफ़ देखा। विनायक ने लड़की की गर्दन दबोचते हुए कहा, ''अपने ही ख़ून से इतनी नफ़रत! पियो इसे।''

वह हाथ जोड़ने लगा, वह कुछ बोल नहीं पा रहा था। उसकी आँखें कह रही थी, ''बस करो मालिक।'' विनायक अपने पागलपन की चरम सीमा पर था, उसे बच्चे का ख़ून न पीते देख एक नया पैंतरा शुरू किया। उसने लड़की के कँधे पर गर्दन रखकर उसके स्तन दबाते हुए कहा, ''पियो इसे, दिखाओ अपनी पहलवानी।''

मनवा यह देककर शिहिर उठा, उसका रोम-रोम उसे कचोटने लगा। वह धड़ से रिसते ख़ून को अपनी जीभ से चाटने लगा और बार-बार देखता कि विनायक उसकी देह को कचोट रहा है। असहाय होकर वह बच्चे के धड़ पर गिर पड़ा।

''हा.. हा.. हा'' विनायक हँसा और बोला, ''तो साथियों यह रही।'' उसने लड़की की गर्दन चारों तरफ़ घुमाते हुए कहा, ''तुम शादी लायक़ हो! तुम्हें जो पसंद हो उससे विवाह कर सकती हो। क्यों साथियों?''सभी ने एक स्वर में कहा, ''हा ... हू.....''

अब तक अपनी हिम्मत को समेटे हुए है अभागी भी बेसुध होकर गिर पड़ी।

                                    जगीरा

लूट और ठगी से संचित कठोर हृदय में भी किसी स्त्री के प्रति स्नेह का एक अंकुर फूट पड़ा था। वास्तव में यह स्नेह नहीं दया थी, यह आकर्षण था उस रूप के प्रति जिसकी चमक में नवाब पहले ही अंधा हो चुका था।

जगीरा नींद की जुगत में था। मगर रात्रि के अंधकार में चंद्रकांता के सुंदर मुख का तेज़ प्रकाश उसकी आँखों में रौशनी भर देता था। वह करवटें बदलता हुआ सोच रहा था कि उस मोती को पाने के लिए बड़ी क़ीमत चुकानी होगी। वह रंगीन सपने सजाना शुरू करता कि अब चंद्रकांता मेरी है, मैं उसे चंद्रो कहा करूँगा। मेरा अपना मकान होगा, सुबह शाम चंद्रो कहेगी, अजी सुनते हो! खाना खा लो। सिर्फ़ एक गाय रखेंगे, उसकी सेवा तो मुझे ही करनी होगी, चंद्रो महल का सुख पाकर यह सब नहीं कर पायेगी। फिर अचानक से उसके दिमाग़ में विचार आता कि क्या होगा जब उसे पता चलेगा कि मैं कोई व्यापारी नहीं बल्कि एक ठग हूँ। वह ऐसे विचार को किनारे कर देता, वह अपने रंगीन सपने को भंग नहीं करना चाहता था।

देर रात तक जगीरा इसी उठा-पटक में रहा। कल्पनातीता, अस्थिर मस्तिष्क नींद का चोर होता है। जगीरा सुबह असमंजस में उठा, देखा कि सूर्य धरा का दामन छोड़ पूर्णत: स्थापित हो चुका था, मंगल पूजा की तैयारियों में जुटा हुआ था। जगीरा इसी असमंजस में था कि क्या किया जाये। वहाँ फिर से जाकर सुंदरी से मुलाक़ात करने का मतलब होगा नवाब को चुनौती देना, न जाने का मतलब होगा ख़ुद की मर्दानगी को चुनौती देना।

जगीरा ने चुनौती स्वीकार की, उसने मंगल से कहा, "तुम शुभ मुहूर्त देखकर निकल जाना, मैं रास्ते में मिलूँगा।"

जगीरा नये कपड़े पहनकर गर्व से सीना चौड़ाकर अपने सफ़ेद घोड़े पर सवार होकर निकल पड़ा। कुछ दूर जाते ही वह रुका, उसने देखा कि एक नेवला, साँप को मुँह में दबाए दौड़े जा रहा था। जगीरा के लिए यह एक अशुभ संकेत था जिसे देखकर जगीरा का माथा ठनका, वह घोड़े पर गोल-गोल घूमता रहा, विचार रहा था कि क्या किया जाये। इस अशुभ संकेत से अनर्थ निश्चित है, किंतु वह पहाड़ी पर पहुँचने का निर्णय कर चुका था। वह धीरे-धीरे सावधानी से आगे बढ़ा। उसका चेहरा सफ़ेद पड़ चुका था, वह इस संकेत को देखकर लौट जाना चाहता था परंतु एक अदृश्य शक्ति उसे खींच रही थी। उसने अपने-आप को

समझाया कि वह एक वीर है, वह एक बेहतरीन तलवारबाज़ है, वह ठगों का सरदार है। चुनौतियाँ उसकी जूतियों की नोक की शोभा बढ़ाती हैं।

सोचते-सोचते वह पहाड़ी के उसी छिपे हुए हिस्से पर जा पहुँचा। देखा कि वहाँ न तो सुंदरी थी और ना ही पालकी। जगीरा ने गुफा के द्वार पर पहुँचकर देखा कि मुरझाये हुए फूल आज भी शिवलिंग की शोभा बढ़ा रहे थे। हृदय किसी आशंका से बैठा जा रहा था, तभी अंधक ने आवाज़ दी, जगीरा ने देखा कि सैनिक तलवार और भाले लेकर उसे घेरे खड़े हैं, जगीरा फुर्ती से अपनी कमर पर बँधी तलवार की मुठ पकड़ते हुए सावधान हो गया। सेनापति का आदेश पाकर एक सिपाही आगे बढ़ा, वह उन सब में सबसे लंबा, बेडोल, भारी-भरकम था। वह पास आकर हल्का मुस्कुराया, उसके लंबे कुदाल जैसे दाँत बाहर झाँकने लगे, जिसमें एक सोने का था। उसने अपना भारी-भरकम हाथ जगीरा के कँधे पर रखते हुए अपनी भारी परंतु दबी हुई आवाज़ में कहा, ''मेरा नाम शराफ़त अली है मगर आज तक किसी ने मुझे शरीफ़ समझने की भूल नहीं की।''

''मेरा अपराध?'' जगीरा ने पूछा।

''देशद्रोह।''

''देशद्रोह? मगर मैंने ऐसा क्या किया?''

''इस राज्य में देशद्रोही को यह साबित करने का कोई अधिकार नहीं कि उसने अपराध किया है या नहीं।''

जगीरा मन ही मन सोच रहा था कि आज ही मैंने माँ भवानी के संकेतों का उल्लंघन किया। यह संकट अपेक्षित था। भलाई इसी में है कि समझदारी से काम लिया जाये, यहाँ से भाग पाना नामुमकिन है। सिपाहियों ने बिना किसी संघर्ष के उसके हाथों में लोहे की ज़ंजीर बाँध दी, जगीरा दिनभर पैदल चलते, घिसटते-पड़ते हुए संध्या तक एक जेल में पहुँचा। वास्तव में यह कोई जेल नहीं थी बल्कि हाथियों का एक बाड़ा था, जिसमें कई हाथी मस्ती कर रहे थे। मैदान के ठीक बीच में एक बड़ा-सा लोहे का पिंजरा रखा हुआ था, जिसमें पाँच-छः आदमी बंद थे। जगीरा को भी पिंजरे में बंद कर दिया।

जगीरा

शरद पूर्णिमा

रात्रि के गहन अंधकार में पूरा ब्रह्माण्ड रंगों से रंगा हुआ टिमटिमाता हुआ दिखायी पड़ता है। यह इंसानी कल्पना से बहुत दूर, सीमित और सुंदर दिखायी पड़ता है। इंसान की कल्पना और ब्रह्माण्ड की सीमाओं में सिर्फ़ इतना अंतर होता है कि इंसान की कल्पना उसकी सोच के दायरे में बँधी रहती हैं वह ब्रह्माण्ड की तरह अनंत होकर भी इंसानी सोच के दायरे से टकराती रहती हैं।

जगीरा सलाख़ें पकड़कर आसमान में टिमटिमाते सितारों से पूछ रहा था कि मेरा गुनाह क्या है? वह चंद्रकांता के द्वारा छल की कल्पना करता मगर वह इस कल्पना को स्वीकार नहीं कर पाता था। वह मन ही मन सोच रहा था कि सिर्फ़ मुझे पकड़ने का कारण क्या हो सकता है। अगर यह मेरे गिरोह के बारे में होता तो सिर्फ़ मुझे नहीं पकड़ा जाता, यह सिर्फ़ मेरा गुनाह है? वह घंटों इसी उलझन में सोचता-विचारता रहा मगर किसी नतीजे पर नहीं पहुँचा। वह हाथ बाँधे, पिंजरे में इधर-उधर घूमता रहा। पिंजरे में बंद पाँच अन्य लोग सलाख़ें पकड़े शांत आसमान में ताक रहे थे। कभी-कभी कोई सैनिक आकर सलाख़ों पर भाले से चोट करता और चला जाता मगर वे सभी अपने अतीत में डूबे हुए अपने बाक़ी समय में अपने संभावित जीवन को कल्पना करके जी लेना चाहते थे।

कभी-किसी हाथी की चिंघाड़ उनके मस्तिष्क को भेदती हुई सलाख़ों से टकराती तो वे उस तरफ़ मृत निगाहों से देखते, अँधेरे में हाथियों के पाँव की हलचल से उत्पन्न कंपन को महसूस करते और अपनी मौत की कल्पना करते; मौत से ज़्यादा मौत की कल्पना डराती है। वे डरे सहमे एक दूसरे को देखते, कोई उम्मीद न पाकर फिर से सलाख़ों से सिर टिकाकर अपने अतीत में खो जाते।

जगीरा इधर-उधर टहल कर यह परिचय दे रहा था कि उसने अपना गुनाह स्वीकार नहीं किया है, उसे अभी जीवन की उम्मीद है। जगीरा की यह हरकत देखकर एक क़ैदी ने पूछा, ''मौत से डर रहे हो या मौत के डर से?''

जगीरा कुछ ना बोला, वह आसमान ताकता रहा। एक क़ैदी ने कहा, ''यहाँ खाने को कुछ नहीं मिलने वाला, भूख से न मरने वालों को ही हाथियों से सामना

करना होता है।''

दूसरे ने कहा, ''तुम सौभाग्यशाली हो कि तुम्हारी मौत क़रीब है। भूखे रहकर मौत का इंतज़ार करना कितना मुश्किल होता है तुम क्या जानो।''

तीसरे का कहा, ''यह भूख हमारे शरीर को शक्ति अवश्य नहीं देती मगर अपनी मौत को स्वीकार करने का साहस ज़रूर देती है। मैं इस घने अँधेरे में भी अपनी मौत को देख पा रहा हूँ।''

जगीरा ने एक बार फिर आसमान में देखा, किसी तरह की चहल-पहल और काँव-काँव न सुनकर, मायूस होकर ज़मीन ताकने लगा। सलाख़ें पकड़कर क़ैदियों की तरफ़ देखते हुए बोला, ''मैं ना मौत से डरता हूँ ना मौत के डर से, मगर मैं छल-कपट से मरना पसंद नहीं करूँगा।''

''क्या गुनाह है तुम्हारा?'' एक क़ैदी ने पूछा।

''यह तो मैं भी नहीं जानता, शायद यही गुनाह है।''

''राजकीय मौत की सज़ा पाकर भी गुनाह न जानने वाले शायद तुम पहले अपराधी होगे।''

जगीरा शांत रहा। उसे एक सिपाही पिंजरे की तरफ़ आता हुआ मालूम पड़ा, वह दौड़कर उसकी तरफ़ पहुँचा। जगीरा ने सलाख़ें पकड़कर उसकी आँखों में देखा, सिपाही अपनी बड़ी-बड़ी दाढ़ी बिखरते हुए मुस्कुराया।

''देखो अगर तुम मेरी मदद कर सकते हो तो मैं तुम्हें मुँह माँगा धन दूँगा।'' जगीरा ने धीरे से कहा।

''हा हा हा। क्या तुम मेरी मदद करोगे?'' सिपाही ने हँसते हुए कहा।

''हाँ..... अगर तुम मुझे आज़ाद कर दो तो मैं तुम्हारी हर तरह से मदद करूँगा।'' जगीरा ने उत्साहित होते हुए कहा।

सिपाही ने धीरे से अपनी तलवार की नोक जगीरा के पेट पर रखते हुए कहा, ''क्या तुम मेरे लिए जन्नत से एक हूर और थोड़ी-सी शराब ला सकते हो?''

जगीरा ने कुछ सोचा और कहा, ''हाँ! अगर तुम मुझे आज़ाद करो तो।''

''हा हा हा ... यह मेरा बायें हाथ का खेल है। मैं तुम्हारी हड्डियों का कचूमर होने से बचा सकता हूँ, एक बेहद आसान मौत। क्या तुम्हें यह स्वीकार है?''

जगीरा समझ गया कि यहाँ से निकलना नामुमकिन है, वह पीछे हटते हुए आसमान ताकने लगा। अंधक का कोई अता-पता नहीं था। जगीरा फिर से अन्य क़ैदियों के बीच जा बैठा। मन ही मन सोच रहा था कि अंधकार और मायूसी के बीच टिमटिमाते सितारों से क्या उम्मीद रखी जाये? शाख से टूटे तने की तरह सिकुड़ चुके क़ैदी ने कहा, ''तुम कोई बाहरी लगते हो, तभी यहाँ से निकलने की बहकी-बहकी बातें करते हो। क्या तुम नहीं जानते कि यहाँ पहुँचना मतलब मौत के द्वार पर पहुँचना है।''

जगीरा ने उसकी तरफ़ घृणापूर्ण नेत्रों से देखते हुए कहा, ''मौत किसी की गुलाम नहीं होती, वह निर्धारित है।''

क़ैदी ने अपना मुँह फेरते हुए कहा, ''काश ऐसा होता! यूँ तड़पकर उसका इंतज़ार नहीं करना पड़ता, यूँ धीरे-धीरे मरना कई मौत मरने जैसा है।''

एक क़ैदी ने सलाखों का सहारा लेकर उठते हुए कहा, ''मौत का इंतज़ार करने से बेहतर है जीवन के सपने संजोना।'' उठकर चलते हुए बोला, ''मैं कल्पना कर पा रहा हूँ, यहाँ इस शरीर से मुक्त होने के बाद मेरी आत्मा यहीं कहीं विचरित होगी। सब बंधनों, दया-दोष, सुख-दुख, प्यार-वैराग्य, गुण-दोष से रहित सिर्फ़ प्रकृति की ऊर्जा का हिस्सा बनकर। यह कल्पना कितनी सुखदाई है, यह कल्पना मुझे मेरे शरीर से मोह त्याग देने में मदद करती है; शरीर से मोह ही तो मौत का डर है।''

सब चुपचाप सुन रहे थे। परिस्थितियों के अनुसार ख़ुद को तैयार करना ही इंसान का स्वभाव होता है, मौत के आखिरी क्षणों में वह मौत को स्वीकार कर लेता है। उन सबको मौत के लिए तड़पते देखकर जगीरा व्याकुल हो रहा था। बार-बार आसमान में देखता मगर आसमान में उसकी दुर्दशा पर हँसते सितारों के अलावा उसे कुछ दिखाई नहीं पड़ता था।

जगीरा अब शांत, पीठ टिकाये, पैर फैलाये, हाथ बाँधे लोहे की सलाख़ों के सहारे जा बैठा। उसे ऐसे मायूस देखकर एक क़ैदी ने कहा, ''ख़ुद से नाराज़ हो क्या? तुम्हें यह मौत स्वीकार होगी?''

''मेरे साथ छल किया गया है, मैं एक सौदागर हूँ।''

''क्या तुम उसे जानते हो?''

''मैं यह स्वीकार नहीं कर सकता कि उसने मेरे साथ यह छल किया होगा।''

''अवश्य ही यह कोई स्त्री होगी।'' क़ैदी ने कहा।

जगीरा ने आँखें फाड़-फाड़कर उसकी तरफ़ देखते हुए कहा, ''तुम यह कैसे कह सकते हो।''

''एक मर्द आदमी किसी दूसरे मर्द आदमी से धोखा स्वीकार कर सकता है मगर एक स्त्री से कभी नहीं। यह स्वीकार नहीं कर पाने की स्थिति ही मर्द आदमी को पंगु बनाकर रखती है। यह मुझसे बेहतर और कौन जान सकता है।''

''यह एक बेवकूफ़ी भरा अनुमान है।'' जगीरा ने कहा।

''बेवकूफ़ ठहराना स्वीकार न कर पाने से कहीं अधिक आसान है।''

''आसान रास्तों पर चलने वाले सिर्फ़ राही बनकर रह जाते हैं और मैं अपनी मंज़िल की ओर हूँ।''

''और यहाँ कठिन सफ़र में भी तो मौत के राही हो।'' क़ैदी ने कहा।

''मैं मौत से नहीं डरता, मैं मौत का सौदागर हूँ।''

''क्या यही तुम्हारा परिचय है?'' क़ैदी ने पूछा।

''नहीं! मैं एक सौदागर हूँ।''

''नाम?''

उसने मायूसी से अपना नाम पुकारते हुए कहा, ''जगीरा जोगी।''

''कोई ठोर ठिकाना?''

जगीरा ने एक लंबी साँस लेते हुए कहा, ''मैं शापित हूँ। मेरे बारे में कहा जाता है कि जो भी मेरा परिचय जान लेता है वह बहुत जल्द मारा जाता है।''

क़ैदी ने उठकर बैठते हुए कहा, ''फिर तो हम तुम्हारा परिचय जानने की सारी शर्तों पर खरे उतरते हैं।'' बाक़ी क़ैदियों ने भी उत्सुक होकर हामी भरी, मानो यह मौत से पहले उनकी आख़िरी इच्छा हो।

* * *

एक लंबी साँस लेते हुए तेज़ दौड़ती धड़कनों को थोड़ा आराम देकर कहा, ''मेरा नाम जगीरा है, ... जगीरा जोगी। मैं नहीं जानता कि यह नाम मुझे कहाँ से और कब मिला, जब से मेरी समझ विकसित हुई मैंने अपने आप को साधु के भेष में घूमते हुए पाया। प्यार और मोह हमें कभी छू भी ना पाया, धरा का

यह आँचल ही हमारा ठोर ठिकाना होता था और खुले आसमान में सितारों की छत हमारा आशियाना। जगीरा ने फिर थोड़ा रुकते हुए आगे कहा, ''जीवन में आवश्कताएँ पैदा की जाती हैं और फिर उनकी पूर्ति के लिए जीवन दाँव पर लगाया जाता है; पेट भरने के अलावा हमारी अन्य कोई आवश्यकता नहीं थी। मेरे गुरु 'भीष्मदेव' का दूर-दूर तक नाम और सम्मान था, लोग उनका आदर करते थे और मैं उनका सबसे प्रिय शिष्य हुआ करता था। मेरे गुरु हमेशा कहा करते थे कि इंसान एक विचारशील जीव है इसलिए वह सही और ग़लत की परिभाषा ख़ुद तय करता है। इंसान की पहचान उसके द्वारा लिये गये निर्णय पर आधारित होती है चाहे वह निर्णय ग़लत ही क्यों ना हो।

ब्रह्मचर्य का पालन करते हुए हम सब गंगा किनारे देश भ्रमण करते थे। आसपास के राजा और सम्मानित लोग भीष्म देव की सेवा में हाज़िर रहते थे। मैं और मेरा परममित्र 'अभिसार' हमेशा साथ रहते थे, साथ में भिक्षा माँगने जाते थे। ख़ाली समय में नदी में नौका-दौड़ लगाते थे। संस्कृत के श्लोकों को याद करने और शुद्ध उच्चारण पर हमारी हमेशा प्रतिस्पर्धा रहती थी। हम नित्य अखाड़े में दंड लगाते थे, परंतु फिर भी वह दिमाग़ और विचारों से जितना मज़बूत था शरीर से उतना ही कमज़ोर और आलसी था।

मुझे ठीक से याद है, हम प्रयागराज में अपना डेरा डाले हुए थे। एक सुबह वर्षा के कारण हमारी नींद खुली और मैं अँधेरे में ही वर्षा का आनंद लेते हुए नदी किनारे बढ़ता गया। कुछ देर बाद वर्षा तो बंद हो गयी मगर मैं सुबह के इंतज़ार में चलता रहा। मेरी प्रतीक्षा को कम करते हुए सूर्य की किरणें परावर्तित होकर धरा पर पहुँचने लगी थीं। माँ गंगा को प्रकृति की गोद में निरंतर बहते देखना, यह एक अद्भुत दृश्य था। मैं वहाँ खड़े होकर उगते सूर्य को देखता रहा, चाँद की चाँदनी पाकर गंगा मानो शांत हो गयी थी, सूर्य का ताप मिलते ही मानो अभिमानी हो गयी हो। सूर्य की प्रथम किरण जब पवित्र जल पर पड़ती तो वो फिसल जाती थी। गंगा का पवित्र जल उन्हें छूने की इजाज़त न देता था कारणवश सूर्य की किरणें बिखरकर चारों तरफ़ फैल जाती थीं। मैं मंत्रमुग्ध होकर उन तैरती सूर्य किरणों को देख रहा था तभी एक सुरीली आवाज़ ने मुझे पुकारा, पीछे मुड़कर देखा तो एक स्त्री पूजा का थाल सजाये खड़ी थी। सूर्य का ताप पाकर भी उसका गेहुँआ रंग अभिमान न करता था, वह और अधिक दमक रहा था। उसने मुझे भिक्षा स्वरूप कुछ चावल दिये और खाना खाने का न्योता भी। मैं साधु था, मेरे

पास इंकार करने का कोई कारण नहीं था। वह पास ही के झोपड़े में अकेली रहती थी।

हालाँकि मैंने स्वादिष्ट व्यंजन चखे थे परंतु प्यार मिश्रित यह व्यंजन मैंने पहली बार चखा था। यह जीवन में पहली बार था जब मैंने किसी स्त्री से स्नेह पाया हो। वह बेहद ख़ुश थी, उसने मुझे फिर से आने का न्योता दिया। यह मेरे जीवन के बेहद प्रभावित करने वाले क्षण थे।"

जगीरा सलाख़ें पकड़े, आसमान ताकते हुए, कान लगाये किसी जानी-पहचानी आवाज़ सुनने को बैचैन चुपचाप खड़ा था।

"फिर आगे क्या हुआ?"

जगीरा ने टहलते हुए कहा, "जब पहली बार किसी स्त्री से स्नेह मिला तब माँ के स्नेह का आभास हुआ। मगर वह रसहीन बचपन बीत चुका था, जब मैं लौटा तो बहुत देर हो चुकी थी, अभिसार भिक्षा लेने जा चुका था। मैंने अपनी दीक्षा गुरु के पात्र में रखते हुए पूछा, "साधु का स्नेह से क्या संबंध होता है गुरुजी?" और मेरे गुरु ने मुस्कुराते हुए कहा था, "वही जो मधुमक्खी का मधु से, गाय का दूध से और नदी का जल से; यह सबके लिए समान होता है।"

अगले कुछ दिनों तक यह मेरी दिनचर्या का हिस्सा बन गया था कि मैं सूर्य उदय होने से पहले ही भ्रमण पर निकल जाता और भोजन करके देर से लौटता था। यह हम दोनों को ख़ुशी प्रदान करता था। वह मुझे ख़ुश देखकर अत्यंत ख़ुश होती थी। एक दिन अभिसार ने मेरे साथ चलने का आग्रह किया और मैं चाहकर भी उसे मना न कर पाया क्योंकि मैं उस स्नेह को बाँटना नहीं चाहता था। फिर भी हम दोनों उसके झोंपड़े पर पहुँचे, साधु वेश में हम दोनों ने उसे प्रणाम किया। उसने अभिवादन किया और अंदर आने को कहा, मैं कुछ क़दम आगे बढ़ा परंतु अभिसार वहीं खड़ा रहा, मैंने पास आकर कहा, "क्या बात है अभिसार? कोई शंका!"

उसका चेहरा लाल पड़ चुका था, माथे पर लकीरें उभर आयी थीं। उसने कहा, "तुम यहाँ रंगरलियाँ मनाने आते हो या भिक्षा लेने, शर्म आनी चाहिए तुम्हें।" कहकर वह तेज़ गति से गंगा किनारे आ पहुँचा।

यह सुनकर वह झोपड़ी में चली गयी। मैं दोनों तरफ़ बारी-बारी से देख रहा था कुछ समझ नहीं पाया तो दौड़ते हुए गंगा किनारे पहुँचा, वह किनारे खड़ी एक

नाव में बैठकर बहाव की दिशा में निकल पड़ा। मैंने तेज़ी से तैरते हुए उसे पकड़ा, मेरे कपड़ों से पानी चू रहा था जब मैंने ठीक उसके सामने खड़े होकर पूछा, ''तुम्हें क्या हुआ? हमें ऐसे किसी स्त्री का अनादर नहीं करना चाहिए।''

उसने कहा, ''तुम एक ब्रह्मचारी हो, तुम जानते भी हो वह कौन है?''

''एक साधु का स्नेह सबके लिए समान होता है, क्या मेरा यह जानना ज़रूरी है कि वह कौन है?''

''हाँ! ज़रूरी है। अगर तुम्हारा स्नेह सबके लिए समान होता तो तुम यहाँ हर रोज़ दौड़े नहीं आते।''

नाँव, नदी के बीचो-बीच बहने लगी थी, हिचकोले खाती हुई तेज़ गति से बढ़ रही थी। ठीक वैसी ही उथल-पुथल मेरे हृदय में मची हुई थी, ''अभि, तुम मेरे परममित्र हो, तुम मुझे ग़लत समझ रहे हो।''

''हाँ क्यों नहीं समझूँ! तुम एक वेश्या के पास आते हो यह कहकर कि मुझे स्नेह मिलता है। एक ब्रह्मचारी का वेश्या से कैसा स्नेह?''

यह सब सुनकर मेरे अंदर की ज्वाला भड़क उठी, मैंने आज तक की गुरु शिक्षा सब भूलकर उसे पानी में धकेल दिया। उसके इन वचनों ने मेरा सीना छलनी कर दिया था। मैं क्या कर रहा हूँ यह मुझे भी ज्ञात नहीं रहा, पानी का बहाव बहुत तेज़ था फिर भी वह तैरकर नाव तक पहुँचा। उसने नाव पर हाथ रखा, मैंने उसके हाथ पर पैर रखते हुए कहा, ''यह गंगा तुम्हारी माँ है, अब तुम चाहो तो रंगरलियाँ मनाओ और चाहो तो स्नेह पाओ और उसके हाथ पर पैर से वार किया, वह बहाव के साथ आँखों से ओझल हो गया।''

''क्या वह मर गया?'' एक क़ैदी ने पूछा।

''मैं फिर उससे कभी नहीं मिला।''

''फिर आगे क्या हुआ?''

''फिर मैं बदहवास होकर दौड़ते हुए झोंपड़ी में पहुँचा, वह अपनी झोंपड़ी के बाहर खड़ी थी। उसके बाल बिखरे हुए थे, उसके माथे पर एक बड़ी-सी बिंदी थी और उसकी साड़ी का फटा हुआ पल्लू ज़मीन पर घिसट रहा था। वह बहुत डरावनी लग रही थी। उसने कहा, ''मैं एक जीव हूँ फिर एक इंसान और फिर एक स्त्री, समाज ने मुझे वेश्या बनाया है। मेरे सम्मान और धिक्कार के लिए तुम

सब ज़िम्मेदार हो। मैं समाज में स्वीकार होकर भी नकारी जाती हूँ, मुझे मेरी पहचान छुपानी पड़ती है और इसके लिए यह समाज दोषी है। आज तुमने जीवन का बचा-कुछा स्नेह भी छीन लिया।'' उसकी साँसें फूल रहीं थीं, वह अंदर ही अंदर धधक रही थी। मैं उसे देखकर चुप रहा। उसने फिर कहा, ''मैं तुम्हें श्राप देती हूँ, जिस तरह मैं अपनी पहचान छुपाने को मजबूर हूँ तुम भी आज के बाद किसी से अपनी पहचान उजागर करोगे उसकी मौत शीघ्र ही निश्चित होगी।''

एक क़ैदी ने बीच में रोकते हुए कहा, ''क्या आजकल श्राप सच होते हैं?''

''मैं भी यही सोचता था, परंतु ऐसा हुआ।''

एक क़ैदी ने भावुक होकर कहा, ''आगे क्या हुआ।''

''मैं बदहवास, पगलाया हुआ, लड़खड़ाते हुए अपने गुरु के पास पहुँचा और सब बयाँ कर दिया। मेरे गुरु बेहद नाराज़ हुए, हाथ में गंगाजल लेकर उन्होंने मुझे श्राप दिया, ''जिस स्त्री के लिए तुमने अपना साधुत्व खो दिया, मेरे श्राप से तुझे स्त्री का स्नेह कभी प्राप्त नहीं होगा।''

सभी क़ैदी जगीरा को टुकुर-टुकुर देख रहे थे। एक ने ठहाका लगाते हुए कहा, ''तो क्या आज फिर स्त्री स्नेह से मात खा गये?''

जगीरा ने कोई उत्तर नहीं दिया।

फिर एक दूसरे क़ैदी ने पूछा, ''आगे क्या हुआ।''

जगीरा ने लंबी साँस लेकर कहा, ''फिर होने के लिए कुछ बचा ही नहीं था, साधुओं का वह चोला छिन जाने के बाद मैंने उसे कभी नहीं पहना। जब मैं साधु नहीं रहा तब मुझे वह चोला एकदम छद्म आवरण लगता था। मैं ऐसी दुनिया में भटकने लगा जहाँ हर तरफ़ से ज़रूरतें पैदा की जाती हैं, जहाँ ज़रूरतें पूरी की जाती हैं, जहाँ ज़रूरतें पूरी करने के लिए इंसानी ज़िन्दगी दाँव पर लगायी जाती है। पेट की भूख एक प्राकृतिक ज़रूरत है, यह सिर्फ़ इंसानी ज़रूरत नहीं, यही एक ज़रूरत है जो आज भी इंसान को इंसान बनाये हुए है।

मेरी ज़रूरतें बढ़ीं तो अन्य कई तरह की भूख ने जन्म लिया। मस्तिष्क में एक भारी बोझ को लादे हुए मैं इधर-उधर काम करके अपनी हर तरह की भूख को शांत करता था। मैं हट्टा-कट्टा था इसलिए एक सेठ ने मुझे पालकी उठाने का काम दिया, एक दिन उसे व मालकिन को दूर गाँव जाना था, उनके साथ कई

अन्य लोग और रक्षक भी थे। रास्ते में सुरक्षा की दृष्टि से संख्या बढ़ती गयी, वे राह चलने वाले लोगों को भी शामिल कर लेते थे यह सोचकर की लुटेरों का भय कम रहेगा। यह एक लम्बी यात्रा थी। एक संध्या नदी किनारे सभी आराम कर रहे थे, कुछ संगीतकार मनोरंजन कर रहे थे, मैं थक कर चूर एक तने के सहारे सब गतिविधियों को देख रहा था। कुछ लोग एक-दूसरे की तरफ़ इशारा कर रहे थे वे सब रास्ते में शामिल हुए छोटे-मोटे व्यापारी और यात्री थे। एक गायक बेहतरीन गायकी से सबको मंत्रमुग्ध किये हुए था, सब लोग ढोल की थाप पर थिरक रहे थे, तभी एक आदमी मेरे पास आया और कहा, ''क्या तुम्हें बेहतरीन संगीत का आनंद लेना नहीं आता?''

मैंने कहा यहाँ सिर्फ़ संगीत नहीं कुछ और भी चल रहा है।

उसने कहा, ''मगर यह गीत मुझे भी याद है, ये इस गीत के आख़िरी शब्द हैं। यह शीघ्र ही समाप्त होने वाला है।''

तभी ढोलक पर लगातार उँगलियाँ चलाते हुए वादक ने आख़िरी आवाज़ के साथ संगीत समाप्त किया और ऐसा करते ही जितने भी लोग वहाँ झूम रहे थे एक-दूसरे पर टूट पड़े। मेरे साथ बैठे आदमी ने मेरे गले में रुमाल डाला हुआ था मगर मैं सावधान था और मज़बूत भी, मैंने उसे ज़मीन पर पटक दिया। मैंने देखा कि बहुत से लोग ज़मीन पर ढेर हुए पड़े हैं और कुछ लोग हाथ में रुमाल लटकाये मुझे घूर रहे हैं तो मैंने सँभलकर उस आदमी को गर्दन से दबोच लिया। वे सब किसी अन्य भाषा में बात कर रहे थे, उनमें से एक मेरे पास आया और मेरे कँधे पर हाथ रखकर बोला, ''तुम माँ भवानी का आशीर्वाद हो।'' उसने मेरा परिचय जाना और मुझे अपने गिरोह में शामिल कर लिया।

वे सब ठग थे मैंने उनके साथ क़ब्र पर बैठकर गुड़ खाया पवित्र कुल्हाड़ी लेकर क़सम खायी कि मैं ठगों की परंपराओं का पालन करूँगा, तब से अब तक मैं....''

क़ैदियों के चेहरे सफ़ेद पड़ चुके थे। उन्होंने ठगों के बारे में सिर्फ़ सुना था मगर जगीरा को देख कर उन्हें यक़ीन नहीं हो रहा था कि ठग भी उनकी तरह इंसान ही होते हैं। एक ने कहा, ''तुम सरासर झूठ बोल रहे हो। अवश्य ही यह तुम्हारी कोई तरकीब है यहाँ से निकलने की। कोई भी ठग इतनी आसानी से कैसे स्वीकार कर सकता है कि वह एक ठग है!''

जगीरा ने देखा कि एक सिपाही हाथी के पाँव की ओट में अभी भी उनकी बातें सुन रहा है तो उसने कहा, ''हाँ मैं ठग हूँ, अंग्रेज़ी सरकार ने इनाम भी रखा है। क्या यह गर्व की बात नहीं?''

तभी जगीरा के कानों में काँव-काँव की आवाज़ सुनायी पड़ी, वह उस तरफ़ दौड़ा, अंधक बड़े से पिंजरे के एक कोने पर आ बैठा। जगीरा ने देखा कि सिपाही अब हाथी के पाँव की ओट में अब वहाँ नहीं था। अंधक जगीरा के हाथ पर आकर बैठा, जगीरा ने उसके पंखों को सहलाया और अंदर ले आया।

जगीरा और कौए की दोस्ती देखकर क़ैदियों को यक़ीन होने लगा यह कोई साधारण अपराधी नहीं है यह अवश्य ही ठग हो सकता है। जगीरा ने उसके पंखों को खंगाला, उसकी पीठ पर उसकी पूँछ के पास एक काग़ज़ का टुकड़ा था। जगीरा ने उसपर बनी कुल्हाड़ी के चित्र में रंग भर दिया और वहीं छिपाकर अंधक को जाने का आदेश दिया।

जगीरा आसमान ताक रहा था। चाँद अपनी पूर्ण आभा के साथ चमक रहा था, आज उस पर कोई धब्बा नज़र नहीं आ रहा था। जगीरा मन ही मन सोच रहा था कि चंद्रकांता जहाँ भी होगी इस चाँद को निहार रही होगी। वह अभिमानी अपने सौंदर्य पर ख़ूब इतराती होगी।

राजमहल के रसोईघर में एक बड़ा-सा चूल्हा था जिस पर राज-परिवार के लिए खाना बनाया जाता था। रसोई के नीचे एक बड़ा तहख़ाना था जिसमें राख इकट्ठा होती थी, यह चूल्हे से सीधे जुड़ा हुआ था। अर्धरात्रि के समय चाँद की शीतलता के साथ-साथ राख का ढेर भी ठंडा पड़ चुका था। राख के ढेर पर बैठकर चंद्रकांता ने आसमान की तरफ़ देखा, चाँद अपनी पूर्ण आभा के साथ चमक रहा था, आज उस पर कोई धब्बा नज़र नहीं आ रहा था। चंद्रकांता मन ही मन सोच रही थी कि जगीरा जहाँ भी होगा वह अवश्य ही इस चाँद को देख रहा होगा, यह कितना ख़ूबसूरत है। वह चौंकी! 'ख़ूबसूरत' नहीं। वह इतना ख़ूबसूरत नहीं होगा जितना वह दिखायी पड़ता है, वह अवश्य ही किसी के वियोग में जल रहा होगा। वह राख के ढेर से उतरकर तहख़ाने में विचरते हुए सोच रही थी कि मेरी खास विश्वसनीय सहेलियों ने मेरे साथ विश्वासघात क्यों किया? क्यों? उसने क्यूँ जाकर नवाब के कान भरे कि रानी किसी पुरुष के साथ

मिलकर राजा के साथ विश्वासघात की तैयारियाँ कर रही है। क्या मेरी सुंदरता, मेरी सारी इच्छाएँ, आकांक्षाओं, सपनों के विनाश का कारण बनेंगी? क्या सुंदर होकर मैंने इंसानी उम्मीद और सपने संजोने का हक़ खो दिया है? कुरूप होना उतना ही पीड़ादायक है जितना अत्यधिक सुंदर होना? वह अपने चेहरे को नोचने लगी, राख को मुट्ठी में भरकर उड़ाने लगी। कुछ देर बाद जब दम घुटने लगा तो एक कोने में जा बैठी, सोच रही थी कि मैं कभी नवाब के गले का चमकता हुआ मोती हुआ करती थी और आज नवाब ने मुझे ऐसी सज़ा दी कि किसी को ख़बर भी ना लगे कि रानी चंद्रकांता कहाँ गयी। यह चूल्हे की गर्मी और राख का यह दमकश आज नहीं तो कल मुझे अवश्य निगल लेगा।

वह मौत के इंतज़ार में जीवन की उम्मीद बाँधे रही। राख के ढेर के अलावा उसके आँसू सोखने वाला वहाँ कोई नहीं था, चूल्हे से झाँकता चाँद भी अब समय देकर किनारा कर चुका था। उसकी सुबकियों का आनंद लेती दीवारें, ज़ोर से गूँज कर सामने की दीवार को सुनातीं तो चंद्रकांता अपने भाग्य पर रो पड़ती। हाय रे भाग्य विधाता मुझे उकेरा तो बहुत ख़ूब मगर रंग भरना ही भूल गया।

✶ ✶ ✶

ठगों के गिरोह में हलचल मची हुई थी। जब से सरदार ग़ायब हुए तब से कोई अशुभ आशंका ठगों के मन में थी। कारण था, कई दिनों से शुभ संकेत का नहीं मिलना और ठगों के नियमों का पालन न करना, कारणवश मंगल ने यात्रा को स्थगित कर दिया। संध्या समय तक सभी जगीरा की राह ताकते रहे और फिर अंधक को संदेश लेकर भेजा, वह भी देर रात नहीं लौटा तो विनायक ने सभी ठगों को विचार-विमर्श के लिए इकट्ठा किया।

विनायक – "साथियों हम सभी जानते हैं कि इस समय क्या स्थिति है। सरदार के बिना ठगों का गिरोह बिना छत्ते के मधुमक्खियों के झुंड की तरह है। हमें अपने सरदार को खोजना होगा।"

मंगल – "मगर अंधक अभी तक नहीं लौटा है, हम सुबह से ही पूजा शुरू करने वाले हैं।"

आज़म ख़ाँ – "हो सकता है सरदार किसी मुसीबत में हों, हमारे कई ठग उनकी तलाश में निकले हैं।"

मंगल – "कहीं नवाब ने हमारे साथ विश्वासघात तो नहीं किया? उसकी

नज़र हमारे धन पर हो सकती है।"

आज़म ख़ाँ – "शायद नहीं! अगर ऐसा होता तो हम यहाँ नहीं होते। मुझे तो डर है सरदार कहीं अंग्रेज़ों के हाथ ना पड़ गये हों।"

मंगल – "हाँ! अंग्रेज़ लोग काफ़ी लंबे समय से हमारा पीछा कर रहे हैं।"

विनायक – "हाँ! यह हम सभी जानते हैं मगर हमें ठगों के गिरोह के लिए सरदार चाहिए। सरदार पिछले कुछ दिनों से बदले-बदले से थे। किसी औरत से मिलने की बात भी की थी, कहीं ऐसा तो नहीं कि.....?" मंगल ने उसकी बात बीच में काटते हुए कहा, "वह हमारे सरदार हैं, वे ठगों और उसकी गरिमा को जानते हैं, अवश्य ही संकट में होंगे। यह भी हो सकता है कि किसी अन्य गिरोह ने उन्हें पकड़ लिया हो, ठगों का पुश्तैनी मानचित्र सरदार के पास है। इसलिए यह भी एक प्रबल संभावना हो सकती है।"

आज़म ख़ाँ – "राज्य में फैले मेरे एक गुप्तचर से संदेश प्राप्त हुआ है कि राजमहल में सब कुछ सामान्य नहीं है। रानी चंद्रकांता कल रात से ही दिखायी नहीं दी हैं। लोगों का दबी आवाज़ में कहना है कि नवाब ने उन्हें राज्य से बाहर भेज दिया है, वहीं कुछ का कहना है कि वह अचानक से ग़ायब हैं। इस संदेश का हमारे सरदार से क्या संबंध है यह मैं भी नहीं जानता अगर यहाँ सब कुछ सामान्य नहीं है तो हमें सावधान रहना चाहिए।"

मंगल – "मुझे लगता है कि अब हमें एक साथ न होकर व्यवस्थित रूप से फैल जाना चाहिए, 'आवरण' रणनीति के तहत हमें दूर-दूर रहकर आगे बढ़ना चाहिए। मेरे विचार से इस राज्य से बाहर निकलना ही सुरक्षित होगा मगर इससे पहले हमें सरदार को ढूँढ़ना होगा।"

तभी एक घुड़सवार तेज़ गति से उनकी तरफ़ आता हुआ दिखायी पड़ा, कुछ ही क्षणों में वह हाँफता हुआ सभा में पहुँचा। सब उसके मुँह से कुछ शुभ शब्द सुनने को उत्सुक थे, उसने आसमान में इशारा करते हुए कहा "अंधक।"

अंधक गिरोह की परिक्रमा करने के बाद मंगल के हाथ पर आ बैठा। मंगल ने उसे सहलाते हुए उसके पंखों से वह संदेश निकाला और पढ़कर आशंकित निगाहों से चारों तरफ़ देखा। विनायक ने तेज़ी से दौड़ते हुए मंगल से संदेश छीनकर देखा कि कुल्हाड़ी में काला रंग भरा हुआ था।

विनायक ने कहा, "हमें तुरंत सरदार को खोजना चाहिए, वे किसी संकट

में हैं। अंधक हमें वहाँ तक पहुँचा देगा।"

शंकर पांडे, आज़म ख़ाँ, उलेमान, सुलेमान व कुछ अन्य ठग तुरंत घोड़े पर सवार होकर अंधक का पीछा करते हुए जगीरा की तलाश में निकल पड़े।

मध्य रात्रि चाँद अपने नीले साम्राज्य में सितारों से सजे सिंहासन पर विराजमान होकर इस जद्दोजहद को देख रहा था। देख रहा था कि जगीरा अब अपने साथियों के इंतज़ार में हताश होकर ज़मीन पर पड़ा है, चंद्रकांता अपनी साँसों से राख को उड़ते देखकर बिखरते जीवन की कल्पना कर रही है। जगीरा के साथी तेज़ गति से दौड़े जा रहे हैं, अंधक आसमान में फैले पंखों को बार-बार मुड़कर देख रहा है। वह अपने काले पंखों को चमकता हुआ पाकर मंत्रमुग्ध होकर उड़ता जाता है। वे रात भर पथरीले, कंटीले रास्तों और पहाड़ियों को पार कर आगे बढ़ते रहे। शीतल चंद्र किरणें न जाने कब सूर्य की ऊष्म किरणों में बदल चुकी थीं। वे एक बड़े-से मैदान के बाहर खड़े थे जिसका एक विशाल द्वार था। एक तरफ़ कुछ कमरे बने थे तथा दूर-दूर तक झाड़ियों की बाढ़ थी। मैदान में कई सौ की संख्या में हाथी थे और ठीक गध्य में एक गोलाकार रेतीला मैदान बेहद साफ़-सुथरा नज़र आता था। उसी मैदान के किनारे एक बड़ा-सा लोहे का पिंजरा दिखायी पड़ता था जिसके आसपास कई सौ रक्षक और महावत दिखायी पड़ते थे।

अंधक कुछ देर तक आसमान में घूमता रहा और फिर उस बड़े से पिंजरे पर आकर बैठ गया। जगीरा ने उसे पुकारा, उसके पास कोई संदेश न पाकर वह आश्वस्त हुआ कि मेरे साथियों को मेरी ख़बर मिल चुकी है। यह दृश्य जब दूर से उसके साथियों ने देखा तो उन्हें विश्वास हो गया कि हो न हो यही जगीरा है। वहाँ तैनात सैनिकों ने उन्हें अंदर जाने की अनुमति नहीं दी। शंकर पांडे ने वहाँ के सैनिकों और कुछ अन्य लोगों से बात की और फिर अपने साथियों को वहीं रहकर नज़र रखने को कहकर वापस अपने गिरोह की ओर चल पड़ा।

लगभग दोपहर का समय था, शंकर पांडे अपने दल में पहुँचा मंगल और साथी पूजा में लीन थे। विनायक तलवार को धार दे रहा था, शंकर को देखते ही सभी उसकी तरफ़ दौड़े।

विनायक – "क्या ख़बर है पांडे?"

शंकर पांडे – "यह बेहद डरावनी ख़बर है, सरदार क़ैद में हैं।"

विनायक – "हम उन्हें आज़ाद करवा सकते हैं, हमारी संख्या काफ़ी है।"

शंकर – "मगर वहाँ सैनिकों की संख्या कई सौ है।"

मंगल – "हमें कोई और रास्ता निकालना होगा। हे माँ भवानी अपने भक्तों को राह दिखा।"

शंकर – "मगर हमारे पास समय बहुत कम है, कल संध्या समय वहाँ एक प्रतियोगिता होगी जिसमें हाथियों को लड़ाया जाता है उनके पैरों में क़ैदियों को बाँधकर, जिस हाथी के माथे पर ख़ून सबसे पहले लगता है उसे विजेता घोषित किया जाता है।"

विनायक - "सिर्फ़ कल तक का समय है? हम उनके कुछ सिपाही ख़रीद सकते हैं।"

शंकर – "इतने कम समय में संभव नहीं और हम बल से कभी उनसे जीत नहीं पायेंगे, यहाँ कोई रणनीति काम कर सकती है।"

मंगल – "एक ही रास्ता है, क्यों ना हम नवाब से बात करें। धन के लालच में वह सरदार को आज़ाद कर सकता है।"

विनायक ने कुछ सोचते हुए कहा, "रुको!" सबने उत्सुकतापूर्व उसकी तरफ़ देखा। उसने कहा, "मुझे लगता है कि नवाब हमारी मदद नहीं करेगा।"

"क्यों? वह लालची और धूर्त आदमी है। धन के लालच में कुछ भी करेगा।" मंगल ने कहा।

विनायक – "हाँ वह है! मगर मुझे लगता है कि यहाँ मामला कुछ और ही है। सोचो अगर नवाब को पैसे के लिए हमें धोखा देना होता तो शायद हम यहाँ नहीं होते। उसके पास सैनिक हैं, बल है, वह एक इशारे में हमारा ख़ज़ाना लूट सकता है। एक दिन बीत जाने के बाद भी हम यहाँ सुरक्षित हैं तो यह संदेहास्पद है।"

शंकर – "उस जाहिल इंसान को तो मैं देख लूँगा। कारण कुछ और हो सकता है, मेरे ख़याल से नवाब जानता ही नहीं कि जिसे सज़ा दी जा रही है वह कौन है, जानता तो हमें भी लूटता या फिर सज़ा देता।

विनायक – "हाँ! इसलिए नवाब से बातचीत करना उचित नहीं।"

मंगल – "हो सकता है वह सरदार को छोड़ दे।"

विनायक – "वह धूर्त इंसान है। सरदार ने दो हज़ार मुद्राओं में सौदा किया है। हमें किसी बहाने से पकड़कर वह कहीं अधिक धन कमा सकता है, उससे रहम की उम्मीद एक बेवक़ूफ़ी भरा ख़याल है। हमें कुछ और सोचना चाहिए।"

एक ठग ने कहा, "हम राज्य के सिपाही बनकर घुस सकते हैं, मगर बिना किसी छानबीन और जान पहचान के मुश्किल होगा।"

"हाँ! यह आज रात को संभव हो सकता है, एक बार सरदार बेड़ियों से मुक्त हो जायें फिर हम वहाँ से निकलने में कामयाब हो ही जायेंगे। इसके लिए हमें उनके कुछ सैनिकों की पोशाक चाहिए होगी, वहाँ आसपास काफ़ी एकांत है। काम बेहद ख़तरनाक है मगर हमें यह करना ही होगा।" शंकर ने कहा।

कुछ ठगों ने इस पर अपनी सहमति प्रकट की।

विनायक – "यह आग में कूदने जैसा निर्णय है। आपको हमारे सरदार पर कोई शक है? सरदार ने अवश्य ही लालच या किसी अन्य तरकीब से वहाँ से निकलने की कोशिश की होगी, वे किसी साधारण जेल में नहीं हैं।"

शंकर – "हो सकता है तुम सही कह रहे हो मगर हमारे पास और कोई रास्ता भी नहीं है।"

विनायक – "है एक रास्ता।"

मंगल - "क्या?" उसने उत्सुक होकर क़रीब आकर पूछा।"

विनायक – "अपना घर बचाने के लिए दुश्मन की शरण लेना।"

मंगल – "क्या मतलब?"

विनायक – "सरदार को निकालने के लिए हम अंग्रेज़ों का सहारा ले सकते हैं, इस तरह हम एक तीर से दो शिकार कर सकते हैं।"

शंकर ने विनायक को धक्का देते हुए कहा, "और दुश्मन के घर जाकर अपने आप को दफ़न कर दो। यही विचार हैं तुम्हारे? मुझे मालूम था, आख़िर द्रोही तुम ही होंगे।"

विनायक ने चिल्लाते हुए कहा, "नहीं! हम एक साथ दो शिकार कर सकते हैं, मुसीबत को मौक़ा बनाकर।"

मंगल – "तो तुम्हें क्या लगता है अंग्रेज़ ख़ुशी-ख़ुशी हमारी मदद करेंगे।

मुझे तो तुम पर शक होता है।''

विनायक ने अपनी तलवार निकालते हुए कहा, ''मैं माँ भवानी का भक्त हूँ, मैंने पवित्र कुल्हाड़ी की क़सम खायी है। मुझ पर शक करके तुम मेरे अंदर के ठग को गाली दे रहे हो।'' वह मंगल की तरफ़ बढ़ा, मंगल पीछे हटता रहा। विनायक फिर से बोला, ''एक ठग अपनी प्रतिज्ञा कभी नहीं भूलता, वह सिर्फ़ ठग होता है।''

विनायक की हरकत से दल में एकदम शांति छा गयी। रात्रि के अँधेरे में कुछ तलवारें चमकने लगी थीं। इसी ख़ामोशी को भेदते हुए एक गर्जन सुनायी पड़ी, ''ग़ज़ब हुई गवा... ग़ज़ब..... हे माँ भवानी'' चिल्लाते हुए एक घुड़सवार दल में पहुँचा।

पास आते ही वह घोड़े से उतरते हुए बोला, ''हे माँ भवानी ग़ज़ब! एक नमक हराम ने अंग्रेज़ों को इत्तला कर दी कि जेल में एक आदमी ठग है और नाम भी बताया।'' उसने एक ही साँस में सब उल्टी कर दिया।

मंगल ने आगे बढ़ते हुए, विनायक की तरफ़ तलवार की नोक रखकर कहा, ''उस नमकहराम को यह ख़बर कैसे मालूम हुई?''

विनायक ने अपनी तलवार से उसके तलवार को हटाते हुए पूछा, ''तुम्हें यह ख़बर कहाँ से मिली?''

''मैंने उसे अपने साथी को बताते हुए सुना था, जगीरा ने ख़ुद उसे बताया होगा कि वह ठग है और अंग्रेज़ों ने उस पर इनाम रखा है, वह इनाम के लालच में सब कुछ बक आया।''

विनायक ने अपने साथियों को संबोधित करते हुए कहा, ''तो देखा! यह सरदार की चाल है। अंग्रेज़ वहाँ से ज़िन्दा पकड़ना चाहेंगे। वहाँ से ज़िन्दा बचने का यही एकमात्र रास्ता है।''

शंकर – ''सरदार ऐसा क्यों करेंगे? वे अंग्रेज़ों को जानते हैं, ये किसी के नहीं होते। मैं इतना अवश्य कह सकता हूँ कि सरदार हम सबको मुसीबत में क़तई नहीं डालेंगे।''

विनायक – ''दिमाग़ से काम लो दिमाग़ से। बल से ख़ुद की बलि देना कहाँ की समझदारी है? एक बार सरदार वहाँ से निकल जायें फिर हम देख लेंगे।

अंग्रेज़ हमसे ज़्यादा धूर्त और चालाक थोड़े ही हैं।"

मंगल – "अगर वह सैनिक लेकर पहुँचे तो? हमारी संख्या सीमित है।"

विनायक – "तुम बेवकूफ़ हो। ठग होकर सिर्फ़ पूजा-पाठ तक सीमित हो। 'जॉन स्लीमन' को अंग्रेज़ों ने एक विशिष्ट पद दिया है। मैं जानता हूँ कि उसे अभी तक यह भी नहीं पता कि ठगों की संख्या कितनी है। जैसे ही उसे पता चलेगा कि एक ठग पकड़ा गया है वह सैनिकों के साथ दौड़ता हुआ आयेगा; हो सकता है वह कुछ नाम जानता हो मगर पहचानता नहीं होगा।"

शंकर – "उसे ख़बर मिल चुकी होगी, इनाम के लालच में सिपाही ने ..."

विनायक – "अंग्रेज़ी थानों में ऐसी ख़बरें आती रहती हैं, हम सीधे जॉन स्लीमन से बात करेंगे।"

सभी को यह विचार ठीक तो लग रहा था मगर विनायक पर भरोसा नहीं हो रहा था। तालाब से निकलने के लिए मगर का सहारा कौन ले। काफ़ी देर तक इसी विचार पर मंथन चलता रहा, बहस होती रही, धीरे-धीरे सबको लगने लगा कि तालाब में डूब मरने से अच्छा है मगर की पूँछ पकड़कर बाहर निकला जाये। उसके बाद संभावना है कि मगर से मुक़ाबला किया जा सके।

शंकर ने सहमति दी। सभी के अपने-अपने विचार थे परंतु इससे बेहतर समाधान किसी के पास नहीं था। शंकर, विनायक और मंगल ने रणनीति तैयार की और जॉन स्लीमन से मिलने शहर की तरफ़ चलने का निर्णय लिया।

विनायक और उसका ख़ास साथी 'ज़हर सिंह' दोनों रात में ही शहर की तरफ़ निकल पड़े।

सूर्योदय से ठीक पूर्व दोनों शहर पहुँचे मगर इतनी सुबह साहब दफ़्तर में तो मिलने से रहे इसलिए घर ढूँढ़ना पड़ा। यह एक सफ़ेद और लाल रंग का सुंदर मकान था, चाँद की चाँदनी में आकार ले चुकी ओस की नन्हीं-नन्हीं बूँदें हरी पत्तियों और लाल फूलों पर सूर्य की पहली किरणों को पाकर दमकने लगी थीं।

दरवाज़े पर एक संतरी खड़ा था जो अंग्रेज़ी वेशभूषा में होकर भी भारतीय था। विनायक ने हाथ जोड़कर अभिवादन करते हुए कहा, "हमें जॉन स्लीमन साहब से मिलना है।"

"आपका परिचय।" संतरी ने कहा।

''मैं एक सौदागर हूँ। एक ज़रूरी काम से मिलने के लिए रात भर चलकर आया हूँ।''

''हाँ! मैं पहचान सकता हूँ मगर साहब भारतीय लोगों से नहीं मिलते।''

यह सुनकर विनायक के सीने में आग तो लगी मगर क्या करें, बोला, ''तुम भी तो भारतीय हो।''

''हाँ, मैं यहाँ नौकरी करता हूँ।''

''तुम्हें तुरंत ख़बर करनी चाहिए, यह बहुत ज़रूरी सूचना है।''

''साहब ने किसी अंजान भारतीय से मिलने के लिए मना किया है, मुझे मेरी नौकरी प्यारी है।''

विनायक ने ख़ून का घूँट पीते हुए कहा, ''जिस नौकरी के लिए तुम इतने वफ़ादार बनते हो वही नौकरी तुम्हारी आने वाली पीढ़ियों को वर्षों नौकर बनाकर रखेगी, जाओ और अपने साहब को बोलो कि जगीरा का संदेश आया है।''

विनायक के कठोर शब्दों को सुनकर संतरी ने ख़बर पहुँचाना ही उचित समझा।

जॉन बरामदे में बैठे अंग्रेज़ी अख़बार पढ़ रहे थे, सामने मेज़ पर पाँव रखे हुए थे। संतरी ने जैसे ही जगीरा का नाम लिया वह उठ खड़ा हुआ। इधर-उधर देखते हुए तुरंत उसे बुलाने का आदेश दिया।

विनायक जॉन स्लीमन को पहचानता था क्योंकि उसने कई बार ठगों का पीछा किया था मगर जॉन हमेशा से ही ठगों को पहचानने में नाकामयाब रहा। स्लीमन ने उसे ग़ौर से देखा मगर कोई जाना पहचाना नाम सामने ना आया। विनायक ने ठीक सामने पहुँचकर अभिवादन किया, स्लीमन ने दोनों को सामने रखी कुर्सियों पर बैठने को कहा विनायक ने आरामदायक कुर्सी पर बैठते हुए कहा मेरा, ''नाम विनायक है, मैं एक सौदागर .....''

विनायक की बात समाप्त होने से पहले ही जॉन ने कहा, ''तो टुम हो विनायक।''

''हाँ मैं।''

''टुम्हारे बारे में शुना है मगर टुमसे इस तरह मुलाक़ात होगा यह मैंने शोचा नहीं था।'' स्लीमन ने सिगरेट केस से सिगरेट निकालते हुए कहा।

''हाँ मगर मैंने भी नहीं सोचा था कि यह सौभाग्य मुझे इतना जल्दी प्राप्त होगा।'' विनायक ने कहा।

''कैसा शौभाग्य?''

''आप तो जानते ही हैं मेरे बारे में, मैं इन सबसे अब दूर होना चाहता हूँ। अपना घर बसाना चाहता हूँ, अब मैं ज़िन्दगी बाँटना चाहता हूँ।'' विनायक ने कहा।

''अचानक से इतना बड़ा बदलाव किसी ठग में, आई डोंट बिलीव।'' उसने धुँआ छोड़ते हुए कहा।

''ऐसा करने के पीछे मेरा कुछ स्वार्थ है और आपका फ़ायदा।''

''कैसा शवार्थ और कैसा फ़ायदा?'' स्लीमन अपनी कुर्सी छोड़कर बग़ीचे में टहलने लगा।

''जिस इंसान को अंग्रेज़ी सरकार इतने दिनों से ढूँढ़ रही है, उसका पता मैं आपको दे सकता हूँ।''

''कौन जगीरा?'' उसने मुड़कर विनायक की तरफ़ देखते हुए कहा।

''हाँ जगीरा!''

उसने जलती हुई सिगरेट को अपनी उँगली से मसलते हुए दाँत पीसकर कहा, ''अगर यह सच नहीं हुआ टो पहला फाँसी का फंदा टुम्हारे लिए होगा।''

''मैं यह जानता हूँ फिर भी मैं तुम्हारे सामने हूँ। ठगों को इतना बेवकूफ़ समझने की ग़लती आप नहीं करेंगे यह मैं जानता हूँ।''

''हाँ मगर टुम्हें क्या चाहिए और टुम ऐसा किसलिए कर रहे हो?''

''क्योंकि मैं इन सबसे दूर होना चाहता हूँ, मेरी कुछ शर्तें हैं।''

बग़ीचे में गैंदे के फूलों का एक जोड़ा एक दूसरे को चूम रहा था। स्लीमन ने एक फूल तोड़ते हुए कहा, ''अगर यह सच है टो मुझे टुम्हारी हर शर्त मंज़ूर है।''

''मेरी दो शर्तें हैं। पहली यह कि जगीरा को पकड़ने के बाद मुझे किसी भी तरह के अपराध में शामिल नहीं किया जायेगा।''

''मंज़ूर है। तुम्हें सुरक्षा दी जायेगी और दूसरी?''

''मिलने वाले धन का आधा हिस्सा मुझे दिया जायेगा।''

"मंज़ूर है। उसके साथ तुम्हारे कितने साथी हैं?"

"वह अकेला है, इससे बेहतर मौक़ा फिर कभी नहीं मिलेगा।"

"कहाँ मिलेगा?"

"सुल्तानपुर की जेल में बंद है।"

स्लीमन तुरंत बीस सिपाहियों के साथ अपने लक्ष्य की ओर निकल पड़ा।

* * *

रणनीति के तहत सभी ठग जेल के बाहर मौजूद थे। मगर दिन के तीसरे पहर बीतते-बीतते विनायक न लौटा था और न ही जॉन स्लीमन। तीसरे पहर के ठीक आख़िरी क्षणों में प्रतियोगिता का आरंभ हुआ, नगाड़ों और हाथियों की आवाज़ सुनकर ठगों के दिल दहल उठे। वे अंदर नहीं जा सकते थे, बिना किसी अन्य नीति के सिर्फ़ विनायक के भरोसे सब कुछ विलुप्त होता हुआ दिखायी पड़ता था। ठगों को समझ नहीं आ रहा था कि क्या किया जाये, सभी विनायक की प्रतीक्षा में थे।

प्रतियोगिता शुरू हो चुकी थी, छः क़ैदियों को हाथियों के पैरों से बाँधा हुआ था। कोई भी हाथी किसी भी क़ैदी को कुचल सकता था, महावत हाथियों को ऐसा करने के लिए उत्साहित कर रहे थे। जगीरा कभी हाथी के पाँव को जकड़ लेता तो कभी उसकी सूंड को मगर हर बार वह गिर पड़ता। कुछ देर तक यह चूहे बिल्ली की तरह चलता रहा। हाथी क़ैदियों को अपनी सूंड से उठाकर फेंक रहे थे मगर क़ैदी जंजीरों से बँधे हुए थे। जीवन के इन क्षणों में भी जीवन की उम्मीद हाथियों के पैरों तले से फिसल जाती थी, दो क़ैदी मारे जा चुके थे परंतु अभी तक विजेता घोषित नहीं हुआ था। जगीरा अब नाउम्मीद होकर जीवन की आशा छोड़ता जा रहा था, उसका सारा गुमान, सारी शक्ति अब व्यर्थ नज़र आने लगी थी। धीरे-धीरे बचे हुए सभी क़ैदी घायल हो चुके थे।

मैदान के एक तरफ़ सेनापति व अन्य राजकीय वीर इस प्रतियोगिता का आनंद ले रहे थे। तभी स्लीमन वहाँ पहुँचा उसने सेनापति को संधि पत्र दिखाया और जगीरा को छोड़ने का आदेश दिया, सेनापति ने तुरंत हाथियों को रोकने का आदेश दिया उसी समय एक हाथी ने जगीरा को अपनी सूंड में दबोचा हुआ था। सेनापति का आदेश पाकर सभी सैनिक हाथियों को रोकने के लिए सतर्क हुए मगर एक सैनिक मैदान में दौड़ पड़ा, यह वही सिपाही था जो लालच में जगीरा

को ज़िन्दा पकड़ना चाहता था। वह भाला लेकर हाथी की तरफ़ बढ़ा, हाथी ने जगीरा को सैनिक की तरफ़ फेंक दिया, दोनों गिर पड़े। हाथी ने गरजते हुए अपना पाँव पटका और सैनिक के मुँह से ख़ून का फ़व्वारा हाथी के मस्तक पर जा लगा। जगीरा वहीं अपनी 'घायल मौत' को देखता इससे पहले वहाँ कई सैनिक पहुँच चुके थे। घायल जगीरा को घोड़े पर लादकर ले जाया जा रहा था। सुल्तानपुर के इतिहास में पहली बार था कि यहाँ हाथियों से मुक़ाबला करने के बाद कोई क़ैदी ज़िन्दा लौटा हो। सभी सैनिक, सेनापति दर्शक उसे घूर रहे थे, मौत को धोखा देने वाली उसकी क़िस्मत को दाद दे रहे थे।

कुछ देर पहले जगीरा मैदान में क़ैदी था अब वह एक खिलाड़ी बन चुका था जो मैदान फ़तेह कर चुका था। उसके हाथ बाँधकर उसे घोड़े पर ले जाया जा रहा था, चारों तरफ़ अंग्रेज सिपाही थे। उनके पास एक अंग्रेज़ी बंदूक़ थी वह सबसे आगे सीना चौड़ा किये हुए, मुस्कुराते हुए आगे बढ़ रहा था। मन ही मन सोच रहा था कि महारानी विक्टोरिया ने जिस काम के क़ाबिल समझा वह मैंने बख़ूबी कर दिखाया, इतनी बड़ी सफलता पर एक बड़ा पद और आलीशान ज़िन्दगी की उम्मीद में सपने संजोये जा सकते हैं।

जगीरा मन ही मन ख़ुद को शाबाशी दे रहा था कि आख़िर उसकी चाल काम कर गयी। थोड़ी दूर चलते ही उसने अंधक को सुना, उसकी आवाज़ का पीछा करते हुए उसकी निगाहें एक कीकर के वृक्ष पर जा टिकीं। वृक्ष की सबसे निचली टहनी पर एक लाल रंग का रुमाल टँगा हुआ है जिस पर गाँठ भी लगी हुई है। जगीरा समझ गया कि उसके साथी यहीं कहीं हैं।

जॉन स्लीमन इंग्लैंड में एक क़ाबिल अफ़सर था। ठगों की बेरोकटोक वारदातों को बढ़ते देख अंग्रेज़ों ने उसे भारत बुलाकर यह काम सौंपा था, परंतु इतने समय के बाद भी वह ठगों को समझ नहीं पाया था। वह कुछ ठगों के नाम अवश्य जानता था मगर किसी ठग को पहचानता नहीं था। यहाँ तक कि वह उनके ख़िलाफ़ कोई सबूत नहीं जुटा पाया था। उसने ठगों से बहुत कुछ सीखा, वह उनके तौर तरीक़ों से वाक़िफ़ था, जानता था की ठग अक्सर भीड़भाड़ वाले स्थान पर ही लोगों को मूर्ख बनाते हैं इसलिए उसने राज्य से बाहर जाने के लिए एक ऐसा रास्ता चुना जो लगभग सुनसान था। अपनी सूझबूझ से उसके द्वारा यह रास्ता चुनने का एक कारण यह था कि ऐसे रास्ते से जल्द से जल्द राज्य से बाहर पहुँचा जा सकता था और दूसरा ये कि यह एक पहाड़ी रास्ता था जो सीधे

दूसरे राज्य को जाता था इसलिए अँधेरा होने से पहले वहाँ पहुँचा जा सकता था। अन्य साधारण रास्तों पर संभावना थी कि दुश्मन जाल बिछाये बैठा हो मगर यह असामान्य एवं सुनसान रास्ता था।

उसके दो सिपाही अंग्रेज़ों के दल से एक कोस आगे-आगे चले जा रहे थे। जगीरा को लादे हुए सभी तेज़ गति से आगे बढ़ रहे थे, शहर से दूर निकलते ही सुनसान रास्ते पर स्लीमन ने जगीरा से पूछा, ''क्या तुम्हें पकड़े जाने का अफ़सोस नहीं हो रहा?''

जगीरा घायल था, उसका शरीर दर्द से चू रहा था। उसने कराहते हुए कहा, ''मुझे मौत से बचाने के लिए शुक्रिया।''

''मौत से तुम कभी नहीं बच सकते, तुम्हारा ज़मीर मर चुका है। बस आख़िरी मौत बाक़ी है, उसका इंतजाम मैं बहुत जल्द किये देगा; मत भूलो कि तुम अब हमारी क़ैद में हो।''

''तुम...'' वह ठुमक कर हल्की-सी हँसी हँसा और बोला, ''तुम इस दुनिया के सबसे बड़े लुटेरे हो। मुझे लुटेरा साबित करने का तुम्हें कोई अधिकार नहीं जॉन साहब।''

''तुम इंडियन हो ही इसी लायक़ और तुम तो मानवता पर धब्बा हो। तुम ऐसा क्यों करते हो?''

जगीरा के हाथ बँधे हुए थे जिनमें घोड़े की लगाम थी। वह लगाम खींचते हुए हँसा और बोला, ''क्योंकि मैं बनावटी नहीं हूँ। जब दुखी होता हूँ रोता हूँ। ख़ुश होता हूँ तो हँसता भी हूँ। मैं इस दुनिया की बनावटी अच्छाइयों से दूर वास्तविक बुराइयों में जीना पसंद करता हूँ, क्या तुम वास्तविकता को नकार सकते हो? नहीं... कभी नहीं।''

''तो क्या तुम..... लोगों को मारना उचित समझते हो?''

जगीरा ने उसकी तरफ़ देखे बिना ही कहा, ''तुम में और हम में फ़र्क़ ही कितना है। बस इतना कि हम मारकर लूटते हैं और तुम लूटकर मरने के लिए छोड़ देते हो। यह सब सही ठहराने के लिए तुम्हारे अपने नियम क़ानून हैं और हमारे अपने। तुम्हारे क़ायदे-क़ानून हमें ग़लत ठहराने का अधिकार नहीं रखते।''

स्लीमन, जगीरा को अपना क़ैदी समझकर उसकी हर बात सुन रहा था।

तुरंत जवाब देते हुए कहा, ''मगर याढ रखो टुम हमारी क़ैद में हो, टुम्हारे क़ानून अब कोई मायने नहीं रखते।''

जगीरा ने आसमान में चिल्लाते हुए अंधक को देखा, वह बिना पंख हिलाये हवा में तैर रहा था। घोड़े की तेज़ गति के कारण झटके खाकर कहराता हुआ उसका शरीर शिथिल होता जा रहा था। उसके होठों और छाती से बहता ख़ून उसे चिंतित कर रहा था। आख़िर वह एक ठगों के सरदार की भूमिका में बोला, ''तुमने इस देश को सिर्फ़ लूटा है, इसे जानने और समझने में तुम्हें बरसों लगेंगे तब तक तुम यह देश छोड़ चुके होंगे। किसी सौदागर को समझने की भूल करना अक्सर जीवन की आख़िरी भूल होती है, मुझे नहीं लगता कि तुम यह भूल करोगे।''

''ओह, तो टुम ढेशभक्त है, फिर तो टुम्हारा अपराध बेहद संगीन है।''

''सुना है तुम इंग्लैंड में कोई क़ाबिल अफ़सर थे?'' जगीरा ने कहा।

''क्या कहा टुमने, शोदागर। हा हा टुम एक ठग हो, हत्यारे हो।'' स्लीमन ने उसकी तरफ़ घृणापूर्ण नेत्रों से देखते हुए कहा।

जगीरा ने मुस्कुराकर तिरछी नज़रों से उराबी तरफ़ देखते हुए कहा, ''फिलहाल मैं एक सौदागर हूँ, तुम्हारी मौत के आख़िरी क्षणों तक; ठग के रूप में तुम मुझे कभी नहीं देख पाओगे।''

स्लीमन अपनी मौत के बारे में सुनकर हँसा, ''चलो मान लेते हैं तुम एक शोदागर हो मगर मैं टुम्हारी सारी हक़ीक़त जानता हूँ। टुम्हारे साथी ने हमें सब बयाँ किया है।''

''क्या ठग इतने विश्वसनीय हैं?'' जगीरा ने उसकी तरफ़ देखते हुए कहा।

''टुम मेरी क़ैद में हो, क्या यह काफ़ी नहीं? मैं जानता हूँ कि टुम एक शातिर ठग हो। मैं टुम्हारी किसी भी चाल पर भरोसा नहीं करूँगा यह तुम भी जानते हो।''

जॉन स्लीमन मन ही मन बहुत ख़ुश था। वह जानता था कि यह अंग्रेज़ों के लिए कितनी राहत भरी ख़बर होगी। वह ज़्यादा से ज़्यादा जानकारी लेकर कल के अख़बार में अपनी फ़ोटो सहित दुनिया भर में मशहूर होने के सपने देख रहा था। उसने जगीरा से कहा, ''देखो जगीरा, टुम हमें बेहद अच्छे से जानता हुए,

भारत साँपों के देश के रूप में जाना जाता हुए मगर वह बीन हम लेकर आया हुए जिसके आगे साँप नाचता हुए। यह तुम भी जानता हुए कि टुम्हें फाँसी पर लटकाने के लिए हमें कुछ भी साबित करने की ज़रूरत नहीं पड़ेगी मगर मैं टुम्हें बचा सकता हुए। क्या कहता हुए?''

जगीरा उसकी तरफ़ देखकर मुस्कुराया और सामने देखने लगा, पौधों के गुफा के बीच से क्षितिज में सूर्य अपने चमकीले स्वरूप से बदलकर भगवामय होने लगा था।

स्लीमन ने फिर से कहा, ''अगर तुम अपना परिचय दो तो मैं टुम्हें टुम्हारी सज़ा से बचा सकटा हूँ। हम इसे आत्मसमर्पण साबित कर सकटे हैं और टुम फिर से एक आरामदायक ज़िन्दगी जी सकटे हो।''

''मैं बेहतरीन ज़िन्दगी जीना पसंद करता हूँ, आरामदायक नहीं।''

स्लीमन ने उसे लालच देते हुए कहा, ''टुम वीर हो, एक सम्मानजनक नौकरी पा सकते हो। हमें टुम्हारी ज़रूरत है।''

जगीरा ने मुस्कुराते हुए कहा, ''मुझे तुम्हारी ज़रूरत है। मुँह-माँगी रकम मिलेगी, क्या तुम मेरी मदद करोगे?''

''मैं जानटा हुए कि तुम क्या चाहटे हो मगर यह टुम्हारा वहम है कि टुम किसी फिरंगी को ख़रीद सकटे हो।''

''मैं एक सौदागर हूँ, मैं क़ीमत लगाना पसंद नहीं करता।'' जगीरा ने होठों से बहते ख़ून को साफ़ करते हुए कहा,

''मगर मैं एक-एक क़तरे का मूल्य अवश्य चुकाता हूँ।''

सभी सुल्तानपुर राज्य से काफ़ी दूर आ चुके थे। सामने एक उजाड़, पहाड़ी रास्ते को पार कर दूसरे राज्य में पहुँचने के लिए सभी तेज़ी से आगे बढ़ने की कोशिश में थे मगर पथरीले-कंकरीले चढ़ाई रास्ते पर यह तेज़ गति से संभव नहीं था। जॉन ने जगीरा के पास आकर एक बार फिर कहा, ''टुम एक गंभीर आढ़मी हो। टुमने अपराध की दुनिया क्यों स्वीकार की?''

''मैंने कोई अपराध नहीं किया जॉन साहब, यह सब माँ का आशीर्वाद है।''

जॉन ने मुस्कुराते हुए कहा, ''टो क्यों ना हम इस कठिन रास्ते पर टुम से परिचित हो जाये।''

 जगीरा

तभी एक काली वस्तु तेज़ गति से उनकी तरफ़ आती हुई दिखाई पड़ी, वह तेज़ गति से स्लीमन की काली टोपी से टकराई और ग़ायब हो गयी। जॉन अपने अधगंजे सिर पर हाथ रखे अपनी लुढ़कते टोपी को देखता रहा। वह अचंभित होकर चारों तरफ़ देखता रहा और फिर एक कौए को ज़मीन से फड़फड़ाकर उड़ते देखकर बोला, ''यू ब्लडी क्रो।''

जगीरा इस घटना का मतलब समझता था। उसने जॉन के गंजे सिर को देखते हुए कहा, ''तुम्हारी हालत को देखकर मैं शर्तिया कह सकता हूँ कि तुम एक समर्पित नौकर हो। मैं ऐसे लोगों को बेहद पसंद करता हूँ जो अपने काम को लेकर समर्पित हो।''

जॉन कुछ नहीं बोला। एक सिपाही ने उसकी टोपी लौटायी, वह टोपी ठीक करते हुए डूबते सूर्य को देखकर चिल्लाया, ''गो फ़ास्ट।'' और सभी फिर से आगे बढ़े।

कुछ देर बाद जगीरा ने चारों तरफ़ देखा और फिर धीरे से कहा, ''मेरा नाम जगीरा जोगी है।''

जॉन उसे सुनने के लिए अपना मुँह बंद किये हुए था। जगीरा फिर से बोला, ''ना ही मेरा कोई ठिकाना था और ना ही है। मैं हमेशा किसी न किसी रूप में भटकता ही रहा हूँ, मैं अपने अतीत को जितना याद कर सकता हूँ उसके अनुसार मैंने अपने आपको एक साधु के रूप में भिक्षा माँगते हुए पाया। मेरे परम मिल.....''

दोनों सुनते-सुनाते पूरे दलबल के साथ पहाड़ी शिखर की ओर बढ़ते जा रहे थे। यह एक पहाड़ी को काटकर बनाया गया पथरीला रास्ता था जिसे पार करते ही दूसरे राज्य की सीमा आरंभ हो जाती थी। शिखर पर पहुँचने से ठीक पहले सूर्य का आख़िरी छोर झाँकता हुआ मालूम पड़ता था। शिखर पर पहुँचते-पहुँचते सामने से धूल उड़ाते हुए कुछ बैलगाड़ी दिखाई पड़ीं, एक के बाद एक उनकी तरफ़ बढ़ रही थीं। शिखर पर पहुँचने से ठीक पहले जॉन ने अपने सिपाहियों से एक तरफ़ खड़े रहने का इशारा किया। यह एक लंबी यात्रा की बारात थी जिसमें दूल्हा घोड़ी पर सवार था और पीछे दुल्हन पालकी में विराजमान थी, बैलगाड़ी में उनके साथी नाच गाना कर रहे थे।

जॉन स्लीमन किनारे खड़े गुज़रती बैल गाड़ियों को चुपचाप देखता रहा।

पहाड़ी के दूसरी तरफ़ से बैलगाड़ी आतीं और उनके पास से होकर जाती थीं। एक आख़िरी बैलगाड़ी जैसे ही उनके पास पहुँची, बैल बिदक गये, बैलगाड़ी घिसटती हुई रुकी, एक बुज़ुर्ग नये सफ़ेद धोती कुर्ता पहने ज़मीन पर गिर पड़ा। अंग्रेज़ अधिकारी को देखकर हाथ जोड़कर उसकी तरफ़ बढ़ा।

जॉन चिल्लाया, ''हे हे दूर रहो!''

''माफ़ करना मालिक, नये बैल हैं, पहली बार जोते हैं, ज़ोर खा जाते हैं।'' कहते हुए वह उठा और उठते हुए उसने घोड़े के घुटने पर ऐसा नुकीला वार किया कि वह बिदक गया। एक ही झटके में जॉन ज़मीन पर आ गिरा। बुज़ुर्ग ने उसकी बंदूक़ छीनकर उसे गर्दन से पकड़ा और बंदूक़ उसके कान पर लगाकर सभी सिपाहियों को नीचे उतरने को कहा।

* * *

जॉन स्लीमन की गर्दन दबोचे, ज़मीन पर गिरे शंकर पांडे को बुज़ुर्ग के भेष में पहचानने में जगीरा ने ज़रा भी देर नहीं की। अंग्रेज़ सिपाही उसे घेरे खड़े थे, जगीरा के हाथ और पाँव में बेड़ियाँ थीं मगर अब धरती और आसमान सिर्फ़ उसका था। उसने घोड़े से नीचे उतरते हुए आवाज़ दी, ''जय माँ भवानी'' और ठगों ने चारों तरफ़ से घेर लिया।

सबसे आगे चलने वाले दो अंग्रेज़ी सिपाही पहले ही मारे जा चुके थे, बाक़ी बचे सिपाहियों का ठगों ने तलवारों से मुक़ाबला किया। सिपाही निपुण थे और ताक़तवर भी मगर ठग चालाक और धूर्त थे। वे वार किसी पर करते पलटवार किसी और पर, उनकी संख्या सिपाहियों से कहीं अधिक थी। जगीरा हाथ और पैरों में पड़ी बेड़ियों के घसीटते हुए जॉन स्लीमन के पास पहुँचा, वह ज़मीन पर गिरा हुआ था, जगीरा ने उसके घुटने पर पाँव रखते हुए कहा, ''मैंने कहा था ना कि मैंने कोई अपराध नहीं किया। जिसकी मौत निश्चित है उसे कोई नहीं रोक सकता, मेरे यह हाथ सौभाग्यशाली हैं किसी सुनिश्चित मौत के समय ये उसके साथ होते हैं।''

''टुम एक जानवर हो, टुम्हें जीने का कोई हक़ नहीं है।'' जॉन चिल्लाया।

दो सैनिकों को घायल कर विनायक भी वहाँ आ पहुँचा। वह अपने रुमाल से जॉन स्लीमन के हाथ बाँधते हुए मुस्कुराया।

''विनायक, मैंने टुम पर भरोसा किया, क्या टुम भूल चुके?'' जॉन ने कहा।

 जगीरा

‘‘जॉन साहब ! आख़िर मैं एक ठग हूँ।’’

‘‘क्या तुम भूल चुके हो कि हमारे बीच एक सौदा तय हुआ था।’’

‘‘मैं मेरे दुश्मनों को कभी नहीं भूलता जॉन साहब, समय आने पर सबका हिसाब करता हूँ।’’ विनायक ने मुस्कुराते हुए कहा।

विनायक ने अपनी तलवार जगीरा के बँधे हुए हाथों में थमाते हुए उसे मारने का इशारा किया।

जगीरा अंग्रेज़ों से नफ़रत करता था, इस नफ़रत का कारण सिर्फ़ आज़ादी नहीं था, क्योंकि प्रकृति ने हर जीव को रूप-गुण, भावनाएँ, संवेदनाएँ, बल-मनोबल और आज़ादी अलग-अलग रूप में दी हैं। हर जीव इस प्राकृतिक उपहार को छीने जाने पर नफ़रत करने और लड़ने का अधिकार रखता है। जगीरा की नफ़रत का कारण अंग्रेज़ों का उनकी श्रद्धा और लूट के बीच में टाँग अड़ाना था। जॉन कितने ही दिनों से ठगों का पीछा करता था, जगीरा और उसके साथी उसे बख़ूबी पहचानते थे। मगर स्लीमन यह कभी नहीं जान पाया कि ठग कौन है और यात्री कौन।

जॉन ज़मीन पर गिरा हुआ था, उसकी गर्दन शंकर के हाथ में थी। जगीरा ने दोनों हाथों से तलवार को मज़बूती से पकड़ा और ज़ोर से चिल्लाते हुए उसके पेट में घोंप दी। वह छटपटाता रहा, उसके शरीर से बहता ख़ून जगीरा की जूतियों को भिगो रहा था। जगीरा ने अपना पैर स्लीमन के शरीर से पोंछा और पीछे मुड़ा देखा कि ज़हर सिंह तलवार ताने खड़ा था, जगीरा कुछ बोल पाता इससे पहले ही ज़हर सिंह ने तलवार जगीरा के पेट में घोंप दी। विनायक सिपाहियों से लड़ रहा था, शंकर पांडे अभी भी स्लीमन का कंठ दबाये हुए था। वह स्लीमन को छोड़ जगीरा की तरफ़ दौड़ा, उधर जब मंगल ने यह देखा तो उसने दौड़कर एक ही क्षण में ज़हर सिंह का सिर धड़ से अलग कर दिया। जगीरा ख़ून से लथपथ, घायल होकर घुटनों पर गिर पड़ा। मंगल ने तुरंत अपने कमरबंद को जगीरा के पेट पर बाँधा, उसे बैलगाड़ी में रखा और तेज़ गति से पहाड़ी ढलान के रास्ते दूसरे राज्य की ओर बढ़े।

उधर, सभी लगभग घायल थे एक सिपाही घोड़ा लेकर भाग निकला उसे भी पकड़ लिया गया। सबको ठिकाने लगाने के बाद सभी जगीरा की ओर बढ़े। शंकर पांडे और मंगल जगीरा को लेकर सुल्तानपुर सीमा पार करते ही दूसरे

राज्य में एक वैद्य के पास पहुँचे। उसने करहाते हुए जगीरा को शांत किया मगर उपचार करने में असमर्थता ज़ाहिर की और तुरंत मिथिला के राजवैद्य के पास जाने का सुझाव दिया। वह क़रीब 2 कोस दूर था मगर राजवैद्य पहाड़ी और जंगली क्षेत्र में रहते थे। वहाँ की जड़ी बूटियों से अनुसंधान किया करते थे। ऐसे स्थान पर बैलगाड़ी से पहुँचना संभव नहीं था, मंगल ने तुरंत आठ कहार तैयार किये और पालकी तैयार करवाकर राजवैद्य के पास पहुँचे। राजवैद्य एक पहाड़ी गुफा में रहते थे, जहाँ पर रंग-बिरंगे फूल और अध्यात्म का संगम था। उनके शिष्य बड़ी आतुरता से जगीरा को कमरे में लेकर गये, राजवैद्य ने उनका उपचार किया और कहा कि, ''ख़ून बहुत बह चुका है, जब तक होश नहीं आ जाता तब तक कुछ कहा नहीं जा सकता। इसकी धमनियों में ख़ून माल होकर भी यह ज़िन्दा हैं यही चमत्कार है।''

जगीरा को रात भर एक अलग कमरे में रखा गया, उनके शिष्य उनकी देखभाल में जुटे हुए थे।

उधर विनायक और अन्य ठग पहाड़ी की तलहटी पर जमा थे। मंगल अगली सुबह अन्य ठगों के पास पहुँचा।

विनायक ने पूछा, ''हम सब सरदार को लेकर चिंतित हैं, वह कहाँ हैं?''

''सरदार सुरक्षित हैं और शीघ्र स्वस्थ हो जायेंगे।'' मंगल ने कहा।

''ज़हर सिंह इतना ज़हरीला होगा यह मैंने कभी सोचा नहीं था।'' आज़म ख़ाँ ने कहा।

''मगर वह ज़हर का आख़िरी क़तरा नहीं था, हमें कुछ समय के लिए यात्रा स्थगित करनी होगी। सरदार की आज्ञा अनुसार आगे की यात्रा तय होगी। तब तक हम सभी को अलग-अलग रहना चाहिए, जॉन स्लीमन के ग़ायब होने के बाद वे अवश्य ठग-लुटेरों को ढूँढ़ रहे होंगे।''

उन्होंने अपना सारा धन 'फिरंगी' की निगरानी में सुरक्षित रखवाया और वापस जगीरा के पास पहुँचे। वापसी में मंगल के साथ-साथ विनायक और आज़म ख़ान भी थे। जब पहुँचे तो देखा कि जगीरा को होश आ चुका था। ख़ान, मंगल, विनायक और शंकर पांडे को देखकर जगीरा ने सूखे हुए होठों से धीरे से कहा, ''यात्रा स्थगित कर देनी चाहिए। धन का बँटवारा शीघ्र कर दो।''

जगीरा उन्हें देखकर और अधिक बोल पाने की स्थिति में नहीं था और

शायद इच्छित भी नहीं था। जैसा कि पूर्व निर्धारित था, पूरे धन के तीन हिस्से किये गये। एक तिहाई हिस्सा अकेले जगीरा के नाम, एक तिहाई हिस्सा शंकर पांडे, आज़म ख़ाँ और मंगल श्री के नाम और बाक़ी बचा हुआ एक तिहाई हिस्सा अन्य ठगों में बराबर बाँट दिया गया। यह बँटवारा अपेक्षाकृत बिना किसी लड़ाई झगड़े के समाप्त हो गया था क्योंकि ठगों के नियम के अनुसार सरदार की अनुपस्थिति में सरदार का फ़ैसला बिना किसी सोच विचार के मान्य होगा।''

मंगल, ख़ान, विनायक और शंकर पांडे वापस जगीरा के पास पहुँचे। जगीरा ने उन्हें देखकर एक बार फिर पूछा, ''बँटवारा कैसा रहा?''

''यह शांतिपूर्वक रहा सरदार।'' मंगल ने कहा।

''मगर हर बार की तरह किसी के चेहरे पर ख़ुशी नहीं थी।'' ख़ान ने धीरे से दुखी स्वर में कहा।

''क्या कोई ख़ुश भी था?'' जगीरा ने पूछा।

''ना सरदार, धन पाकर भी कोई ख़ुश नहीं था।'' विनायक ने गर्दन हिलाकर मायूसी प्रकट करते हुए कहा।

''लगता है मेरे जीने से ख़ुशी नहीं हुई किसी को, चलो... यह बेहतरीन विचार किसका था कि जेल से जॉन स्लीमन के बहाने मुझे छुड़ाने का? एक तीर - दो शिकार।''

मंगल ने मुस्कुराते हुए कहा, ''विनायक का सरदार।''

जगीरा ने मुस्कुराते हुए कहा, ''मेरे धन का एक चौथाई विनायक को दिया जाये।''

''जी सरदार!'' मंगल ने कहा

सभी ने एक स्वर में कहा, ''जय माँ भवानी।''

***

रात्रि का समय था। आश्रम में थोड़ी ही दूरी पर एक झरना था। आस-पास बड़े-बड़े पत्थर, पेड़ पौधे थे। विनायक झरने के ठीक सामने, किनारे पर खड़ा था। झरने का पानी ऊँचाई से ज़मीन पर गिर रहा था, नीचे देखने पर ऐसा लगता मानो यह पानी धरती के गर्भ को छूकर आता हो। आसमान बिल्कुल साफ़ था, अनगिनत सितारों के बीच चमकता चाँद आज दूधिया रौशनी बिखेर रहा था।

झरने से झरता पानी उस दूधिया रौशनी को पाकर दूध का झरना बन पड़ा था। विनायक कुछ देर तक किनारे खड़े होकर उस दूधिया झरने को देखता रहा। उसके मन में कुछ विचार थे जिसे वह धरती, आसमान, चाँद और झरने के बीच सामंजस्य बैठाकर हल करना चाहता था।

झरने की तेज़ आवाज़ के बावजूद विनायक ने अपने पीछे सूखे पत्तों के कुचले जाने की आवाज़ सुनी। विनायक ने पीछे देखे बिना ही कहा, ‘‘कहो मंगल। क्या कहते हो?’’

‘‘कुछ विचारमगन लगते हो।’’ मंगल ने कहा।

‘‘झरने का यह पानी चाँद की रौशनी पाकर दूधिया गया है, इसे धरती के गर्भ में समाने की बजाय चाँद पर जाना चाहिए।’’ विनायक ने कहा।

‘‘धरा अपने आप में संपूर्ण है पर हर उस चीज़ को अपने अंदर समा लेती है जो धरा का हिस्सा है।’’ मंगल ने जवाब दिया।

‘‘तो वह चाँद आसमान में क्यों चमकता है, धरती उसे अपने अंदर समाहित क्यों नहीं कर लेती?’’ विनायक ने आसमान की तरफ़ देखते हुए कहा।

मंगल ने गहरे झरने की तरफ़ इशारा करते हुए कहा, ‘‘वह देखो। वह तैरता हुआ चाँद, चाँद का सिर्फ़ यह हिस्सा ही धरती का हिस्सा है। ग़ौर से देखो, क्या वह धरा के चरणों में पानी पर नहीं तैर रहा?’’

विनायक झरने के गहरे पानी में तैरते हुए चाँद को देख रहा था, तभी मंगल ने अपना रुमाल निकाला और तेज़ी से विनायक के गले में डाल दिया। विनायक इस कला में निपुण था, उसने हाथ रुमाल और गर्दन के बीच में फँसा लिया और घुमाते हुए बोला, ‘‘मंगल, मैं इस धरा से नफ़रत करने लगा हूँ। मैं इस धरा का हिस्सा हूँ मगर मैं इसमें समाहित नहीं होना चाहता, मैं चाँद पर स्थापित होना चाहता हूँ।’’ कहकर विनायक ने झरने के गहरे पानी में तैरते चाँद पर छलाँग लगा दी।

मंगल ने कुछ देर तक ग़ौर से देखा, पानी में कोई ख़ास हलचल दिखाई नहीं दी। उसने आसमान में देखा चाँद आज दूधिया रौशनी में महक रहा था।

वह संदेश लेकर जगीरा के पास पहुँचा, जगीरा एक पत्थर की गुफा में एक कमरे में लेटा हुआ था। रोशनदान से चाँद की दूधिया रौशनी उसकी आँखों पर

जगीरा

पड़ती थी। वह रोशनदान से चाँद को पार होते हुए देखकर चंद्रकांता के बारे में विचार कर रहा था। मन ही मन सोच रहा था कि हो ना हो यह चंद्रकांता ही होगी जो मेरी स्थिति पर हँसते हुए मुझे रौशनदान से झाँक रही है। इतना मोहक रूप है कि धरती का हर जीव उसकी एक झलक का दीवाना है और मैं अभागा, उसके स्पर्श-मात्र से ही झुलस रहा हूँ। कितनी ही आग होगी उसकी चमक के पीछे, न जाने कितने ही राज़ होंगे उसके रूप के पीछे। क्या मैं सिर्फ़ उसे निहारता रह जाऊँगा?

तभी मंगल ने पुकारा, ''सरदार।''

जगीरा ने गर्दन घुमाकर उसकी तरफ़ देखा, ''अँधेरे में उसकी आँखें चमक रही थीं।''

''विनायक को मार दिया!''

जगीरा ने फिर से गर्दन घुमाकर चाँद की तरफ़ देखते हुए कहा, ''आज चाँद बेहद ख़ूबसूरत है।''

''हाँ सरदार, आज शरद पूर्णिमा है।''

जगीरा ने एक बार फिर रोशनदान की तरफ देखा, अंधक कोई सन्देश लिये वहाँ बैठा था।